KB269981

내가 가장 예뻤을 때

내가 가장 예뻤을 때

공선옥 장편소설

문학동네

(······)
내가 가장 예뻤을 때
주위 사람들이 숱하게 죽었다
공장에서 바다에서 이름도 없는 섬에서
나는 멋을 부릴 기회를 잃어버렸다

(······)
내가 가장 예뻤을 때
나는 너무나 불행했고
나는 너무나 안절부절
나는 더없이 외로웠다

_이바라기 노리코, 「내가 가장 예뻤을 때」 중에서

제1부

제재소 마당에 유일하게 서 있는
목련나무 고목의 꽃망울이 팽팽하게 부풀어오르는
봄 날 저녁 그늘이 포근히 내리고 있었다
그 마당으로 환이 나왔다 환이 나오자 어두운 마당이 환해졌다

우리 동네, 우리 집

탱자나무 울타리 위로 아지랑이가 뽀얗다. 봄기운이 완연하다. 엄마는 날을 잘 잡은 것 같다. 아침나절부터 집 안이 들썩인다. 오늘은 엄마 짐이 안방으로 옮겨가는 날이다. 아버지는 두 사람이 쓰는 작은방의 살림들을 늘 엄마 것이라고 했다. 아버지의 그 말은 사실이기도 하다. 작은방의 물건들은 죄다 엄마가 시집올 때 가지고 왔거나 엄마가 사들인 것들뿐이다. 큰방에 기거하시던 할머니는 지난겨울 돌아가셨다. 지지난해 여름에 돌아가신 할아버지를 그예 따라가신 게 분명하다. 돌아가시던 그해의 할아버지는 정말 멋있었다. 하얀 도포 차림에 긴 장죽을 물고 시위대 한가운데서 마치 이순신 장군처럼 서 계시던 할아버지를 내 평생 잊을 수 없을 것 같다. 시위대와 진압군 사이 한가운데 할아버지가 서 계시던 잠깐 동안, 아마 일 분도 채 되지 않

았을 테지만 내게 그 순간은 영원으로 각인되어 있다. 그 순간
내가 원통해했던 건 내게 사진기가 없다는 것이었다. 웬 허연
도포 차림의 노인이 홀연히 나타나 떡 버티고 서자 시위대도 진
압군도 멈칫, 할아버지를 바라보던 순간은 마치 시간이 정지된
느낌이었다. 나는 재빨리 시위대 쪽에서 뛰어나가 할아버지 팔
을 붙들고 시위대와 진압군 사이를 빠져나왔다. 할아버지는 뻔
히 알면서 내게 물었다.

“우리 집이 어디냐.”

“쌍촌동이요.”

“너는 누구냐.”

“해금이요.”

“해금이는 우리 집 니째 아녀.”

“니째 맞어요.”

할아버지는 사직공원에 나왔다가 데모 구경을 하고 계셨던 모
양이었다. 그러다가 그만 자신도 모르게 군중에 떠밀려 시위대
와 진압군 사이에 서게 된 것이다.

“허어, 고연지고.”

할아버지는 맥락을 알 수 없는 탄식을 길게 내뱉었다. 나는
얼른 할아버지가 차고 다니던 담뱃갑에서 담뱃가루를 꺼내 장죽
에 채운 뒤 불을 붙여드렸다. 할아버지는 탄식을 내뱉으며 담배
태우기를 좋아했다. 할아버지는 광주천 버드나뭇길에 주저앉아

담배를 맞나게 태웠다.

"만고강산 유람헐 제 삼신산이 어디메냐 일봉래 이방장과 사맹주(삼영주)이 아니냐."

할아버지가 만고강산 한가락을 뽑는 동안 금남로 쪽에서는 시위대의 함성소리가 간헐적으로 들려왔다. 세상이야 뭔 굿을 하든지 말든지 내 알 바 아니라는 듯 천연덕스럽게 노래를 하던 할아버지가 끙 하고 일어섰다.

"가자."

그해 봄, 그렇게 가자고 하셨던 할아버지는 여름을 다 못 넘기고 결국 먼 곳으로 떠나셨다.

집 안에서 먼지가 풀썩풀썩 나고 있다.

"여보, 세상에 어무니 방에서 이것이 나와부렀네."

엄마는 쌍으로 된 금가락지를 손가락으로 빙글빙글 돌리며 정말 표정도 빙글빙글, 웃고 있었다. 아버지는 말없이 아직은 차가운 마루에 앉아 신문만 들여다보고 있다. 엄마는 입을 쌜쭉하더니 얼른 주머니 속에 가락지를 챙겨넣어버린다. 그제야 아버지가 고개를 들었다.

"어이, 가락지 내놓소."

엄마가 찔끔하면서도,

"뭣이든지 한번 내 주머니 속에 들어와불면 그것으로 끝인디이."

"그것은 도독들이나 허는 짓이고오."

"옴마, 도독?"

"그렁게, 도독 소리 안 들을라먼 내놓소. 우리 엄마 것을 왜 자네가 가진가? 자네는 자네 엄마한테 가서 달라고 허제."

"옴마, 시상에나, 도독은 증말 저 아저씨네. 내가 자기 집 와서 입때껏 얼매나 봉사를 했는데에, 이제 와서 저런 소리 허먼 저것이 도독이 아니고 뭇이겄어어."

엄마는 신이 났다. 왜 아니겠는가. 엄마 말대로 양반도 아니고 뭣도 아닌 마씨 집으로 시집와 여태껏 이십오 년을 엄마는 시집왔던 바로 그 콩만한 방에서, 시집왔던 바로 그 살림 그대로, 살림하는 재미도 못 누린 채 살아오다가 이제야 엄마 말로는 운동장 같은 큰방으로 살림을 옮겨가는 참인데. 엄마는 아버지 몰래 열 자짜리 자개장롱도 이미 맞춰놓은 터다. 그 장롱이 오늘 오후에 오기로 되어 있다는 것을 아버지만 몰랐다. 더구나 안방 장판 밑에서 쌍으로 된 금가락지까지 줍는 행운을 만났으니 신이 날밖에. 아버지는 흥분한 엄마의 종달새 같은 목소리에 지레 질렸는지 신문을 들고 대문 밖으로 휭 나가버린다.

"애기씨 오빠가 바로 꼬리 내려버리네."

"형님 말이 맞응게."

고모는 웬일로 엄마 역성을 든다. 예전 같으면 어림없는 태도다. 그도 그럴 것이 고모는 시집가느라 나갔던 친정으로 다시 돌아온 터다. 이혼을 했다는 말이다. 할머니는 고모가 이혼한 줄을 모른 채로 돌아가셨다. 그러니 할머니가 돌아가신 건 고모 탓이 아닌데도 고모는 자기 탓이라며 섧게 울었다. 어머니가 돌아가셔서 서럽다기보다 고모 자신의 신세 때문에 우는 것이라는 걸 아무도 탓하지 않았다. 고모는 앞으로도 우리랑 오래되어 낡은 이 변두리 집에서 함께 살게 될 것이다.

나는 엄마와 고모가 부산을 떠는 틈을 타 재빨리 집을 나왔다. 아버지는 집 앞 텃밭에 쭈그리고 앉아 담배를 피우고 있었다. 나는 아버지한테 다가갔다. 물론 돈 때문이었지만 나는 일단 아버지 옆에 말없이 앉았다. 아버지도 한참 동안 말이 없다가 불쑥 물었다.

"아부지가 돌아가신 느이 할아부지처럼 여서 농사짓고 만고강산 노래허면 암만해도 우습겄지?"

할아버지 돌아가시고 할머니마저 자리에 누운 작년부터 집 앞의 밭을 묵혀두고 있다. 아버지는 이제 그만 사회생활을 접을 요량인가.

"아부지가 원하면 그렇게 하시지요."

"너도 도와줄래?"

"네."

나는 건성으로 대답했다. 아버지가 피우던 담배를 입에 문 채

담뱃진내 나는 손으로 내 머리를 한번 흩뜨리더니 주섬주섬 호주머니를 뒤졌다. 내게 줄 돈을 찾는 것이다.

"그렇게나 니 한 몸 의탁할 디가 없든?"

취직자리가 그렇게도 없냐는 말이다. 나는 짐짓 명랑하게 대꾸했다.

"그래서 학원 열심히 다니잖아요."

"그까짓 타자학원 댕겨서 멋에 써묵을라고."

아버지는 나를 타박하는 게 아니라 그냥 귀엽다고 놀리는 거다.

"차라리 그럼 고시학원이나 다닐까요?"

"그것이 낫제."

아버지가 만원짜리 한 장을 내밀었다.

"아부지, 저 오늘은 좀 늦을 거예요."

"대학도 떨어지고 취직도 못 헌 것이 뭔 업무가 있어서 늦어?"

아버지는 여전히 놀리는 투다. 나는 대답 대신 씨익 웃었다. 친구가 애를 낳았다는 말을 하기가 쑥스러웠다.

나는 탱자나무 울타리를 돌아 골목 밖으로 빠져나오며 우리 집을 힐끗 한번 돌아보았다. 광주시에 편입되어 있기는 했지만 아직 우리 동네는 시골 냄새가 났다. 도시 변두리 산동네 분위기를 풍기는 좁은 골목을 막 벗어났다 싶은 순간 우리 집으로 들어가는 탱자나뭇길이 나타난다. 시내에서 몸과 마음이 파김치가 되어 돌아와도 이 탱자나무 울타릿길로 접어드는 순간, 나는 안식을 느꼈다. 시내 작은아버지의 제재소에서 실어온 나무로 불을 지피는 아궁이방도 아직 남아 있었다. 그 아궁이에 불을 때던 할아버지 할머니는 이제 돌아가시고 아궁이는 지난겨울부터 시커먼 냉기를 머금고 아랫방 입구에 엎디어 있었다. 달 밝은 밤에 아버지는 이따금 안채 댓돌에 내려서서 그 아궁이를 골똘히 바라보며 서 있곤 했다. 아버지는 그때, 이제 다시 아궁이에 불을 땔 사람이 자신이라는 걸 생각하고 있었던 것일까.

"아부지, 뭐 해요?"

그때도 아버지는 내게 그랬다.

"해금아, 아부지가 저기서 불 때고 저 방에 들앉아 있으면 암만해도 좀 우습겠지?"

"아니, 아부지가 불 때고 싶으시면 때요."

"그래, 우리 같이 때자."

아버지와 내가 그렇게 달빛 아래서 조용히 쑥덕이고 있을 때 엄마가 끙 하고 돌아눕는 소리를 냈다. 우리는 대화를 뚝 멈추고 달빛 부서지는 뜰과 탱자나무 울타리와 밭 가운데에 우뚝 솟은 감나무 빈 가지를 바라보았다. 서리가 뿌옇게 내리는 밤풍경은 말할 수 없이 아름다웠다. 한순간 가슴이 먹먹해졌다.

아버지가 식구들 중 나에게 자신의 속내를 언뜻언뜻 비치기 시작한 지는 꽤 되었다. 할아버지가 살아 계셨을 때 차마 말씀드리지 못할 어려운 일이 있으면 아버지는 나한테 먼저 넌지시 물어보곤 했던 것이다.

"내가 지금이라도 유학을 간다고 하면 할아부지가 반대허시 겄지?"

나는 그때도 그랬다.

"아부지가 가시고 싶으면 가세요."

나는 거침없이 대꾸했다. 유학이라는 말은 오래 전, 청년 시절의 아버지가 접은 '학문에의 꿈' 이라는 말과 같은 것이었다. 나는 나중에야 알았다. 그날 아버지가 내게 유학이라는 말을 꺼낸 것으로 당신의 마음속에서 '학문에의 꿈' 을 완전히 장사지냈다는 것을.

그러기 위해 아버지는 그날 내게 그 말을 했던 것이다. 그러나 나는 아직 아버지의 괴로운 심사는 까맣게 모르는 채 아버지가 나한테만 자신의 속내를 털어놓는 것이 틀림없다는 터무니없는 확신으로 은근히 우쭐했던 것 같다. 그래서 나의 정해진 멘트인, 그렇게 하고 싶으시면 그렇게 하세요, 식의 대꾸를 그날따라 어깨를 으쓱해 보이는 제스처까지 취해가며 했던 것이다. 아버지가 내게 '아부지가 이러이러하면 우습겄지?' 라고 떠보듯 말을 걸어오기 시작할 무렵부터 아버지는 '드런 놈의 분필가루 그만 들이마시겄다' 고 작정을 한 것이 분명하다. 유학 건 때도 그랬지 않은가. 맘속으로는 이미 결정해놓고 무슨 일이든 한번 결정해놓고 나면 웬일인지 밀려드는 쓸쓸한 기분 때문에 마지막으로 한번 던져보는 물음, 같은 것 말이다.

초등학교 오학년 때였다. 학교를 마치고 집에 갔는데 막내 영미 혼자 마루에 앉아 그때 한창 유행하던 김추자 노래를 부르고 있었다. 그애는 김추자처럼 코맹맹이 소리를 내려고 그랬는지 한 손으로는 코를 쥐고 다른 손으로는 입술을 두드려가며 노래를 부르느라 정신이 없어서 내가 저를 불러도 대답할 짬이 없는 것 같았다.

"나를나코도라가신나으어먼니 그래도오막싸리당캄방에서행보커게지내죠오 내가여스쌀되든해부터어거리에서노래불렀죠오 노래드꼬내게던져주는동전으로아부지와사라죠오……"

"야 이 가시내야, 노래를 부를라면 얌전히 좀 불러라. 그게 뭐냐, 염생이같이."

나는 웬지 모르게 영미가 미웠다. 순금이, 정금이, 영금이, 해금이, 하고 금자 돌림으로 쭉 나가다가 갑자기 막내만 영미가 된 것도 내 심기를 불편하게 했다. 할아버지는 첫 손녀의 이름을 순할 순(順)에 비단 금(錦)을 붙여 순금이라 해놓고, 그 다음부터는 아예 비단 금자는 고정시켜놓은 채, 둘째 곧을 정(正), 셋째 꽃부리 영(英)까지는 옥편 찾는 성의 정도는 보이시더니 내가 태어나고 아버지가 또 딸입니다, 이름을 무엇으로 할까요,

하자 대뜸 그러셨다는 것이다.

"니무랄 것, 암꺼나 허라고 혀."

세상에 '암꺼나 해' 자가 있는지 없는지 모르겠지만 하여간 할아버지가 그렇게 하라고 했으니 아버지는 내 이름을 '암꺼나해' 자에 비단 금, 해서 해금으로 할 수밖에 없었다는 말을 고모한테 들었다. 고모가 친정인 우리 집에 올 때마다 나보고 '어이 혀금씨' 해대서 내가 나는 혀금이가 아니고 해금이라고 강력 항의하자 고모가 나를 앉혀놓고 내 이름의 내력을 말해줬던 것이었다. 아버지는 나를 동회에 신고할 때 남의 이목도 있고 하니, 할 수 없이 즉석에서 떠오른 '바다 해(海)'를 붙여 비로소 내 공식 이름이 정해졌지만, 집안에서의 나는 여전히 혀금이 내지는 '암꺼나 해' 자의 해금이인 것이다.

그러고 나서 몇 년 있다가 또 딸이 나왔을 때 아버지는 차마 할아버지한테 이름을 어찌할 것인지는 더 여쭐 수가 없어서 아버지 나름대로 아름다울 미(美)에 기존의 비단 금을 붙여 미금으로 정했는데, 이름 정한 사람이 할아버지가 아니고 아버지라 만만했던지 엄마가 일언지하에 반대를 하더라는 것이다.

"안 돼야."

"뭣이 안 돼야."

"금자는 안 된다고."

"좋네. 그럼 아름다울 미자에 큰놈 거 순자 좀 빌려와서 미순이는 어쩐가? 야한테서 금자를 빼불면, 즈그 언니들허고 아조 다른 종자 같응게 이왕이면 큰놈 이름자 중 하나인 순자를 붙여주자고. 어쩐가?"

아버지는 원래 우격다짐보다는 대화와 협상을 좋아하는 천상 민주주의자였다. 자신은 민주주의자가 확실한데 너희 엄마는 고집 센 것으로는 공산주의자, 맘대로 하는 것으로는 자유주의자라고 아버지가 우리 앞에서 엄마 흉을 본 적이 있다. 공산당과 자유당을 번갈아 오가는 엄마인지라 이름 정하는 문제에 있어서도 만만치 않게 나왔다.

"꼭 큰애 거를 붙일 필요는 없제. 기중 이쁜 꽃부리 영자, 미영으로 합시다."

아버지의 심기가 뒤틀렸다. 그래서 동회에 신고하러 갈 때 뒤틀린 아버지의 심경을 이름자에 실어서는 미영을 영미로 바꿔쳐버렸다. 동회를 나오면서 아버지는 할아버지 말투를 흉내내어 말했다.

"에잇, 니무랄 것."

그러고는 바로 시내의 아버지 단골주점 '영미집'으로 직행을 했더라는 후일담이다. 하여간 미금이가 될 뻔했던 영미는 노래 부르기 좋아하는 고모한테 밤이면 밤마다 유행가를 배웠다. 영미가 지금 부르는 그 노래도 고모한테 배운 것이다. 영미는 노래를 잘해서 고모한테 각별한 사랑을 받았다. 어디 고모뿐이랴.

막내만의 프리미엄까지 누리는 영미 때문에 나는 늘 서러웠다.

"야, 노래 좀 그만 불러봐바아. 식구들 암도 없어?"

"키폰시잉동스타시잉아부지는마랬쬬오……"

영미는 대답 대신 나를 바라보며 눈만 깜박였다. 식구들이 있건 없건 저는 아무 관심도 없는 천하태평이다. 내가 그날따라 식구들 없는 게 불안했던 이유는 동네 입구 구멍가게 아줌마가 한 말 때문이었다. 아줌마는 목소리가 밖으로 나오지 않아도 누구나 다 알아먹을 수 있었다. 아줌마 목소리가 밖으로 나오지 않는 것은 아줌마가 '호도암'을 앓아서 그렇다고 했다. 후두암을 호도암으로 잘못 알아들은 나는 아줌마가 호도를 너무 좋아해서 그런 것으로 알았다. 하여간 아줌마가 쉰 목소리로 내게 은밀하게 말했다.

"악아, 느그 아부지가 잽혀간 줄 아냐 모르냐?"

나는 금시초문이므로 태연하게 말했다.

"모르는데요?"

"느그 집 큰일났다, 여그서 이러지 말고 빨리 가봐라."

아줌마는 내가 먹은 하드 값도 받지 않고 내 등을 떠밀었다. 그렇게 집에 왔는데 집 안은 조용했고 오직 마영미의 되지도 않는 코맹맹이 소리만 빈집을 울리고 있었다. 나는 우선 엄마 아버지가 거처하는 작은방 문부터 열어보았다. 반닫이와 경대가 엄마처럼 새침하게 놓여 있었다. 할머니와 고모 방이자 나와 영미 방이기도 한 큰방 문을 열었다. 큰방은 언제나처럼 어수선했다. 할머니가 벗어놓은 때 묻은 버선짝과 고모의 노래책, 나와 영미의 옷이 방바닥에 널브러져 있었고 벽에도 줄레줄레 걸려 있었다. 나는 언니들 방으로 줄달음질쳤다.

"니노래를드꼬시퍼허는사람더리너를둘라싸리라아 키폰시잉 동스타시잉아부지는마랬쬬오."

영미는 꽁지에 불이 난 듯 돌아치는 나를 눈으로 좇으며 여전히 노래만 불렀다. 미웠다. 다짜고짜 영미 머리카락을 쥐어뜯었다. 영미는 비명도 지르지 않고 버텼다. 나는 그게 더 미웠다. 우리 둘이는 죽기 살기로 엉겨붙어 으르렁거렸다.

"싸와라. 싸와야 크제."

할머니가 대문께에서 뒷짐을 지고 떡 버티고 서서 벼락같이 일갈했다. 우리는 여전히 씩씩거리면서 떨어졌다. 할머니가 큰방 문을 활짝 열더니 한복 저고리를 활락활락 벗어서 방 안에 휙 던져넣었다.

"내가 오래 살아 별놈의 꼴을 다 보고 산다. 키와노면 다아 사둔네 권숙이나 될 것들을 멋이 좋다고 밥 씹어 멕여노니, 심들이 좋아 처쌈박질이나 허고…… 가만있거라, 내가……"

할머니가 헛간 쪽으로 가더니 삽을 들고 왔다.

"삽으로 흙을 파서 느그들을 항꾼에 몰아서 묻어불던지 내가 들어가불던지 해야제 벨수가 없다, 끙."

할머니가 마당 한 귀퉁이를 파기 시작했다. 할아버지가 들어섰다. 할머니가 스르르 삽을 내려놓았다. 할아버지가 신문지에 싸가지고 온 떡을 내밀었다.

"대사 집 음석이 홍애(홍어)도 없고…… 벨것이 없더라."

할아버지 할머니는 친척 잔칫집엘 다녀오신 모양이다. 그래서 아버지가 잡혀간 걸 모를 것이다. 나는 말을 할까 말까 망설이며 맛없는 떡을 꾸역꾸역 먹었다. 그새 할머니는 옷을 갈아입고는 호미를 들고 밭으로 가고 할아버지는 아랫방으로 들어가 고모가 사다준 카세트테이프를 틀었다.

곧이어 〈적벽가〉가 조용한 집 안에 울려퍼졌다. 우리는 할아버지 방문 앞에 쭈그리고 앉았다.

"임방울이 아조 조타아!"

할아버지는 스르르 눈을 감았다. 아무래도 잔칫집에서 하신 약주가 과했던 모양이었다. 외출했다가 늦게 들어온 엄마는 그날따라 영미를 안고 잤다. 나는 더욱 짙게 밀려오는 외로움 때문에 방황하다가 언니들 방으로 기어들었다.

"큰언니, 도대체 어떤 자식일까?"

열혈 중학생 영금이가 물었다.

"모르지."

착실한 사범대생 순금이가 대답했다.

"작은언니, 우리가 가서 아버지 신고한 자식을 혼내주까?"

“모르는데 어떻게 혼을 내.”

까칠한 여고생 정금이다. 정금이가 이어서 말했다.

“아부지는 이제 학교 그만두실지도 몰라.”

“왜?”

“수업중에 선생이 한 말을 꼬나바치는 학생이 있는 학교가 좋겠냐.”

“도대체 아부지가 뭐라고 했는데?”

“대통령 흉 좀 봤나부지.”

큰언니, 작은언니 그리고 영금이가 속닥이는 소리를 듣고서야 나는 아버지가 잡혀간 이유를 알았다. 아버지는 잡혀간 날로부터 보름째 되던 날 집으로 돌아왔다. 학교에서 돌아와보니 아버지가 집에 와 있었다. 아버지는 아무 일도 없었던 듯 마루에 앉아 밥을 먹고 있었다.

“아부지, 왜 잡혀갔던 거예요?”

“해금아, 물 좀 떠오너라.”

나는 물을 떠다드렸다. 아버지는 밥을 물에 말아 후루룩 마셔버렸다.

“대통령 흉 보셨어요?”

“아따, 잘 묵었다.”

나는 빈 상을 부엌에 갖다놨다. 아버지는 그새 작은방으로 들어가버렸다. 그 일이 있고도 아버지는 몇 년을 오직 가족의 생계 때문에 학교를 그만두지 못하다가 사람이 많이 죽어나갔던 그해 봄 이후 완전히 학교를 떠났다. 내가 고등학교 일학년 때였다. 아버지는 학교를 그만두던 날 식구들에게 말했다.

"분필가루는 이제 그만 마실란다."

그러고도 아버지는 시내 학원가에서 몇 년을 더 '분필가루'를 마셨다. 이제 그조차도 그만두려는 것이 분명하다. 아니, 이미 그만뒀는지도 모른다. 그렇다면 나도 용돈 타 쓰는 일을 삼가야 하리라. 무엇보다 내 나이 스무 살이 아닌가. 부모의 도움 없이 스스로 살아야 할 때가 된 것이다.

지금, 그때 내게 쉰 목소리로 아버지의 연행 사실을 알려줬던 아줌마는 세상을 떠났고 아줌마의 딸이 옛날 아줌마처럼 여전히 장사를 하고 있다. 아줌마의 딸 영자는 큰언니와 동갑인데 벌써 애가 셋이다. 물건을 사러 들어가면 그 집 애들이 마치 강아지들처럼 엉겨붙어 성가시다. 그래도 동네에 하나밖에 없는 가게라 이용을 안 할 수도 없다.

"야아, 해금이 너 어디 다니냐?"

어느 대학에 다니냐는 거겠지.

"떨어졌어요."

"왜애?"

"공부를 못해서겠지요!"

내 입이 약간 들어가고 있다는 걸 눈치 둔한 영자가 알 리 없다.

"아하, 그렇구나. 그려, 알았어. 그런디 지금 어디 가는 거여?"

이제부터 토큰은 시내에서 한꺼번에 사리라. 절대로 영자 집에서는 토큰도, 무엇도 사지 않으리라. 나는 내 발목을 간질이는 영자네 아이를 탁 소리나게 뿌리쳤다. 영자는 내가 제 애를 함부로 다룬 것도 모르는 것 같았다. 영자가 길게 하품을 하며 우는 제 아이 궁둥이를 철썩였다. 우리 동네, 쌍촌동을 그렇게 빠져나와 나는 시내로 가는 버스에 올라탔다. 우리 집이 멀어졌다.

아홉 송이 수선화

경애는 얼굴이 하얗고 숱 적은 머리카락이 노랬다. 그애는 우리 집 탱자나무 오솔길을 벗어나서 곧바로 이어지는 산동네 끝집에 살았다. 경애 엄마는 양동시장에서 조기장사를 해서 술꾼인 경애 아버지 술값과 술로 인해 얻은 병을 치료하는 약값을 댔다. 경애 아버지는 봄이면 우리 집 앞 감나무밭에 거름 주는 일을 했고, 가을이면 감 따는 일을 했다. 그 일을 우리 할아버지 할머니와 함께 했다. 경애 아버지가 일 년 중에 하는 유일한 돈벌이였다. 경애 아버지는 사람이 착하고 워낙에 흙일이 몸에 밴 사람이라 정식 일꾼으로 부르지 않은 날에도 저녁이나 이른 아침 우리 밭에 와서는 풀을 뽑고 북을 주었다. 아침에 할머니가 밭에 나가보고 와서,

"아이구메, 또 경애 아부지가 밭을 아조 밥알도 주서묵게 만

들어났다."

그만큼 반들반들하게 해놨다는 말이다. 할머니는 그래서 나중에 그런 것까지를 감안해 노임을 쳐주곤 했다. 경애 아버지는 우리 밭만한 자기 땅을 갖는 게 소원이었다. 그러나 그는 시골에서도 진작에 쫓겨난 사람이었다. 그는 그때까지 누구보다 열심히 일했지만 한 번도 자기 땅을 가져보지 못했다. 경애가 초등학생 때 시골을 떠나 이곳 도시 변두리 산동네로 이사를 온 이래 경애네는 산동네를 떠나지 못하고 있었다.

경애와 내가 고등학교 일학년이던 봄의 어느 일요일, 나는 경애를 따라 성당에 갔다. 식구들은 내가 어디를 갔다왔는지도 모를 것이었다. 식구들이 내게 신경을 쓰지 않는 것이 어느 한때는 서러웠으나 그즈음부터는 오히려 존재감 없는 쪽이 더 편했다. 나는 집안에서의 내 미미한 존재감을 잘만 이용한다면 앞으로 훨씬 많은 자유가 있으리라는 것을 조금씩 깨달아가는 중이었다. 굳이 식구들 몰래 내 자유를 구가할 필요도 없었다. 나는 그냥 자연스럽게 집을 빠져나왔다가 적당한 시간에 귀가하면 그만이었다. 집에 돌아와 밥상이 놓여 있으면 끼어 앉아 밥을 먹었고, 밥상이 치워져 있으면 부엌에 가서 혼자 국에 밥을 말아 먹었다. 그리고 마당가에서 양치질하고 방에 들어가 잤다. 할머니는 언제나 일찍 주무셨고 영미는 엄마 방이나 언니들 방에서 놀다가 잠이 올 때만 큰방으로 건너왔다. 그러니 나의 귀가시간을 탓할 사람은 아무도 없었다. 나는 귀신처럼 나갔다가 도둑처럼 들어왔다.

그날 나는 경애를 따라 성당에 가려고 아침밥을 먹은 뒤 설렁설렁 대문을 나섰다. 일요일 아침부터 할아버지가 있는 아랫방에서는 단가 소리가 흘러나왔다. 할아버지는 사직공원 노인들 사이에서 명창으로 불렸는데, 일주일 간격으로 레퍼토리를 달리해 공연을 했다. 때로는 시조로, 때로는 단가로, 때로는 판소리로. 지금 부르는 단가는 아마 다음주 레퍼토리일 것이다. 고모가 시집간 이후로 영미가 할아버지한테 북장단을 맞춰주고 있었다.

"이 산 저 산 꽃이 피니…… 분명코 봄이로구나 봄은 찾어왔건마는 세상사 쓸쓸허구나 나도 어제 청춘이러니 오늘 백발 한심허구나……"

경애가 나더러 성당에 가자고 말했을 때, 나는 무심하게 그러자 했다. 일요일이라고 딱히 할 일도 없는 것이 심심해 따라나선 것이리라. 그렇게라도 시내 바람을 쐬고 싶어서.

경애는 처음에 묻지도 않은 말을 했다.

"사는 게 너무 슬퍼서 성당에라도 다녀야겠다."

집 앞에 교회를 두고 왜 성당엘 가려고 하느냐 했더니, 경애가 귓속말로 내게 속삭였다.

"태용이 거기 다닌다더라구."

우리는 태용이네를 한 달 전쯤, 광주공원 광장에서 만났다. 그날, 그곳에서 광주 시내 고교생들의 집회가 있다는 소문을 듣고 구경차 나온 참이었다. 경애는 광주여상 야간부를 다녔는데 그렇다고 그애가 낮에 어디를 다녔던 것은 아니다. 그애는 주로 동생들을 돌보고 살림을 했다. 경애가 문득, 한 무리의 남학생들을 보고 내 뒤로 숨었다.

"왜 그래?"

"아는 애가 있어. 실업계끼리 미팅 한번 했거든."

"알면 어때서?"

"스을, 나 야간인 거 알면 챙피허단 말여."

경애가 한쪽 다리를 달달 떨면서 뒷골목 애들 흉내를 냈다.

"됐네, 됐어."

경애가 아는 애가 있는 그룹이 우리에게 먼저 말을 걸어왔다.

"그쪽은 두 분만 오셨나요?"

멀리 공원 숲속에 있는 친구 승희, 정신이, 수경이 패들이 보였으나 알은체하지 않았다.

"아 예, 뭐."

교복으로 봐서는 광주일고가 둘, 상고가 하나였다. 경애가 안다는 애는 상고생인 듯했다. 셋 다 모자를 반듯하게 쓰고 교복 단추 문양이 하나도 삐뚤어지지 않게 쪼르르 달려 있는 것이, 시인 윤동주의 후예들 같았다. 만물박사인 영금이가 별스레 폼을 잡고 내게 했던 말이 떠올랐다.

"저항시인 윤동주 열사는 단추 하나 삐뚤게 달지 않았다더라. 그만큼 올곧게 살았단 뜻이지."

그뒤로 남학생 교복만 보면 단추가 일렬로 반듯한지 아닌지를 살피는 버릇이 생겼다.

상고생 김진만이 대뜸 우리에게 물었다.

"여학생들도 시국에 관심이 있습니까?"

나는 시국이란 말을 시극으로 잘못 알아들었다. 시극인지 소설극인지는 몰라도 학예발표회에서 연극을 한 적이 있었다. 나는 그때의 경험만으로 당연하다는 듯 대답했다.

"그럼요."

승희가 대본을 쓰고 정신이 연출하고 내가 주인공으로 출연했으나 그리 성공적이지는 못했던 무대였다. 박수가 아주 미미했을뿐더러 야유까지 들었다. 우리는 그날의 참패가 대본을 잘못 써서 그랬다느니, 연출을 잘못해서라느니, 연기를 못해서라느니 하면서 다퉜다. 다툰 이후 두 번 다시 연극 이야기는 꺼내지 않았다. 우리가 했던 연극은 신파극 〈이수일과 심순애〉를 패러디한 것이었는데, 신파극이 먹혀들 수 있는 시대는 애저녁에 지났던 것이다.

내 대답에 남학생들의 눈빛이 반짝하는 것 같았다. 태용이, 진만이, 승규가 우리에게 공원 계단 위 탑에 분향하러 가자고 말했다. 우리는 어리둥절했다. 우리가 올라갔을 때 이미 많은 학생들이 분향이나 헌화, 묵념을 하고 있었다. 그날이 바로 '학생의 날' 이라는 것도 우리는 처음 알았다. 우리는 분향을 끝내고 내려와서 집회에 참석했다. 모인 사람은 생각보다 많은 수는 아니었다.

교복을 입지 않은 것으로 봐서 대학생인 듯한 남자가 연설을 하고 있었다.

"피 끓는 청년학생 여러분, 오늘이 무슨 날입니까?"

거의 남학생인 청중이 대답했다.

사일구.

나는 놀랐다. 학생의 날이 4·19라니.

"예, 맞습니다. 오늘은 우리 피압박 민중이 저 부패한 자유당 독재자 이승만을 몰아내기 위해 분연히 떨쳐 일어난 날입니다."

와아, 하는 함성소리.

'피압박 민중' 이란 말도 나는 그날 처음 들었다. 왠지 모르게 가슴이 요동쳐왔다.

"그리고 이제, 다시금 우리 앞에는 엄숙한 역사의 시간이 가로놓여 있습니다."

그때 어디선가 구호가 터져나왔다.

계엄령을 해제하라! 해제하라, 해제하라!

나는 지금이 계엄령 상황이란 것도 비로소 처음 알았다. 연설자의 사자후를 뒤로한 채 나는 경애 손을 이끌고 광장을 빠져나왔다. 마침 승희가 내게 손짓을 했던 것이다. 오늘이 승희 생일이었다. 승희는 오늘 제 자취방에서 같이 놀자고 했다.

"야, 머리 아프다, 야."

경애도 맞장구를 쳤다.

"그래, 학생들 모인다고 해서 무슨 친교의 시간 같은 것도 좀 있으려나 했는데, 재미없다."

그리고 곧 승희, 정신이, 수경이와 합류하여 버스정류장으로 가고 있는데 뒤에서 야유 소리가 들려왔다.

"혹시나 했는데 역시나구나!"

좀 전의 그애들이었다. 상고생 김진만이 우리 앞으로 척 나서더니 눈을 감고 일갈했다.

"장래 대한의 어머니가 될 여성들 정신이 아주 형편없구나들. 무슨 깡패들처럼 몰려다니고 말이야."

우리 중에 나설 사람은 경애밖에 없었다. 승희, 정신이가 나와 같은 학교고 수경이, 경애는 각기 다른 학교였지만 그애들은 모두 광주 시내 여학생 연합 고적대 출신들이라 이미 서로들 알고 있었다.

"그래서 뭐, 어쩌겠다는 건데. 우리랑 어울리고 싶으면 인사나 곱게 할 것이지, 그게 뭐냐, 추접스럽게."

진만이 그만 머리를 긁적거리며 뒤로 물러났다.

우리는 공원 다리를 건너 학생회관 골목 덴뿌라집으로 몰려갔다. 덴뿌라 한 접시와 찐빵을 시켜놓고 경애와 진만이 사회자 격이 되어 잠시 소개의 시간을 가졌다.

"안녕하십니까, 오다가다 만난 사이긴 하지만 반갑습니다. 제 이름은 이름표에 쓰여 있다시피 김진만이올시다. 저로 말할 것 같으면 구례군 산동면 현천리에서 난생처음 따스했던 부모님 품을 떠나 청운의 꿈을 안고 유학을 온바, 여기 있는 서승규군 또한 저를 따라 함께 고향을 떠나온 사이올시다. 그리고 바로 그 옆 황태용군은 서승규군의 같은 학교 친구로서 이제는 명실공히 제 친구이기도 하여……"

서승규가 김진만을 억지로 끌어앉혔다. 황태용이는 마냥 웃고 있었다. 서승규가 황태용에게도 면박을 줬다.

"웃지 좀 마라, 바보같이."

경애가 우리를 소개했다.

"맨 먼저, 여기 짱구머리 마해금이는 같은 동네 친구고요, 그 옆 김승희, 그 옆 오정신, 그 옆 한수경이는 모두 고적대 친구들입니다. 이상 끝."

마침 승희가 승규랑 같은 '승' 자 돌림인데다 승희네 외가가 구례라서 또 김진만이 흥분하려는 것을 서승규가 말렸고, 황태용이 예의 그 바보 같은 웃음을 실실 흘렸다. 덴뿌라는 금방 바닥이 났다. 나중에 김진만이 남녀 숫자를 맞춘답시고 불러낸 박만영이 우리를 데리고 간 곳은 뜻밖에도 음악다방이었다. 교복을 입은 학생들은 우리 말고도 몇이 더 있어서 우리는 안심하고 커피 대신 일제히 밀크를 시켰다.

우리는 빨대가 꽂혀 나온 달콤하고 따뜻한 밀크를 빨아먹으면서 각자 자유롭게 대화를 나누었다. 나만 빼놓고 다들 고적대 출신들이라 키가 크고 예뻐서였는지, 나에게 말을 거는 남자애들은 없었다. 그런 유의 소외감은 내게 오래 익숙한 것이었다. 나는 와글거리는 아이들 속에서 홀로 고요히 흘러나오는 노래에 귀를 기울였다.

눈부신 아침 햇살에 산과 들 눈뜰 때
그 맑은 시냇물 따라 내 마음도 흐르네
가난한 이 마음을 당신께 드리리
황금빛 수선화 일곱 송이도

태용이 다방 이름이 적힌 메모지에 뭔가를 적고 있었다. 경애가 태용이 적는 걸 유심히 건너다봤다. 태용은 자연스럽게 경애 짝이 된 듯싶었다. 경애가 건너다보는 것이 부끄러웠는지 태용이 얼굴을 붉혔다. 진만이 태용의 메모지를 낚아채 감정을 넣어 읽기 시작했다.

전 집도 없고 땅도 없어요

당장 제 손에 움켜쥘 지폐 한 장도 없구요

하지만 전 당신에게 저 굽이치는 산 위로 떠오르는 아침을
보여줄 수 있고

사랑의 키스와 일곱 송이 수선화를 드릴 수 있어요

다른 어느 때보다 열렬한 반응을 보여야 할 경애가 조용했다. 경애는 조용히 눈물을 흘리고 있었다. 태용이 진만에게서 황급히 메모지를 뺏어 찢어버렸다.

"야, 아깝게 왜 찢냐. 봐봐, 경애가 감동 먹고 울잖아."

태용이 민망한 표정으로 말했다.

"방금 나온 노래 가사잖아."

나 외엔 아무도 노래에 귀 기울이지 않은 줄 알았는데 태용은 노래를 듣고 있었던 모양이다. 그뒤에 나는 그애들이 버스 앞뒷자리에 나란히 앉아 창밖만 내다보는 것을 먼발치에서 한번 봤다. 그리고 이제 경애는 성당을 다니기로 한 것이다. 우리가 시내 들어가는 버스를 타고 가는 동안 거리 분위기가 심상치 않았다. 거리엔 낯선 군인들이 쫙 깔려 있었다. 버스에 탄 한 아주머니가 부르르 떨며 말했다.

"저 군인자석들이 학생들이라고 생긴 종자들은 전부 다 잡아 쥐긴대여."

그날, 성당에서 미사가 끝난 뒤에 우리는 태용을 만났다. 태용

은 성당 입구에서 신부님과 인사를 하다가 갑자기 우리를 돌아보며 깜짝 놀라는 시늉을 했다. 나는 그애의 오버액션을 진심으로 믿어주고 싶었다.

"아!"

경애도 짧은 탄식을 내질렀다. 태용도 경애도 기쁘고 설렌 표정을 숨기지 못했다. 두 사람의 표정에 퍼진 미소가 햇살에 자잘히 부서지고 있었다. 눈이 부셨다!

대학에 한번 떨어지고 나니, 나는 다시는 대학을 생각하고 싶지도 않았다. 엄마는 전기 입시에서 낙방한 내게 후기인 간호대학이나 전문대학에라도 원서를 넣어보자고 했지만 나는 불쑥 취직을 하겠다고 말했다. 엄마가 비아냥인지, 정말 용기를 북돋아주기 위해서인지는 몰라도 대뜸 물었다.

"장하다, 근데 어디에 취직할 건데?"

"공장."

"오살, 사무실 같은 덴 없냐? 그런 데서 한 몇 년 곱게 있다가 시집가는 거지, 뭐. 옛말에도 너처럼 재주 없는 여자가 팔자는 좋다고 안 하디?"

공장 말고 사무실에 취직하려면 우선 타자, 부기를 배워서 들어가야 한다며 엄마는 학원비를 내주었다. 그러나 나는 그 돈을 승희에게 주고 말았다. 승희는 내가 준 돈으로 산동네에 방을 하나 얻었다. 배는 남산만하게 부르고 얼굴은 비쩍 마른 승희가, 마치 나한테 맡겨둔 돈이라도 있다는 듯이 불쑥,

"야, 돈 좀 주라."

나는 두말 않고 주머니를 탈탈 털었던 것이다. 승희가 세들어 사는 집에 가보니 승희는 없었다.

"문간방 가시내 애 나러 간다등만. 거가 뭔 보건소라디야, 조산소라디야."

그 집 할머니의 가시내라는 말에서 은근히 경멸의 느낌이 묻어났다. 승희는 애를 낳게 되면 '국립조산소'에서 낳을 거라고 했다.

"국립이면, 돈이 많이 들 텐데."

"보건소 말야, 깔깔깔."

나는 울상인데, 승희는 웃었다. 과연 승희는 보건소 침대에 누워 있었다. 하루 종일 누워 있어도 애는 나오지 않았다. 시간이 늦어 어쩔 수 없이 나는 집으로 돌아왔다. 승희는 새벽에 애를 낳았다고 했다. 아침에 식구들 몰래 보건소로 전화해서 알아봤다.

나는 어젯밤 집에 와서 어떻게 돈을 마련할지 궁리하느라 거의 잠을 자지 못했다. 우리 집에서 가장 돈을 많이 벌고 있는 사람은 두 사람이다. 사범대를 나온 맏이 순금은 올 봄에 광주에서 버스를 타면 한 시간 거리의 시골 중학교로 발령을 받았다. 아직 첫 월급도 받지 못했을 터이나, 솔직히 말을 하면 가불을

해서라도 줄지 모른다. 그런데 교사도 가불이 되는지는 미지수다. 이 년제 교대를 나와 순금보다 먼저 돈을 벌기 시작한 둘째 정금에게는 확실히 돈이 있을 것이다. 그러나 정금은 엄마 외에는 그 누구에게도 함부로 돈을 빌려주지 않는다. 그녀의 돈을 내 손에 넣을 수 있는 길은 훔치는 것뿐이다. 그러나 그 또한 난망한 일이다. 지난겨울 운동권 영금이가 정금의 돈을 훔쳐 운동자금으로 쓴 일이 발각되자 정금의 지갑 수호작전은 더욱 치밀해졌다. 영금은 훔치는 재주는 있어도 간수하는 능력이 없어 이따금 훔친 돈을 질질 흘리기도 하는데, 이즈음은 저도 아예 돈줄이 말랐는지 흘리지도 않았다.

식구들 밥 먹는 틈을 타 나는 언니들 방에 잠입해들어갔다. 그러고는 벽에 걸린 옷이며 가방을 뒤져서 순금이 지갑에서 만 원, 정금이 지갑에서 토큰 세 개를 노획했다. 마지막으로 영금이의 호주머니를 뒤져보니 호주머니에 구멍이 나 있었다. 가방 속에서 나오는 건 유인물 몇 장과 책 몇 권뿐. 하도 불쌍해 순금이 지갑에서 빼낸 돈을 넣어주고픈 충동이 이는 걸 가까스로 참았다. 어젯밤에 훔친 돈과 아버지가 준 돈 그리고 그 동안 내가 안 먹고 안 쓰고 모은 돈을 들고 나는 승희가 애를 낳은 보건소로 가기 전 정신이네 집에 전화를 걸었다. 정신이 엄마가 받았다.

"정신이 있어요?"

"정신이 없따!"

“정신이 나갔어요?”

“정신이 나갔따!”

“정신이 언제 돌아와요?”

“나도 모르겠따!”

나는 뻔히 알면서도 언제나 그렇게 물었다. 그러면 정신이 엄마도 내가 일부러 그렇게 묻는다는 걸 알면서 장난조로 받아친다. 정신이네는 우리 수선화 회원들 중 유일하게 피아노를 가진 집이고 정신이 엄마는 우리 엄마들 중 유일하게 하이힐을 신는 엄마다.

정신이는 학교에 갔을 것이다. 태용에게 전화를 걸었다. 마침 태용이 받았다.

“오늘 시간 있니?”

“너나 나나.”

대학 떨어지고 오갈 데 없는 똑같은 신세라는 거겠지.

“너 돈 가진 거 없냐?”

“없는데.”

“훔쳐봐, 좀.”

“훔치라구?”

“그래, 성의라는 게 있잖아.”

“훔치는 성의?”

“응.”

어떡하든 돈을 좀 마련해서 서구보건소로 오라며 전화를 끊는
데 속에서 뭔가 왈칵 치밀었다. 경애가 죽었을 때 태용이 어린
애처럼 악을 쓰며 울던 것이 생각났다. 우리는 이제 더이상 덴
뿌라 하나씩 입에 물고 찐빵 같은 웃음만 지어도 행복한 어린애
들이 아니었다. 그것이 서러웠다. 진만이, 승규, 만영이, 태용이,
승희, 정신이, 그리고 나 해금이. 우리 곁에 경애와 수경이가 있
었다. 아홉 송이 수선화 중 두 송이가 졌다. 그리고 승희가 애를
낳았다. 승희 아이는 새로 핀 꽃송이인가.

와라, 밥해줄게

승희가 이학년 겨울방학 때, 아버지가 여자를 데리고 왔다.

"어이 불쌍한 사람 하나 델꼬 왔네. 염치 없는 줄은 알겠네만 자네가 이 사람이랑 함께 살아주소."

엄마가 큰방을 쓰고, 아버지와 여자가 작은방을 썼다. 아버지가 여자를 데리고 들어온 건 공식적으로는 아들을 바라서였지만, 실은 아버지의 바람기 때문임을 승희는 알았다. 방학을 했지만 승희는 집에 가지 않았다. 아버지가 싫고 엄마가 가엾고 세상이 무섭고 혼란스러웠다. 아버지는 엄마를 사랑하지 않았다. 엄마는 아버지를 무서워했다. 두 사람은 서로가 잘 맞지 않았다. 그래도 한번 부부로 맺어진 인연이므로 이혼 같은 건 생각지도 않고 살았다. 그 대신 아버지는 여자를 들인 것이다. 여자의 고향이 공주라고 했다. 공주 여자는 아버지에게 공주 대접을 받았다. 작

은방에서 아버지와 여자가 다정하게 속삭이며 숨죽여 웃는 소리
가 큰방의 엄마에게 들려왔다. 엄마는 죽고만 싶었다. 엄마는 급
기야 보따리를 싸서 방학인데도 집에 오지 않는 딸의 자취방으로
왔다. 눈이 펑펑 쏟아지는 크리스마스 전날 저녁이었다.

승희는 그때 거리에 있었다. 엄마가 온 줄도 모르고 승희는
거리를 쏘다니고 있었다. 승희는 발이 너무 시리고 배도 고프고
외로웠다. 자취방에 가봤자 연탄불도 꺼졌을 테고 먹을 것도 없
었다. 그렇다고 시골집엔 죽어도 가고 싶지 않았다. 세상 사람들
이 다 미웠다. 아버지의 첩질을 전혀 비난하지 않는 일가친척들
과 동네 사람들이 미웠다. 친구들에게 자신의 집안일을 말하기
도 창피했다. 공부를 하려 해도 책을 들여다보고 있으면 온갖
잡념들이 들어차서 활자들이 눈에 들어오지 않았다. 승희는 죽
음을 생각했다. 그러나 죽음도 무서웠다. 어디론가 멀리멀리 떠
나는 것을 생각했다. 이제껏 시골집을 떠나 광주로 온 것 말고
승희가 가본 곳은 아무 곳도 없었다. 어디 가서 뭘 해서 먹고살
아야 할지 떠오르지 않았다. 앞이 캄캄했다.

아버지는 승희가 집에 와서 곱게 절을 해야만 용돈을 주었다.
언제나 그렇게 했다. 집 대문에 들어서서 승희가 맨 먼저 해야
할 일은 아버지에게 절을 하는 것이었다.

"다녀왔습니다."

말하자면 날마다 해야 하는 절을 몰아서 하는 것이었다. 그러

면 아버지는 흡족해서 물었다.

"쥔네는 편하시고?"

하나밖에 없는 자식인 승희를 광주로 유학 보내면서 아버지는 불안했다. 아버지 말로 하면 '아심찮았다'. 그래서 손수 하숙집을 골랐다. 승희는 하숙보다 자유로운 자취를 하고 싶었다. 딸의 고집을 꺾지 못한 아버지는 대신 자취방도 자신이 직접 정해야 한다는 조건을 달았다. 승희가 절을 하자마자 집주인네의 안부를 묻는 것은, 말하자면 아버지가 딱 보니 믿음성 있게 생겼다는 집주인네에 별고 없어서 너를 잘 단속하고 있겠지? 라고 묻는 것이었다. 그러고는 승희의 짐 속에 쥔네에게 갖다주라며 짚으로 싼 계란 한 줄, 집에서 만든 찹쌀갱엿, 유과, 떡 따위를 바라바리 싸주었다. 승희는 한 번도 그것들을 집주인에게 준 적이 없었다. 정신이, 해금이가 오면 같이 먹다가 남으면 그냥 버렸다. 때로는 진만이나 승규에게 가져다주기도 했다. 시골 사람인 아버지에게 아무리 특별 부탁을 받았다 해도 도시 사람인 집주인네가 자기 자식들에게 쏟는 만큼의 관심을 자취생에게 쏟을 수는 없을 터인데도 아버지는 말했다.

"아무리 남이라도 내 집 안에 사는 사람은 다 내 식구들 같을 것 아니드라고?"

아버지의 허망한 기대가 승희는 우스웠다. 아버지가 아무리 내 집 안에 사는 사람은 다 내 식구 같다고 생각한다 하더라도

'이왕 내 집 안에 들어온 여자를 내 식구로 여기고 살라'고 엄마한테 강요하는 것은 명백한 폭력이었다.

아버지가 순창의 종가에서 시제를 지내고 버스를 타고 집에 오는데, 자신의 옆자리에 여자가 탔더라 했다. 여자의 얼굴이 흔히 보는 시골 여자들 같지 않고 일견 창백해 보이길래 아버지는 여자에게 뭐라도 먹이고 싶어 시제 지낸 집에서 싸가지고 온 말린 문어다리를 하나 북 찢어 건넸다고 했다. 어디 사시는 분이냐고 묻기도 했겠지. 그러자 여자가 대뜸 그랬다는 것이다.

나, 당신 집에 가서 살면 안 되겠느냐고. 아버지는 여자를 데리고 집으로 오는 대신 다른 길로 샜다. 보름 만에 집에 나타난 아버지 옆에 여자가 천연덕스럽게 서 있었다.

엄마는 딸의 자취방에서 딸을 기다렸다. 연탄불도 피우고 밥도 해놓고 무채도 버무려놓고 시장에 가서 명태를 사다가 김치 넣고 찌개도 끓여놓고 이불 홑청도 뜯어내 빨아서 다림질해서 다시 시쳐놓고 딸을 기다렸건만, 딸은 오지 않았다. 딸은 어디가 있었는가.

승희는 눈이 펑펑 내리는 크리스마스이브에 거리를 사정없이 쏘다니다가 더이상은 걸을 힘이 남아나지 않은 것 같아 잠시 눈오는 공원 벤치에 앉아서 누굴 불러낼까 생각했다. 맨 먼저 정신이를 떠올렸다. 정신이네 집에 가면, 우선 따뜻한 이불 속에서 발을 녹일 수도 있고 어쩌면 목욕을 할 수 있을지도 모른다. 정신이 엄마는 승희가 정신이네 집에 가면 늘 묻곤 했으니까.

"너희들 목간할래? 내가 물 받아주께."

정신이 엄마가 여느 엄마들처럼 밥 먹을 거냐고 묻지 않고 목욕할 거냐고 물었을 때는 좀 이상했다. 그러나 지금은 그렇게 물어주면 고마울 것 같다. 언젠가처럼 목욕을 하고 나면 자신이 쓰던 화장품을 발라주며, 특유의 허스키하고 걸걸한 목소리로 뭐 먹을 거냐고 묻고는 양장피라든가 탕수육을 시켜놓고, 매번 그랬던 것처럼 그 다음에 화투장을 들고 나와 담요 위에 좌르르 펼치면 기꺼이 마주 앉아 밤을 새워서라도 정신이 엄마가 좋아하는 도리짓고땡이나 삼봉을 쳐줄 수 있을 텐데.

목포에서 이름난 미인이었던 정신이 엄마는 스무 살 차이 나는 변호사의 재취로 들어와 정원이와 정신이를 낳았다고 했다. 그녀는 통이 크고 아름다우며 정이 많으면서도 왠지 모를 외로운 기색이 있었다. 승희는 정신이네 집의 묘한 분위기가 좋았다. 무엇보다 그 집에는 고리타분한 구석이 없었다. 왠지 모르게 다들, 드라마틱한 기운을 가지고 있었다. 프랑스 여배우 잔 모로를 닮은 정신이 엄마가 긴 홈드레스를 입고 이층 나무계단을 경쾌하게 내려올 때, 남궁원 닮은 정신이 아버지가 바바리코트를 한 손에 걸치고 다른 한 손에 가죽가방을 들고서 현관문을 들어서다가 정신이 친구들을 보고는 그윽한 미소를 짓고 나무계단을 올라갈 때, 승희는 문득 자신이 지금 드라마의 한 장면 속에 있는 것 같

은 느낌이 들었다. 그리고 정원 오빠. 오늘 밤, 정신이네 집에
가면 정원을 볼 수 있을지도 모른다. 따뜻한 물에 목욕을 하고
나서 따뜻한 음식을 먹고 정원의 기타 반주에 맞추어 정신이 불
러주는 노래를 들으며 잠들 수 있을지도 모른다. 혹은 언젠가처
럼 정원이 쳐주는 기타 반주를 깔고 자신이 「목마와 숙녀」를 읊
게 될지도 모를 일이다.

　　한 잔의 술을 마시고
　　우리는 버지니아 울프의 생애와
　　목마를 타고 떠난 숙녀의 옷자락을 이야기한다
　　(……)
　　문학이 죽고 인생이 죽고
　　사랑의 진리마저 애증의 그림자를 버릴 때
　　목마를 탄 사랑의 사람은 보이지 않는다

　　세월은 가고 오는 것
　　한때는 음…… 음……

　기타를 쳐주던 정원이 승희를 건너다보며 씨익 웃었다. 딩동
댕, 디리링. 긴 손가락이 기탓줄 위로 미끄러졌다. 정신이 탱글
탱글한 포도알이 들어 있는 주스를 쟁반에 받쳐들고 들어오다가

정원이 웃는 모습을 보고는 물었다.

"오빠 박인희 스타일 좋아?"

정원이 얼굴이 빨개져서 나가버렸다. 무안함을 숨기려고 휙 바람을 일으키며 나가는 정원에게서 레몬향 비슷한 향기가 났다. 정신이 주스컵 위의 물방울을 통 튀기며 말했다.

"울 오빠 웬만해서는 여자 보고 안 웃는데."

이번에는 승희 얼굴이 빨개졌다.

승희는 정신이네 집으로 가고 싶다. 오늘 밤, 정원이 풍기는 레몬향을 다시 한번 맡고 싶다. 전화를 하면 누가 받을까. 정신이 엄마는 정신이 좀 바꿔달라면 또 장난스레 정신이 없따, 할지도 모른다. 잔 모로 닮은 동그랗고 통통한 얼굴에 장난기를 가득 담고서, 정신이 없따, 옴마, 생각해봉게 있네에, 하면서 정신이를 바꿔줄지도. 정신이 아버지가 받으면 특유의 통을 울리는 듯한 굵은 목소리로 승희, 메리 크리스마스, 할지도 모른다. 그러나, 그 누구보다 정원이 받는다면 얼마나 좋을까. 생각이 정원에 이르자 지레 목이 움츠러든다. 그는 지금 방학을 맞아 서울에서 고향 광주로 내려와 있다. 정신이 이미 은근한 목소리로, 오빠 내려왔으니 한번 오라고 귀띔해주었던 것이다.

"오빠가 읽으라고 준 책이 있어. 『아무도 미워하지 않는 자의 죽음』이야. 내가 빌려줄 테니 너도 꼭 한번 읽어봐."

정신이네 집이 있는 동명동은 시내에서 가까웠다. 승희는 주

머니를 털어 충장로의 궁전제과점에서 롤케이크를 샀다. 크리스
마스이브라 쏟아져나온 사람들로 시내 한복판인 충장로는 발 디
딜 틈이 없었다. 우다방이라 불리는 우체국 앞 계단에는 수많은
청춘들이 내리는 눈을 맞으며 연인들과 친구들을 기다리거나 만
나고 있었다. 승희는 사람들에게 떠밀리다시피 충장로를 빠져나
왔다. 동명동이 가까워올수록 발은 시려도 가슴은 뜨거워졌다.
걸음을 재촉하면서 승희는 계속 읊조렸다. 아무도 미워하지 않
는 자의 죽음, 아무도 미워하지 않는 자의 죽음. 혹시라도 정신
이 가족이 왜 왔느냐고 물으면 대답할 것이다. 『아무도 미워하
지 않는 자의 죽음』을 보려고요.

　승희는 동명동 골목 깊숙한 곳에 자리한 정신이네 이층 양옥
집 앞에 다다랐다. 눈은 잠시 그쳤다가 다시 내리기 시작했다.
고요했다. 불도 꺼져 있었다. 외출을 했는지, 아니면 벌써 잠자
리에 들었는지 모를 일이다. 대문에 양림교회라는 명패가 붙어
있었다. 교회로 가볼까. 자취방으로는 죽어도 가기 싫었다. 눈
내리는 골목에서 잠시 망설이다가 승희는 더 늦기 전에 쌍촌동
으로 가는 버스를 탔다. 버스 안에서 얼었던 신발이 녹자 물기
가 배어나왔다. 해금이네 집은 버스에서 내려서도 한참을 걸어
올라가야 한다. 다시 녹았던 신발이 얼기 시작했다. 산동네의 골
목을 빠져나와 해금이네 집으로 들어가는 탱자나무 울타릿길로
접어들었을 때는 쏟아지는 눈 때문에 눈을 뜰 수가 없었다. 사

나운 눈발 너머로 해금이네 집에서 노란 불빛이 새어나오고 있
었다. 그리고 들려오는 노랫소리.

　　눈이 내리네 당신이 가버린 지금
　　눈이 내리네 외로워지는 내 마음
　　꿈에 그리던 따뜻한 미소가 흰 눈 속에 가려져 보이지 않네
　　하얀 눈을 맞으며 걸어가는 그 모습
　　애처로이 불러도 하얀 눈만 내리네

"아따, 누 집 가시낸지 시끄러 죽겄다."
　해금이네 엄마 목소리다. 해금이 엄마는 항상 스카프를 말아
머리에 두른 다음 앞머리 부분에서 리본을 묶는다. 웃으면 눈가
에 주름이 물결친다. 깍쟁이 기질이 있지만 쾌활하게 잘 웃고
남 흉을 잘 보지만 자기는 흉잡히지 않는 스타일이다. 해금이
엄마하고 나이가 같은데도 자기 엄마가 훨씬 늙어 보이는 것이
승희는 슬펐다. 엄마는 한 번도 스카프를 머리에 둘러서 리본을
만들어본 적이 없다. 엄마는 언제나 머릿수건을 썼다. 엄마가 언
제 한 번이라도 크게 웃어본 적이 있던가. 그렇다고 소리내어
울어본 적도 없다. 엄마는 한 번도 승희에게 가시내, 라고 하지
않았다. 엄마는 언제나, 악아, 라고 하거나, 내 강아지, 라고 했
다. 엄마는 정신이 엄마처럼 하이힐을 신어본 적도 없고 화투장

을 만져본 적도 없다. 엄마는, 엄마는…… 친구들의 엄마를 볼 때마다 자기 엄마가 떠올라 승희는 목이 메었다.

승희는 해금이네 집 대문가로 다가갔다. 대문은 반쯤 열려 있었다. 마당 가운데 화단의 향나무에 두른 꼬마전구가 각양각색의 빛으로 반짝였고 해금이 동생 영미가 마루 유리창을 열고서 노래를 불렀다. 가까이 다가가자 노랫소리는 더욱더 또렷하게 들려왔다.

"라라라 라라라 라라라 라 라라라 라라라 라라라 라."
"어이, 마영미양, 고요한 밤 거룩한 밤 깽판 놓지 말라고."
아랑곳하지 않고 영미는 노래를 불렀다.

눈이 내리면 외로운 이 밤에
눈물로 지새는 나는 외로운 소녀
하얀 눈을 맞으며 걸어가는 그 모습
애처로이 불러도 하얀 눈만 내리네

짝짝짝, 박수를 치며 해금이 아버지가 나온다.
"야아, 눈 오는 밤의 소야곡이로구나."
"자아, 마이크를 아부지한테 넘기겠습니다아."
영미가 마이크 넘기는 시늉을 한다. 해금이 아버지가 일말의 망설임도 없이 바로 노래 부른다.

"죽짱에 사까앗 쓰고 방라앙 사암처얼리. 히인 구름 뜨은 고개 너어머 가는 개액이 누우구냐. 열두 대애문 문깐바앙에 걸씨익을 하며……"

"옴마마, 참말로 촌시러워, 증말."

해금이 엄마가 타박을 주며 부엌에서 김이 펄펄 나는 쟁반을 들고 나온다. 해금이네 집에서 해마다 담근다는 모과차인지도 모른다.

"아이, 하래는 즈그 엄마가 잉애 한 마리만 묵으면 살겄다고 허고 있는디 천지사방이 얼어 야가 인자 막 얼음댕이를 치고 울어드란다……"

해금이 할머니가 졸음 섞인 얼굴로 큰방 문을 열어보며 참견을 한다. 승희는 작년 가을에 해금이네 집에 놀러 왔다가 해금이 방이기도 한 저 큰방에서 잔 적이 있다. 그날 밤에도 할머니는 어둠 속에서 잘 알아들을 수 없는 옛날얘기를 하셨다. 처음도 없고 끝도 없이 실꾸리에서 풀려나오는 실같이 기나긴, 호랑이 담배 피우던 시절 얘기.

"……그렁게 인자 한 양반이 짚세기를 꼬고 있는디 도사가 오셔서 동냥을 달라고 헝게 동냥을 안 주고는 도사를 따라나서부렀어. 그러고는 중간에 새가지고는 강 건네로 가서는 흰개를 도라 흰개를 쌀마도라 즈그 엄마가 구렁인디 흰개를 쌀마서 즈그 엄마한테 중게로 고놈을 묵고는 도로 사램이 되얐단다……"

"할머니, 이야기 언제 끝나?"

졸음에 겨워서 해금이 물었다.

"요 이약은 밤나 해도 끝이 안 난게로 잠서 들어봐라잉, 그래
각고 인자 먼 이약이냐 허면……"

아침에 눈을 떠보니 할머니는 벌써 일어나 밭에 나가셨다. 그
할머니는 이제 병중에 계신다. 할아버지 돌아가시고 나서 급격
히 총기를 잃으셨다는 말을 해금에게 들었다.

"어머니, 눈이 오셔서 보기 좋지요?"

"그렇게 인자, 잉애가 솟구쳐올라옹게 야가 얼씨구나 허고 잉
애를 안 과드렸냐이."

할머니 얘기를 들으러 해금이 식구들이 할머니 방으로 모여든
다. 그들 중에 해금이는 없다. 해금이는 어디 갔을까. 승희는 돌
아섰다. 꽁꽁 언 발에 감각이 없다. 돌아서 나오는 길에 문득 경
애가 생각났다. 해금이가 같은 동네 친구라며 소개해줘서 사진
관에서 빌린 사진기로 조선대학교에 가서 사진을 찍었던 날이
아주 먼 옛날처럼 느껴진다. 경애가 죽고 나서 경애 아버지도
화병으로 죽고 경애 엄마는 경애 동생들을 데리고 양동시장 앞
으로 이사를 갔다는 말을 해금이한테 들었다. 승희는 해금이네
집에 올 때 봤던 경애네 집 앞에서 잠시 걸음을 멈추었다. 경애
네가 살지 않는 오래된 슬레이트 집 안에서 아기 울음소리가 들
려왔다. 불이 탁 켜졌다.

"잠 좀 자라, 새끼야."

"애한테 왜 욕을 해?"

"입 닥쳐, 넌아."

"입에 욕이 달렸구만, 달렸어."

픽.

"악. 이게 뭐여, 넘들은 다 크리스마스네 뭐네 허는디 이것이 뭐냐고오. 너허고는 안 살란다, 죽어도 못 살아."

"살지 마라. 너는 니 갈 길 가고 나는 내 갈 길 가자. 그것이 피차에 신간 편헐 것이여."

"그려. 닐은 어차피 크리스마스 공휴일잉게 모레 법원에 가면 쓰겄네."

"그러자. 그러면 그러기로 허고 인자 자자."

불이 탁 꺼졌다. 불이 꺼지자 아기가 다시 울었다. 방문 열리는 소리가 났다. 이어서 아기 달래는 소리. 갈라서기로 결정을 보고 나서 아기엄마는 한층 차분해진 것 같다. 아기아빠도 더이상은 화를 내지 않는다. 아기엄마는 고요해진 목소리로 마당을 서성이며 아기를 달랜다.

"자장자장자장자장, 우리 애기 잘도 잔다. 멍멍개야 짖지 마라, 꼬꼬닭아 우지 마라. 우리 애기 잘도 잔다, 자장자장자장자장. 알강달강 서울 가서 밤톨맹이를 사와다가 살강 우게 영거놨더니 들락날락 생쥐가 다 까묵고 깡치만 남은 거를 가매솥에 폭

폭 삶아 껍데기는 멍멍이 주고 속허물은 꼬꼬닭 주고 꼬시름헌
알맹이를 너허고 나하고 나눠 묵자. 자장자장자장자장……"

아기는 자고 눈은 그치지 않았다. 승희는 여태 손에 들고 있
던 롤케이크 상자를 대문 안으로 밀어넣어주고는 산동네 골목을
빠져나왔다. 눈물이 자꾸만 흘러내려서는 뺨조차 얼어붙었다.

"하따아, 눈 한번 푸지네. 화이트 크리스마스 한번 오지게도
해부네."

쌍촌동 버스정류장 앞 구멍가게 여자가 가게 문을 닫으러 나
와서 하는 말이다. 그새를 못 참고 강아지 같은 아이들이 구물구
물 기어나온다. 여자가 바깥벽에 내놓았던 공중전화기를 안으로
들이고 있다. 전화기를 보자 문득 아무에게나 전화가 하고 싶다.

"잠깐만요."

주머니를 뒤져보았으나 잔돈이 없다.

"돈 빌려주까요?"

여자가 십원짜리 세 개를 승희에게 건네준다. 가게 이름을
'영자집'이라 한다고 해금이 언젠가 말해준 적이 있다. 영자집
의 영자는 어쩌나 손님들 일에 참견을 잘하는지 귀찮아 죽겠다
고. 해금이가 귀찮아했던 여자가 오늘 밤, 승희에게는 더할 수
없이 정답다. 승희는 동전을 넣고 다이얼을 돌린다.

"저어, 밤늦게 죄송한데요, 혹시 식당방 사는 진만이 학생 있
음……"

"잠깐 기달려보드라고이, 어이 진만이, 전화 받아보소."

진만이 자취하는 집 주인은 풍향동 서방시장에서 방앗간을 한다. 5·18 때 총을 들었다가 잡혀가서는 그해 12월에 석방되었다고 그가 자기 집 마당에 쭈그리고 앉아 담배연기를 길게 내뿜으며 말한 적이 있다.

"누구요?"

"나야."

"나? 해금이냐?"

일부러 너스레를 떠는 것이 틀림없다.

"승희."

"아, 승희. 그래, 승희. 내가 아직 치매도 아닌데 여자애들 목소리를 구별 못 해서 큰일이다. 밥 먹었냐?"

"아니."

"시간이 몇신데 밥을 안 먹냐. 와라, 밥해주께."

대뜸 오란다. 밥해준단다. 공부보다 연탄불 돌보기와 밥해먹기를 더 중히 여기는 진만이. 이제야말로 따뜻한 방에서 언 발을 녹이고 진만이가 연탄불에 정성스레 지은 고소한 냄비밥을 먹을 수 있을 것이다. 그날 밤, 승희에게 고향은 남원집이 아니라 진만의 풍향동 자취방이었다. 승희는 막차를 타고 쌍촌동을 떠났다. 영자가 가게 문을 닫고 가게 처마 밑의 외등을 끄고 있었다.

천사 엄마

"오늘 언니랑 누구 좀 만나볼래?"

순금이 내게 수줍게 말했다.

"누군데?"

"실은……"

순금의 얼굴이 붉어졌다. 그래서 순금이 나와 함께 만나보자는 사람이 남자임을 알았다. 크리스마스이브라고 해서 특별한 약속도 없었으므로 나는 그러겠다고 했다.

나는 유일한 외출복인 교복을 입고 그 위에 남색 여학생용 코트를 입었다. 순금은 양장점을 하는 고모가 지어준 벨벳 플레어 스커트에 어깨뽕이 두툼한 하얀 양모 재킷, 그 위에 빨간 망토를 두르고 굽 높은 부츠를 신었다. 지금까지 내가 본 중에 가장 멋을 낸 모습이다. 순금은 그 옷들을 양동시장 근처, 돌고개에 있는 고모네 양장점에서 갈아입었다. 그러니까 순금의 그날 차림새는 순전히 고모 작품인 것이다.

고모는 순금을 한껏 치장해놓고는 자기가 감탄했다.

"야, 그놈이 어떤 놈인가는 몰라도 우리 순금이같이 예쁜 애를 데려가는 놈은 복 받은 놈이다."

곁에서 슬쩍 내가 물었다.

"나는?"

"가만있자아."

고모가 나를 가운데 두고 한 바퀴 빙 돌았다.

"앞뒤꼭지 짱구에 태평양 같은 이마는 콩 서 말 닷 되는 너끈히 심고도 남겠구나. 에 또, 이 한겨울에 움 속에 들어가 있어야 할 무가 왜 여기 나와 있는공? 아이고 결론은 뭐이냐, 어떤 놈이 데려갈란가 앞이 깜깜하다여."

고모는 정확히 지적했다. 나는 태평양 같은 이마와 무같이 튼실한 내 다리를 보며 늘 괴로웠다. 꼬챙이로 찌르듯이 정확하게 내 약점을 찌른 것이 미안했던지 고모가 내 호주머니에 돈을 찔러넣어준다. 정 많은 것이 고모의 최대 약점이다. 정이 많아서 눈물도 많고 그래서 남자 복이 없는 고모는 자기가 이루지 못한 연애의 로망을 큰조카한테 풀고 있다. 실은 오늘같이 눈 펑펑 내리는 크리스마스이브에 자신이 그렇게 꾸미고 나가고 싶은 거다. 남자한테 그렇게 배신을 당하고도 또 새로운 연애를 꿈꾸는 고모가 나는 가엾기보다 답답하다. 고모를 번번이 울린 그놈의 얄궂은 연애라는 걸 이제 순금이 시작했다.

발이 푹푹 빠지는 눈길을 밟으며 순금이 나를 데려간 곳은 월산동 언덕 동네의 허름한 왕대폿집이었다. 순금이 조금 망설이는 듯하다가 '주류일절' '안주일체'라고 쓰여 있는 왕대폿집 유리문을 조심스레 열었다. 청춘들이 데이트를 하는 장소라기보다는 동네 노인들의 아지트 같은 곳이었다. 역시나, 눈도 오고 할 일은 없겠다, 하루 종일 죽치고 앉아 있는 동네 터줏대감일 성싶은 영감님들 속에서 한 남자가 우리를 보고 손을 들어 보였다. 언니도 나도 어색하게 남자의 앞자리에 앉았다. 남자의 옆자리 노인이 물었다.

"김화백, 누구여?"

"네, 그, 저어……"

"애인이구만."

순금이 깜짝 놀랐다. 순금의 얼굴에 홍조가 피어나는 것을 나는 보았다. 어인 영문인지는 몰라도 은근히 화가 치밀어올랐다. 노인들이 우리 쪽을 보고 말했다.

"선녈세, 아니 선녀 저리 가랄세."

필시 순금을 보고 한 말일 것이다. 남자도 순금을 바라보는 노인들의 얄궂은 시선들이 거북했는지,

"나갑시다."

남자가 탁자 위의 막걸리 주전자를 들고 왕대폿집을 나와 삐걱거리는 계단을 올라갔다. 이층은 화실이었다. 완성된 그림들이 벽면에 빼곡히 세워져 있었고, 지금은 판화작업을 하고 있었던 듯 작업대 위에는 콜타르인지 잉크인지가 잔뜩 묻어 있는 롤러와 똑같은 그림이 인쇄되어 있는 종이들이 널려 있었다. 불이 들지 않는 마루는 선득거렸다. 남자는 불을 언제 피웠는지 모를 차가운 난로 위에 막걸리를 내려놓고는 다시 계단을 내려갔다.

남자가 없는 틈을 타 나는 재빨리 주전자 주둥이에 입을 대고 막걸리를 마셔버렸다. 순금이 기겁을 했다. 순금은 이 화가인지 날건달인지한테 홀딱 빠져 있는 게 분명했다. 왠지 마음이 불편해서 언젯적부터 그 자리에 있었는지 먼지를 뒤집어쓰고 있는 전축 버튼을 아무거나 툭 건드려보았다. 갑자기 돈 맥클린의 〈빈센트〉가 흘러나왔다. 아예 고정시켜놓은 듯 테이프를 넣어둔 것이 자기도 빈센트 반 고흐 같은 화가가 되고 싶다는 건가? 하기야 한겨울인데 화실에 난방도 못 하고 점심을 막걸리로 때우는 정도라면 가난 하나는 빈센트 뺨칠 듯싶었다.

약간 건들거리며 그림 구경을 하는 시늉을 하고 있는데 꼬막과 두부와 대접이 놓인 쟁반을 들고 남자가 바쁘게 올라왔다. 남자는 대접에 막걸리를 가득 따라 순금에게 내밀었다. 순금이 받아서 마시는 시늉만 하고 내려놓았다. 나는 약간 주저하는 듯

이 내숭을 좀 떨다가 순금이 내려놓은 막걸리 잔을 들어 단숨에
마셔버렸다. 그러고는 냉큼 꼬막을 까먹었다. 순금이 내 옆구리
를 꼬집었다.

"아얏, 왜 가만있는 사람을 꼬집고 그래? 언니가 돼가지고느
은."

순금의 주먹이 미세하게 떨렸다. 주먹이 운다는 거겠지. 그러
나 할 수 없었다. 저런 지저분한 가난뱅이를 형부로 맞이할 순
없으니까. 그리고 무엇보다 이 남자는 심하게 잘생겼다. 나는 그
것이 질투가 났다. 언니 남편이 내 남편보다 잘생기면 곤란하지
않겠는가. 장래 내 남편이 누가 될지는 모르지만 말이다. 내 속
을 아는지 모르는지, 남자가 특유의 소프트아이스크림 같은 웃
음을 실실 흘리며,

"몇째동생이에요?"

"셋째동생인데요이."

대번에 내 혀가 꼬부라졌다. 차마, 알아서 뭐 하실라구요? 까
지는 나오지 않았다. 남자가 껄껄 웃었다.

"반가워요. 순금씨, 우리 눈 구경 나갈까요?"

"좋아요."

순금의 목소리는 한껏 들떠 있었다. 50년대산 순금은 60년대
산인 나와 확실히 기본 정서가 다른 것 같았다. 왜 꼭 눈 오면
'눈 구경'이란 걸 나가야 하냔 말이다. 눈 구경 하고 싶으면 창

문 활짝 열어놓고 막걸리 마시면서 하면 안 되는가 말이다. 그러나, 여자를 즐겁게 해주고 싶은 주인이 나서니 할 수 없다. 순금은 눈길에 자꾸만 뒤뚱거렸다. 순금이 뒤뚱거릴 때마다 기회는 이때다 하고서 남자가 순금의 팔을 붙들거나, 어깨를 감쌌다. 이따금 머리카락에 달라붙어 있는 눈을 털어주기도 했다. 정작 뒤뚱거려야 할 사람은 순금보다 통통한 나였지만, 나는 내 팔을 붙들어주거나 내 어깨를 감싸줄 사람이 없어서 그냥 씩씩하게 걷기로 했다.

내가 한참을 앞만 보고 걷다 돌아보니 뒤에 처진 두 사람이 눈장난을 치고 있었다. 순금이 버드나뭇가지에 쌓인 눈을 남자의 어깨에 털어대며 깔깔거렸다. 남자는 여자를 붙잡기 위해 맴을 돌고 여자는 나무둥치를 붙들고 이쪽저쪽으로 몸을 피했다. 그러다가 여자가 아무도 밟지 않은 순백의 눈밭으로 도망을 갔고, 남자는 여자를 뒤쫓았다. 두 사람은 눈 위를 뒹굴었다. 말하자면 두 남녀는 영화의 한 장면을 연출하고 있었던 것이다. 가소로웠지만, 나는 속으로 〈러브 스토리〉의 주제음악을 읊조려주었다.

우우우우 우우우우 우우우우우 우우우우우우우……

두 사람은 신났지만 나는 한없이 우우우 하고 있는 것도 지루해졌다. 순금은 치마를 입고서도 춥지 않은 모양이었다. 나는 두 사람을 등지고 돌아섰다. 두 사람은 내가 떠나는 것도 눈치채지 못했다. 거리에 노란 가로등이 하나둘씩 밝혀지고 있었다. 왠지 아름답기도 하고 왠지 서러운 것 같기도 한 그런 저녁이 오고 있었다. 도저히 집으로 직행하고 싶은 기분이 아니었다. 그럴 때면 늘 그랬듯 나는 승희네 자취방으로 향했다.

승희 자취방에 승희는 없고 뜻밖에 승희 엄마가 와 계셨다.

"악아, 니가 우리 승희 친구냐?"

승희 엄마가 어쩐지 병중에 계신 할머니 같아 가슴이 뭉클했다.

"네, 제가 승희 친구 해금이에요."

"춥다, 들어오니라."

승희 엄마는 내 발을 아랫목에 끌어다 이불로 덮어주고는 내 손을 꼭 감싸쥐었다. 또 눈물이 핑글 돌았다. 승희 엄마가 저녁 밥상을 차려 내왔다. 무채와 명태찌개, 김을 놓고 밥을 먹었다. 밥을 다 먹고 나자 승희 엄마는 내 밥그릇에 숭늉을 부어주었다. 고소했다. 승희 엄마는 따뜻하고 밥은 맛있고 숭늉은 고소한데 나는 왜 자꾸만 코가 맹맹해지고 눈두덩이 뜨거워지는지 알 수 없었다.

처음에는 승희 엄마가 할머니 같아서 그러는 줄 알았는데 꼭 그런 것만은 아니었다. 왠지 돌아오지 않는 승희가 어딘가 눈 속을 헤매고 다닐 것만 같아 자꾸만 울음이 비어져나왔다. 딸을 기다리며 딸 친구에게 밥을 차려주는 승희 엄마가 슬퍼 보여 나도 모르게 목이 메어왔다. 승희 엄마가 따뜻하게 느껴지면 느껴질수록 누가 나를 대놓고 구박하지도 않았는데 내 인생이 엄청나게 누군가로부터 천대받은 것만 같았다. 천대받은 서러운 인생이 승희 엄마한테 와서야 비로소 융숭한 대접을 받은 것만 같았다. 나는 눈물을 방울방울 떨어뜨리며 숭늉을 마셨다. 승희 엄마가 내 등을 토닥거려주며 깊은 속에서 나오는 한숨을 삼켰다.

"악아, 우지 마라. 사는 것은 죄가 아닌게로 우지를 마라."

나는 승희 엄마의 품속에 안겼다. 승희 엄마 옷자락에서 아주 아주 오래 묵은, 엄마 냄새가 났다. 그건, 바로 흙냄새였다. 여름에 소나기가 내리면 마당의 마른 흙에서 뿜어져나오는 냄새, 가을에 고구마를 캘 때면 땅속에서 솟아나는 자우룩한 냄새. 그리고 저녁 냄새가 났다. 모든 저녁이면 나는 냄새들. 환한 낮에는 숨어 있다가 어둠이 스며들면 비로소 피어나기 시작하는 냄새들. 뜨물 냄새, 연기 냄새, 수챗물 냄새, 쉰 행주 냄새, 파 마늘 냄새…… 그리고 별냄새, 달냄새. 승희 엄마 품은 한없이 포근했다. 승희 엄마가 내 등을 토닥이며 노래 같기도 하고 한숨 같기도 하고 탄식 같기도 한 소리를 흥얼거렸다.

"……에헤야 어허야 이 에 허 어 될거나 혜 으쩔끄나아 으쩔끄나아 불쌍허고 안타까와서 으쩌를 허끄나아 딸아 딸아 우지 마라 우지를 마러라 내가 가면 아주 가냐 아주 간들 잊을쏘냐아

너허고 나허고 맺은 정을 독으로 끊은들 끊어지겠냐 춥다 춥다
내 품안에 들어라 해당화 한 가지를 와자지끈 끊어서 우리 딸 머
리 우에다 영거나 줄라네 에헤야 어허야 에 허허 거나 헤애……”

　나는 까무룩 잠이 들었다. 날이 새도록 승희는 돌아오지 않았
다. 부엌에서 도마에 마늘 찧는 것 같은 또닥거리는 소리가 들
려왔다. 나는 가만히 누워서 그 소리를 들었다. 편안했다. 나도
모르게 엄마아, 하고 불러봤다. 방에서 부엌으로 통하는 샛문이
열렸다. 나를 들여다보는 승희 엄마는 우리 엄마보다 더 엄마
같았다. 나는 다시 한번 엄마아, 불렀다. 우리 엄마보다 더 엄마
같은 엄마가 나를 보고 배시시 웃었다. 웃는데 보니 엄마는 머
리에 흰 수건을 질끈 묶었다. 눈에는 눈물이 어린 것 같기도 했
다. 승희가 들어오지 않은 것이 걱정되어서 잠을 한숨도 못 잤
는지도 모른다. 그래서 지금 머리가 아파 수건을 동여맨 건지도.
　나는 우리 엄마보다 더 엄마 같은 승희 엄마에게 말했다.
　“엄마는요, 틀림없이 지상에 잘못 내려온 천사예요.”
　그 순간에 엄마를 향한 내 마음을 표현할 수 있는 말이 그 말
밖에는 생각나지 않았다. 그날 아침, 나는 우리 엄마보다 더 엄
마 같은, 지상에 잘못 내려온 천사 같은 엄마가 해준 밥을 먹고
눈이 내려 꽁꽁 얼어 있는 거리로 나왔다. 돌아보니 엄마가 여
전히 머리에 흰 수건을 동여맨 채로 대문을 붙잡고 해사하게 웃

고 있었다. 웃고 있는데 눈물이 어룽거렸던 이유는 돌아오지 않는 승희 때문일 거라고 생각하며 나는 승희를 찾아 나섰다.

먼저 승희 자취방에서 가장 가까운 진만이네 집으로 갔다. 주인집 아줌마가 눈을 새침하게 뜨고 말했다.

"다 큰 애기이고 밤이 야심헌데다가 옷은 그냥 홑겹에다가 발은 다 젖은 가시내라 내가 뭐라고 헐 수도 없고이."

"그러니까, 밤늦게 홑옷같이 얇은 옷에다 젖은 발로 어떤 여자애가 여길 왔다구요?"

"옳지."

내가 아줌마 말을 알아들을 수 있는 건 다 할머니와 같은 방을 쓴 덕분이다.

"그래서요?"

"그래서는 뭣이 그래서여. 고 가시내가 요망시럽게도 문간방 머시매가 해준 밥을 묵고 자고 나가등만."

"그 가시내, 아니 여자애 이름은 모르시고요?"

"가만 들어본게 승애라디야, 승이라디야."

"그럼 지금 걔네들 다 어디 갔대요?"

"집에 간다고 가데?"

승희는 제 자취방으로 가고 진만이는 구례 집으로 갔을까. 그랬을 것이다. 나는 안심하고 쌍촌동 집으로 갔다. 그러나 집이 가까워오자, 내가 지금 안심할 수만은 없는 처지라는 걸 알았다.

무단외박을 하고 귀가하는 참인 것이다. 평소대로 도둑처럼 기어들 수만 있다면 얼마나 좋으랴. 내가 누구처럼 고고장에서 밤을 샌 것도 아니고. 무엇이 두려우랴. 단지 잘못이 있다면 전화를 안 했다는 것뿐인데, 그거야 사람이 살다보면 그럴 수도 있는 것 아닌가. 승희네 자취방에 전화가 있을 리 없고 그렇다고 밤늦게 주인집 전화를 쓰자고 할 수도 없고 말이다. 공중전화라는 것이 있는 줄은 나도 알았지만, 그러나 나는 어젯밤 어쩐 일인지 승희 엄마 품을 한시도 벗어나고 싶지가 않았다는 것을 식구들에게 어떻게 설명할까. 갑자기 겁이 나기 시작했다. 사람이 의심을 받으면 아무리 떳떳한 사람이라도 떨리기 마련. 식구들이 다 깨어나는 아침이 아니라 아침과 점심 사이, 혹은 점심과 저녁 사이 어중간한 시간대에 슬쩍 들어가리라, 하고 냅다 돌아섰다. 눈 쌓인 탱자나뭇길을 돌아 막 산동네 골목으로 접어드는데, 누가 뒤에서 불렀다. 내 발이 얼어붙었다.

"학생."

경애네가 살던 집으로 새로 이사온 여자였다.

"네?"

"학생이 우리 집에 빵 넣어줬는가?"

"무슨 말씀이신지."

"어젯밤에 앞집 아줌마가 어떤 여학생이 우리 집에 이걸 넣어주고 가는 걸 봤다고 하네."

“난 아닌데요?”

“아녀? 그럼 누구까. 천산가.”

“그런가봐요.”

여자가 까르륵 웃었다.

버스정류장에서 보니 이제 방금 가게 문을 연 영자가 안으로 들여놨던 전화기를 가게 문 밖 벽에 걸고 있었다. 영자한테 들킬까봐 마침 도착한 버스에 재빨리 올라탔다. 버스에 타긴 했지만 어디로 갈지 정처가 없었다. 정신이네 집에 전화를 걸어 정신이 있어요 없어요, 문답을 하려다 그만두었다. 그런 문답을 하기가 어쩐지 귀찮았다. 정신이 이름이 정신이가 아니고 정숙이나, 정옥이, 하여간 끝에 신자만 오지 않았어도 전화를 해볼 텐데 말이다. 승희한테 또 가기도 그렇고 이 세상에 없는 경애에게 가려면 너무 멀었다. 정신이 말고 생각나는 애는 수경이밖에 없었다. 아무 데서나 내려 전화를 할까 하다가 무작정 찾아가보기로 했다.

수경이네 집은 우리 집 반대편이라 시내에서 내려 버스를 갈아타야 한다. 휴일이고 폭설이 내려선지 수경이네 집으로 가는 버스는 좀처럼 오지 않았다. 기다리는 동안 몸이 꽁꽁 얼어 버스에서 내릴 때는 온몸에 기운이 없었다. 지친 상태로 수경이네 집을 찾아갔더니 수경이 언니는 대문도 열어보지 않고 말했다.

“수경이는 지금 친구를 만날 형편이 못 되니까 그냥 가.”

“무슨 일 있어요?”

“수경이가 아파.”

수경이 언니인 수명 언니는 전남대 가정과 사학년이다. 언니를 따라 전남대 생활실습관에 간 적이 있다. 그때 언니가 계란 흰자를 거품 내서 카스텔라를 만들어주었다. 수경이 아프다니 더 보고 가야 할 것 같았다. 그러나 수명 언니는 한사코 문을 열어주지 않았다. 알 수 없는 두려움이 엄습해왔다.

수경이는 경애가 죽던 날 경애와 함께 있었다. 경애가 어디선가 날아온 유탄에 피를 흘리며 쓰러지자 수경이 옷까지 피에 흥건히 젖었다. 그애들은 그날 도청 앞 상무관에서 성당 사람들과 함께 자원봉사를 하던 태용이를 만나서 태용이 삼촌이 입원해 있는 기독병원으로 헌혈을 하러 가던 중이었다. 태용이를 좋아했던 경애는 태용이처럼 저도 뭔가를 하고 싶었던 모양이었다. 그래서 이왕이면 태용이 삼촌이 입원해 있는 기독병원을 택해 헌혈을 하러 갔던 것이다.

경애가 죽고 여름이 왔다. 봄 내내 수업을 못했으므로 광주 시내 모든 학교가 방학을 하지 못했고, 나는 뜨거운 여름날 보충수업을 받으러 학교에 다녔다. 금요일에는 오후수업을 빼먹고 광주여고로 가 수경을 불러내어 무등산 가는 버스를 탔다. 정신이는 서울대를 목표로 정진중이므로 건드리지 않았다. 어쩌나 보려고 한번 꼬셔봤지만 정신이는 절레절레 고개를 흔들었다.

그뒤로는 승희와 수경이하고만 살짝 빠져나왔다. 그날 수경이가 계곡에 발을 담그며 말했다.

"난 참 이상해."

우리는 수경이 무슨 말을 하려는지 알고 있었다. 다만 너무 아프고 너무 무서워서 다들 말을 안 할 뿐이다. 우리가 금요일쯤이면 땡땡이를 치고 산에 올라간다는 정보를 입수한 태용이와 승규가 나타났다. 승규가 가방에서 담배를 꺼냈다. 수경이 저도 달라고 했다. 수경은 캑캑거리면서도 담배 한 개비를 다 피웠다. 담배를 피우지 않는 태용이가 담배 대신이라도 되는 듯 자랑스럽게 소주병을 꺼냈다. 우리는 한 사람씩 돌아가며 깡소주를 나발불었다.

"진짜 웃겨."

우리는 수경이 하려던 말이 무슨 말인지 알았던 것처럼 태용이가 더이상 말을 하지 않아도 알고 있었다. 이 세상이 참 이상하고 웃기다는 것을. 연거푸 담배 두 개비를 피우고 나서 승규는 남은 소주를 들이켜며 뇌까렸다.

"웃기기는, 좆 같지."

술기운 때문인지, 우리는 캑캑거리며, 혹은 끅끅거리며 웃었다. 같은 구례지만 진만이 정 많은 일꾼 스타일이라면 승규는 촌놈 특유의 깡과 오기 같은 게 있었다. 말하자면 마냥 순박하지만은 않다는 말이다. 승규가 술기운 때문인지 태어날 때부터 있었다는 이마의 주름을 짜부라뜨리며 말했다.

"1948년 10월에 우리 외할아버지가 돌아가셨거든."

수경이나 태용이가 말할 때와는 달리 승규가 무슨 말을 하려는지 몰라 나는 물속에서 승희 발을 간질이며 장난을 쳤다. 승규가 화를 냈다.

"야, 사람이 진지하게 말하면 좀 진지하게 들어봐라."

나는 머쓱해졌다. 귀를 기울일밖에.

"여순 때였지."

"반란 때?"

"그래, 우리 구례서는 흔히들 인공 때라고 하지."

"근데?"

"근데, 그때 우리 외할아버지만 돌아가신 게 아냐. 우리 엄마 고향이 구례 옆 곡성인데, 그때 한 마을 사람 열다섯 명이 몰살을 당했대."

승규가 갑자기 말소리를 죽이면서 주위를 둘러봤다. 나는 침을 꼴딱 삼키며 물었다.

"누가 죽였는지 밝혀졌어?"

"밝혀지면 뭐 하냐? 한번 빨갱이로 몰리면 죽어도 싼 인간이 되는 건데, 씨발."

승규가 부르르 몸을 떨었다.

"너희 할아버지가 빨갱이였어?"

"빨갱이는 무슨. 죄 없이 죽은 거지. 경애처럼 말이다."

나는 더이상 입을 열 수가 없었다. 그때 수경이 잊어버리고 있다가 문득 생각났다는 듯 무심하게 또 읊조렸다.

"난 참 이상해."

수경의 무심한 어투가 거슬렸다. 더구나 그즈음 들어 수경이 늘 멍한 표정으로 똑같은 말을 반복하는 것이 슬슬 지겨워서 나는 벌컥 화를 냈다.

"야, 너만 이상한 거 아니잖아. 승규는 좆 같다잖아아. 그니까, 내 말은, 똑같은 말 좀 그만 하라구우."

수경이 갑자기 울기 시작했다.

"내가 뭐라고 좀 했다고 우는 거야? 야, 누군 뭐 울 줄 몰라서 안 우는 줄 아니?"

나는 더이상 참을 수 없는 기분이 들어 벌떡 일어나 산을 내려와버렸다. 아무도 나를 붙잡지 않았다. 그것이 또 서러웠지만, 울고 싶지는 않았다. 뜨거운 여름해가 지고 있었다. 그렇게 여름이 가고 가을이 되었을 때, 사과도 할 겸 가을산에 오르자고 수경이에게 갔다. 그전에 나는 이미 라디오 심야 프로그램에 엽서를 보내놓은 참이었다. DJ가 읽어주는 사연은 우리들의 통신이기도 했다. 나는 소월의 「가을 저녁에」의 한 구절을 적어 보냈다. DJ가 한껏 감정을 불어넣어 시를 낭송했다.

물은 희고 길구나, 하늘보다도
구름은 붉구나, 해보다도
서럽다 흘러가는 긴 들 끝에
나는 떠돌며 울며 생각한다 그대를

"우리 지난여름 일은 잊어버리고 금요일 저녁, 길모퉁이 제과점에서 만나자꾸나. 쌍촌동 마해금양이 친구 한수경양에게 보내드리는 노래, 〈키스 앤 세이 굿바이〉, 맨하탄스."

금요일 저녁, 시도 때도 없이 맨하탄스의 〈키스 앤 세이 굿바이〉를 틀어주는 수경이 학교 앞 골목 빵집에서 나는 수경이를 기다렸다. 한참을 기다리고 있는데 수경이네 반 여자애가 우리를 알아보고 말했다.

"한수경 학교 안 나온 지 오래됐어. 아프대."

수경이네 집으로 찾아가보니 막상 아프다는 수경이는 멀쩡했다. 그애는 내 귀에 대고 말했다.

"학교 다니기 싫어서 연극 좀 했지."

그때부터 우린 주말이면 수경이에게 갔다. 승규와 진만의 고향 구례 화엄사에도 가고 지리산에도 올랐다. 섬진강에서 잡은 은어를 들깻잎에 싸서 맛도 보았다.

"우리 모두 학교 끊어버리고 평생 이렇게 놀러 다니며 살았으면 좋겠다."

내 말에 모두 맞장구쳤다.

수경이 강변을 달리다가 숨이 찼는지 모래밭에 엎어졌다. 승규와 진만이 수경을 쫓아가다가 승규가 먼저 수경에게 당도했다. 뒤에서 진만이 머쓱해하며 돌아서는 모습이 우리를 웃겼다. 패잔병처럼 돌아온 진만이 승희 옆에 서려는 걸 승희가 밀어냈다. 그게 또 웃겨서 우리는 강변 모래펄을 말뚱처럼 굴러다니며 깔깔거렸다. 모래펄에 누워서 바라본 섬진강변 가을하늘은 바닷속처럼 깊고 넓었다.

그런데 이 겨울, 수경이가 아프다고 한다. 수경이네 집 주변을 빙빙 돌다 나는 기어코 다시 수경이네 집으로 향했다. 이번에는 수경이 아버지가 나왔다. 다행히 문을 열어주었다. 내가 대문에 들어서자마자 수경이 아버지가 말했다.

"이번이 마지막이다."

마루에서 넋을 놓고 앉아 있던 수경이 엄마가 거들었다.

"다 늬들 때문이다. 우리 수경이는 착실했는데 친구를 잘못 사귀어서 저렇게 된 거라고. 모두 너희년들 때문이라고."

고적대를 같이 하긴 했지만 수경이는 원래 경애와 같은 중학교를 다녔다. 중학교 때 군인인 아버지를 따라 서울에서 전학을 왔다고 했다. 그때 사귄 유일한 친구 경애를 잃고 수경이는 지금 아프다. 수경이 엄마는 수경이가 아픈 것이 경애 때문이고 경애 친구인 나 때문이고 내 친구인 승희 때문이고 승희 친구인 정신이 때문이라고 말한다. '너희년들', 바로 우리 때문이라고. 수경이는 목욕탕 욕조 안에서 손목을 그었다고 했다. 손목에 붕대를 칭칭 감은 수경은 내가 들어서자 씨익 웃었다. 그러고는 말했다.

"이상해서 말이야, 견딜 수가 없었어."

아직도 반복되는 수경의 말에 나는 이제 더이상은 화낼 수가 없었다.

"세상 사람들은 왜 아무렇지 않지? 아무렇지 않은 것이 나는 너무 이상해. 혹시 무슨 일이 있는 게 아닐까? 혹시 말이야, 우리나라 사람들이 먹는 물에 뭐든지 빨리 잊어먹게 하는 약이 섞여 있는 게 아닐까? 아니면 누군가 공기중에 누가 죽었든지 말든지 상관하지 않고 살아가도 아무렇지 않을 수 있는 약품을 살포한 것은 아닐까? 나는 사람들이 아무렇지 않게 밥먹고 웃고 결혼하고 사랑하고 애 낳고 그러는 게 이상해. 우리 식군 내가 이상하다지만 말야."

"미안해, 수경아, 미안해. 화내서 미안하고, 웃어서 미안하고, 밥 잘 먹고, 잠 잘 자서, 정말 미안해……"

그건 진심이었다. 그 순간 수경이 화를 냈다.

"왜, 왜, 니가 미안한 건데? 미안해하지 않아도 될 사람이 왜 미안하다고 하는 건데? 진짜 미안해해야 할 사람들은 가만있는데에, 왜, 왜 그러는 건데에. 내가 말했잖아. 난 단지 이상할 뿐이라고. 이상하고 이상해서 숨쉬기가 힘들 뿐이야. 나도 숨을 크게 쉬며 살고 싶은데 그게 잘 되지 않아. 숨을 크게 쉬려면 가슴이 너무 아파. 여기 이 가슴 한가운데가 터져버릴 것만 같단 말야."

수경이 제 가슴을 주먹으로 콩콩 쳤다.

"수경아, 내가 어떡해야 할까? 어떡해야 니 가슴이 아프지 않을까?"

"너 때문이 아니라고 말했잖아. 그니까, 그니까……"

방문이 벌컥 열렸다.

"또 지랄을 하는구나. 다들 아무렇지 않은데 왜 너만 지랄이냐, 응? 경애가 아무리 친구라지만, 걔가 뭔데, 지금 니가 지랄발광을 하냐고오. 한 동네 친구 해금이도 멀쩡하잖아. 근데 동네도 먼 니가 왜애."

수경이는 아픈데 나는 왜 멀쩡할까. 나는 그제야 알았다. 나야말로 정말 이상한 애라는걸.

"해금아, 이제 수경이 얼굴 봤으니 그만 가라. 그리고 다시는 오지 말아라. 니가 수경이한테 진정 친구라면 말이다. 괜찮다가도 너희들 보면 경애 생각나서 더 힘들어하는 거 너희도 알 거야."

수경이 엄마가 나를 쫓아내다시피 몰아냈다.

집으로 돌아오는 길은 멍했다. 어제 내린 눈이 녹은 거리는 진창처럼 질퍽거렸다. 차가 지나가다가 흙물범벅인 눈을 튀겨서

옷도 신발도 다 젖었다. 배도 고팠다. 수경이는 아픈데 나는 점심시간이 지나자 어김없이 배가 고팠다. 수경이는 제 아픈 가슴을 쳤지만 나는 내 배를 치고 싶은 심정이었다.

집에 막 들어서는데 바쁘게 나가려던 참인 엄마와 대문간에서 마주쳤다. 엄마는 파마를 하느라고 분홍 플라스틱 롤로 만 머리에 미장원 보자기를 둘러쓰고 있었다.

"당신, 누구세요?"

엄마가 삐딱하게 내 위아래를 훑어본다. 그러고는 기습적으로 내 어깨를 아프게 툭 쳤다.

"아야, 나 때리지 마아."

"옴마, 야 좀 봐, 너 연극 허냐아?"

엄마가 한 번만 더 치면 금방이라도 울음이 쏟아져버릴 것만 같았다.

"아부지한테 가서 직싸하게 야단맞을 각오해라이."

엄마는 미장원이 급한지 나가버렸다. 때마침 아버지가 나를 다급하게 불렀다.

"해금아, 들어왔냐? 전화 받아봐라."

정신이였다. 정신이 목소리를 듣자마자 울음이 치밀어올라왔다.

"정신아, 정신아, 수경이가, 수경이가……"

"수경이가 뭐가 어쨌다고 그래. 미안하지만 수경이 일은 담에 말하고…… 승희 엄마가……뇌출혈로 쓰러지셨는데…… 돌아 가셨대. 흐윽……"

나는 와들와들 떨리는 손으로 수화기를 가만히 내려놓았다.

"뭔 일이냐?"

"엄마가 돌아가셨어요."

"머, 머시라고?"

아버지가 비명을 지르며 뒤로 벌렁 나자빠졌다.

"우리 엄마 말고 천사 엄마가요."

순간, 거대한 울음의 해일이 걷잡을 수 없이 덮쳐왔다.

잃은 것과 얻은 것

"되련님, 기저귀 좀 개주세요."

형수가 마른 기저귀를 한 아름 태용 앞에 내밀었다. 어젯밤, 또 형수는 잠을 못 잤는지 벌써 눈이 반쯤 감기고 있다. 혹시 기저귀를 다 개주면, 형수가 용돈을 좀 주지 않을까, 하는 생전 안 하던 기대를 하며 태용은 기저귀를 한 장 한 장 개나갔다. 아기가 잠들면 형수는 만사 제쳐두고 아기와 함께 잠부터 잤다. 그렇게라도 잠을 벌충하지 않으면 지레 쓰러질 것 같다고 형수는 말했다. 태어난 지 한 달 된 조카는 낮과 밤이 완전히 바뀌었다. 형수는 집안 식구들이 잠을 자는 고요한 밤에 잠을 안 자는 아기를 안고 온 집 안을 빙빙 돌아야 했다. 그런 형수가 안 돼 보여서 태용이 조카를 건네받아 얼러주다가 어머니한테 된통 호통을 들었다.

"대학도 떨어진 놈이 공부는 안 허고 보모 노릇이나 허고 자 빠졌네."

그뒤부터는 엄마 안 보일 때를 골라 기저귀 개주는 일을 도맡아 했다. 그렇지만 형수한테 뭘 바라고 그런 적은 한 번도 없었다. 그런데 지금 사정이 급하게 됐다. 승희가 애를 낳았다지 않은가. 해금이는 훔치는 성의를 보이라고 한다. 그러나 용기가 없다. 마음에서 허락을 하지 않는다. 아니, 마음을 먹지 않은 것이 아니다. 아무리 뒤져봐도 돈이 없다. 바람벽에 걸린 형의 작업복 호주머니에서 이따금 옷과 함께 빨려서 뻣뻣하게 마른 지폐가 툭 튀어나오기도 하는데, 오늘은 그런 행운도 따라주지 않는다.

아기가 깨어나지 않으니 형수도 단잠에서 깨어날 줄 모른다. 할 수 없다고 생각했다. 가방을 하나 챙겼다. 그러고는 개놓은 기저귀 몇 장을 챙겨넣었다. 분유라도 있다면 좋으련만 조카는 모유를 먹으니 분유가 없다. 빨랫줄에 걸린 아기 옷이 눈에 들어온다. 아직 마르지도 않았다. 그래도 할 수 없다. 축축한 아기 옷을 두어 장 가방 안에 쑤셔넣었다. 습관적으로 성호가 그어졌다. 킥킥, 웃음이 나왔다. 도둑질하면서 성호를 긋다니.

형수 몰래 집을 빠져나왔다. 아무래도 가방에 든 것만으로는 안 될 것 같다. 만영에게라도 가봐야겠다. 만영은 노동일을 할 수 없는 겨울철이면 시내 음악다방에서 DJ를 했다. 올해는 일감이 없어 봄인데도 아직 음악다방을 못 벗어나고 있다. 오전이므로 아직 출근 전일 것이다. 태용은 발산 꼭대기에 있는 만영의 집으로 갔다. 만영은 시내가 훤히 내다보이는 좁은 마당에서 손수 제작한 시멘트 역기로 운동을 하고 있었다. 만영이 역기를 들어올리며 말했다.

"판돌이 하다보니까 인생 막가는 것 같아 기분 더러워서 말이야."

"운동하면 나아져?"

태용의 맹추 같은 물음에 만영이 성실하게 대답했다.

"일하는 것보다는 덜하지만, 적어도 초조한 기분은 사라져."

"승희가 애를 낳았다던데?"

"그러잖아도 진만이가 막 울더라."

"진만이가 왜?"

"진만이가 승희 많이 좋아했잖아. 지금 아마 방황 좀 하고 있을 거다."

만영이 역기를 내려놓더니 기둥에 박힌 못에 아무렇게나 걸려 있는 점퍼를 걸쳤다. 옷은 허름한데도 만영은 멋있었다. 걸음걸이 때문이라고 태용은 생각했다. 목소리 때문일 수도 있었다. 그것도 아니라면, 결정적으로 잘생긴 얼굴 때문인지도 몰랐다. 그리고 그것들은 모두 해금이가 했던 말이다. 그리고 만영이 멋있는 이유가 무엇인지는 태용도 알고 있었다. 승규가 정확하게 집어낸 적이 있다.

“독고다이 정신, 바로 그거야.”

만영의 무시무시한 독서량도 태용은 잘 알고 있었다. 태용은 시골물 뺀답시고 사복 차림으로 음악다방을 드나들던 진만의 소개로 만영을 알았고, 만영이 어려서부터 가장 노릇을 해왔다는 사실도 진만을 통해 알고 있었다. 시인 김수영이 노동자들을 ‘강자’라고 했던 것처럼, 만영이 자신보다 강자임을 태용은 인정했다.

만영은 시험을 치고 대학을 가고 돈을 벌겠다는 불확실한 미래에 저당잡힌 인생을 사는 치들과는 애초부터 다른 길을 걸어왔다. 어머니가 집을 나가자 아버지는 만영과 만강을 두고 출가를 해버렸다. 자신의 부모를 원망하는 만영의 한마디는 이랬다.

“그게 뭐냐, 책임감 없이.”

졸지에 고아가 된 만영은 만강을 데리고 무작정 고향 강진에서 광주로 왔다. 만영이 맨 처음 했던 일은 여관 ‘조바’, 심부름꾼이었다. 웬만한 여관에서 밥을 해주던 시절이었다. 동생하고 무조건 여관에 들어가 하룻밤을 자고 나서 여관 주인에게 통사정을 했다. 그렇게 동생과 함께 여관살이를 하다가 만영이 두번째로 하게 된 일은 관광호텔 벨보이였다. 그는 언제나 살기 위해 나이와 학력을 속였는데, 지금도 그는 다방에서는 대학생이다. 이제 봄이 됐으니 그는 다시 노동을 하기 위해 지금 근력을 기르는 중이다. 산동네를 다 벗어날 때쯤, 만영은 태용이 어깨에 메고 있는 가방을 툭 건드렸다.

"뭐냐?"

"기저귀하고 뭐 그런 거지."

말해놓고 나니 얼굴이 달아올랐다. 부끄럽다기보다 기가 죽는 느낌이었다. 만영이 택시를 잡았다.

"어디라고?"

"서구보건소라던데?"

만영이 차창 문을 한껏 내렸다. 얼굴에 닿는 바람이 완연한 봄바람이었다. 다시 봄이 오고 있었다. 경애도 가고 수경이도 없는 봄이지만 꽃은 피어날 것이다. 경애가 죽었을 때 어린애처럼 한번 터진 울음을 멈출 수가 없었다. 그리고 그때는 정작 울지도 못하다가 조금씩 조금씩 무너져내리는 수경이 앞에서 태용은 부끄러웠다. 해금이가 말한 적이 있다.

"내가 속상한 거는 수경이가 아프기 때문이 아냐. 왜, 왜 난 수경이처럼 아프지도 않고 밥도 잘 처먹고 잘 처자고 속없이 처웃기도 잘하고, 그러는 거냐고. 난 그게 승질이 난다고."

수경이는 아픈데 자신은 멀쩡해서 해금이는 속상하다고 했지만, 태용은 부끄러워 견딜 수가 없었다. 경애가 죽었을 때 어린애처럼 목이 쉬도록 울었던 만큼 부끄러워 죽고만 싶었다. 그렇게 울고도 아프지 않고 멀쩡한 게 말이다.

"승희는 차암, 속도 편하구나."

"걔도 죽을 맛일걸? 야, 벌써부터 애를 낳으면 어쩌냐?"

"아무리 죽을 맛이라도 죽는 것보단 낫잖아? 제기랄."

만영이 씨익 웃었다. 그때, 그 새벽에 울었던 만영이 지금은 웃는다.

남원 승희네 집에서 승희 엄마 장례를 치르고 수경이만 뺀 '수선화회' 멤버 모두 삼우제까지 지내고 광주로 돌아왔다. 그냥 헤어질 수 없어 일단 뭉쳐서 들어간 곳이 만영의 산꼭대기 블록집이었다. 중학생 만강이 형 친구들 왔다고 술상을 봐서 내왔다.

웃을 일도 없고 웃을 수도 없는 자리고 웃을 기분들도 아닌데 느닷없이 해금이 키득키득 숨죽여 웃었다. 해금이도 정말 웃으려고 웃은 것은 아닐 것이다. 웃어서는 안 되는데 어떤 이유에서든 한번 웃음이 터지면 주체를 못 하는 것은 자기가 엄마를 닮아서 그렇다고 했다. 무슨 악의가 있어서도 아니고 의미 없이 나온 웃음에 얼마나 많은 타박과 핀잔과 욕을 먹어야 했는지 모른다고도 했다.

해금이 웃음을 터뜨렸던 것은 술상을 내오는 만강을 기특하다고 해야 할지, 안쓰럽다고 해야 할지 알 수 없는 기분이어서 그랬을 것이다. 그것을 아는 정신이 해금의 옆구리를 찔렀다. 그리고 아무 일 없었다는 듯이 연거푸 두 잔의 술을 마시고 나서 심

각한 어조로 입을 열었다. 정신의 착 가라앉은 허스키 보이스는
확실히 좌중의 이목을 집중시키는 묘한 힘이 있었다. 자기 엄마
처럼 말이다.

"수경이 아프니까 승희 엄마 소식은 전하지 않는 게 좋겠지?"

"야, 그래도 나중에 알리는 것보다 지금 알리는 게 좋지 않을
까? 안 그러면 서운해할 거야."

태용은 뻐끔담배를 피우며 정신의 말에 제꺽 화답했다. 그러
나 술이 서너 순배 돌도록 누가 수경에게 그 소식을 알릴지 선
뜻 결정하지 못했다. 어디선가 고양이 울음소리가 났다. 시내와
는 또다른 산동네 고양이들의 싱싱한 울음소리였다. 웃은 쥐로
기가 죽어 있던 해금이 문득 모깃소리를 냈다.

"고양이 목에 방울 달기 같아."

"자다가 봉창 뚜드리냐?"

승규가 핀잔을 주었다. 그러고는 결론을 내렸다.

"정신이 넌 알리지 않는 게 좋다고 했지만 그래도 정신이 니
가 알리는 게 좋을 것 같다."

그때 해금이 조용히 일어나 방을 나갔다. 아무도 해금이를 주
목하지 않았다.

태용은 수경이의 상태가 악화된 요인 중에는 아무래도 무등산
에서 해금이가 수경을 모욕한 이유도 있는 것 같다고, 그때 없었
던 정신이에게 말한 적이 있었다. 그 말에 승규가 맞장구쳤고 정

신이에게서 태용의 말을 전해들은 진만이(정신이와 함께 비무등산파) 해금을 몰아세웠고 무등산파인 승희가 동조했다. 무등산에 같이 갔던 패의 주장이 대세였으므로, 만영이도 수경이 건에 있어서는 마해금이 일말의 책임이 있다는 것을 기정사실화했다.

승희 엄마의 부고를 누가 전하느냐의 문제가 아니라, 수경에 관한 일에 있어서는 모두가 자신을 가해자로 몰고 있다는 것을, 그리하여 수경에 관한 일이라면 일단 자신을 배제하려 한다는 것을 해금이 감지한 것이 분명했다. 정신이 수경에게 승희 엄마 부고를 전하기로 하고 모두 밖으로 나왔을 때, 해금은 고양이 한 마리와 만강이와 나란히 부뚜막에 앉아 졸고 있었다. 다음날 태용에게 수경이의 죽음을 알려온 사람은 정신이 아니라 해금이였다.

"되련님, 밖에 누가 찾아왔어요."

태용은 처음에 그 소리가 꿈속에서 나는 소리인 줄 알았다. 형수가 되련님을 서너 번 연속해서 부르는 동안에도 태용은 일어나기가 싫어 뭉그적거렸다. 안방에서 어머니가 역정을 내며 웅얼거렸다.

"식전 댓바람부터 누구여, 본데없이."

태용은 후닥닥 일어났다. 대문 밖에는 뜻밖에도 해금이 서 있었다. 해금이 열리지 않는 입을 억지로 떼듯 말했다.

"수, 경, 이이 죽, 었, 대애. 신바알 벗, 어, 놓, 고오 저, 수, 지에에 빠졌대애."

어머니가 나왔다.

"새복부터 먼 지지바가 머스마 집을 다 찾아오고 난리다나아, 응?"

"어머니, 사람이 죽었답니다."

"누가?"

"수경이가요."

"수경이가 누구여?"

"수경이가 수경이지 누구겠습니까. 우욱."

해금은 대문 바깥쪽에 태용은 대문 안쪽에 무너지듯 주저앉았다. 해금이 자꾸만 빈 토악질을 했고 그것은 그대로 태용에게 전달되었다.

"호랭이 물어갈, 새복 댓바람부터 이것이 뭔 난리굿이다냐, 넘들 우세시럽게에."

골목 외등이 깜빡 꺼지고 새벽의 푸른빛이 좁은 골목에 밀려오고 있었다. 어머니가 해금을 부축해 자신의 방으로 밀어넣었다.

"아이고, 시상에나, 망헐 육니오가 터졌나아, 웬수 같은 공수부대가 또 왔나아, 사람 죽어나가싸서 참말로 못 살겄다아, 요렇게는 천하 없이도 못 살겄어어…… 나모간셈보사알."

어머니는 중얼중얼거리면서도 날래게 해금에게 먹일 쌀죽을 끓였다.

태용은 맨 먼저 만영에게 갔다. 만영은 밥을 하다 말고 나와서 택시를 잡았다. 새벽인데 만영은 차창 문을 있는 대로 내리며 말했다.

"수경인 차암 속도 편하구나. 아무리 그래도 사는 게 죽는 것보단 좋잖아, 제기랄."

수경이 안치된 병원으로 가던 그날 새벽, 만영의 눈에 눈물이 번들거렸다. 그리고, 지금 만영은 웃는다. 둘은 서구보건소 앞에서 급하게 내렸다. 보건소로 들어서는 순간, 태용은 어깨가 좀 허전하다는 느낌이 들었다. 택시 안에 가방을 놓고 내린 것을 그제야 알았다. 택시는 이미 떠나고 없었다. 태용이 허공에 주먹을 날렸다. 만영이 장난스럽게 태용의 어깨를 툭 쳤다.

"뭘 그래? 기저귀 가방 하나 가지고."

"성의였거든. 내 성의를 잃어버렸어."

"야, 잃은 게 있으면 얻는 것도 있다더라. 일단 기저귀 가방은 잊고 들어가자."

태용은 보건소로 들어서기 전 잠깐, 머릿속 수첩을 꺼내 '잃은 것과 얻은 것'이라고 적었다. 그리고 잃은 것과 얻은 것이 무엇인지를 생각했다. 암만 생각해도 태용은 지금, 자신이 이전에 가졌던 모든 것을 잃어버린 것만 같았다. 한번 잃어버린 것들은 택시에 놓고 내린 기저귀 가방처럼 다시 오지 않을 것이고, 자

신이 이 세상에서 얻을 수 있는 것은 더이상 아무것도 남아 있
지 않을 것만 같았다. 텅 빈 스무 살이었다. 태용은 다리를 휘청
거리며 보건소 분만실로 들어갔다.

환한 저녁

보건소에 아기는 있는데 산모가 없었다. 아기는 나왔는데 아무리 기다려도 태반이 나오지 않아 급하게 산모를 종합병원으로 후송했다고 했다. 산파가 혀를 찼다.

"애가 애를 낳는디 보호자 하나 없어서 우리가 얼마나 애를 먹었는지 알어? 친구여? 산모한테 물어보니 가족도 없다대?"

야단을 치는 어투다. 나는 아기를 보러 방으로 들어갔다.

"산모가 태반이 안 나와서 의식이 가물가물한데도 애기 손구락 발구락이 몇개냐고 묻는디이, 아이고 내가 얼척이 없어서 원……"

산파가 쿡쿡 웃었다.

"근데, 산모도 없고 보호자도 없는데 누가 아기를 데려가버림 어떡……"

"그게 그렇게 걱정되면 본인이 지키고 있던가, 출산비 내고 데려가던가. 그런디, 왜 애기압씨는 없어?"

엄마 장례를 치르고 나서 삼학년으로 진급을 했지만 승희는 학교에 나오지 않았다. 우리는 천지사방으로 승희를 찾아나섰다. 섬으로 팔려갔을지도 모른다는 태용의 말에 목포에서 배를 타고 도초도까지 갔다오기도 했다. 돌아오는 길에 유달산 정상에서 진만이 꺼이꺼이 울었다.

"이럴 줄 알았으면 그때 승희 안 보내는 건데…… 어어엉…… 승희가 내 방에 왔을 때 나는 아까워서 손도 안 잡았는데에…… 어어엉……"

진만이 우는 게 승희가 사라져 슬퍼서인지, 손도 못 잡아보고 승희를 잃어버린 것이 원통해서인지 아리송했다. 승규가 꼴사납다는 듯 역정을 냈다.

"그렇게 원통할 줄 알았으면 그때 자버리지 그랬냐, 씨바."

"야 이 개새끼들아, 듣자듣자 하니까, 이젠 아주 막가냐, 막가?"

정신이의 한마디에 진만도 승규도 비루먹은 강아지처럼 착 꼬리를 내렸다.

승희 아버지는 분노 때문인지, 슬픔 때문인지, 아니면 복잡한 심사 때문인지 담배를 든 손가락을 부르르 떨었다. 엉겁결에 새 여자를 들였지만 졸경에 아내를 잃은 것이 더 괴로운 모양이었다. 거기다 하나밖에 없는 딸이 종적을 감춰버렸으니, 새여자가 주는 행복은 곧바로 그의 불행이 되고 말았다.

"너희들만 믿을란다."

나는 하도 어이가 없어서 화가 났다. 딸 찾는 것을 딸 친구들에게 맡기다니. 우리는 더이상 승희 아버지에게 기대할 것이 없다는 것을 알았다. 내게 밥을 해주고 지친 내 영혼을 노래로 어루만져주신 승희 엄마는 그날, 내가 가고 나서도 들어오지 않는 승희를 기다리며 다음날도 꼬박 밤을 새웠다. 승희는 진만이 해주는 밥을 먹고 진만이 내준 방에서 잠을 자고 이튿날, 진만과 함께 남원 집으로 갔다.

"이 사람이 아프단다. 죽어가는 사람이 살려달라고 애원허는디 어쩌겠냐."

여자는 기침을 해댔다. 폐병이라 했다.

"아부지 땜에 엄마가 돌아가시게 생겼는데, 이 여잔 살고 엄만 죽어야 되나요?"

"내가 멀쩡헌디 늬 엄마가 왜 죽어. 다들 항꾼에 살면 되야아."

승희는 뒤안 장독대에서 빈 항아리를 가져와서 아버지 앞에 내던져서 깨버렸다. 일종의 시위였다.

그냥 보내서는 안 될 것 같아 진만은 또 승희를 구례 산동 저희 고향집으로 데리고 가 하룻밤을 재웠다. 승희가 광주 자취방에 도착했을 때 엄마는 아무도 없는 빈방에서 싸늘하게 식어 있었다. 뇌출혈이었는데 제때 손을 쓰지 않아 어이없게도 숨을 거두고 만 것이다. 엄마 장례를 치르고 나서 승희는 아무에게도 알리지 않고 행방을 감춰버렸다. 석 달을 찾아 헤매다가 우리는 승희를 잊기로 했다. 경애를 잊고 수경이를 잊고 이제 승희도 잊어버리자고. 그래야 우리가 살겠다고. 안 그러면 우리 모두 죽을 것만 같아서. 우리는 서로 자주 만나지도 말자고 했다. 모든 세상 사람들이 다 그러는 것처럼 우리도 이제 제발 아무렇지 않게 '미래를 꿈꾸면서 오늘을 충실히 살아가자'고, 승규가 말했고 우리는 고개를 끄덕이며 뿔뿔이 흩어졌다. 내가 전에 없이 책상에 코를 처박고 있자 엄마는 쟁반에 간식을 들고 와서 쑥스러운 듯 말했다.

"텔레비 보니까 다들 이렇게 하드만."

책상에 앉아 있는 시간은 길었지만 공부는 잘 되지 않았고 간식 덕분에 몸무게만 불어나는 불유쾌한 시간들이 흘러갔다. 여름날 저녁, 공부하는 척 김이연의 『방황의 끝』을 읽고 있는데 전화 받으라는 호출 소리가 들렸다. 승희였다. 승희가 돌아왔다!

"어디 갔었어?"

"신나게 돌아다녔지."

"누구랑?"

"어떤 가이새끼랑."

머리가 띠잉, 했다.

"가이새끼가 뭐야?"

"야, 더이상 묻지 말고 돈 있음 국밥 한 그릇 사주라."

영금에게 사정사정하여 국밥값을 마련했다.

"속세간으로 나와보니 자꾸 이상하게 국밥이 먹고 싶어지더라고."

승희는 국밥을 우걱우걱 퍼넣었다. 그러다가 갑자기 구토를 했다.

"아, 진짜 그 가이새끼 찾아야 되는데."

승희가 숟가락을 탁, 소리나게 놓고는 또 '가이새끼' 타령을 했다.

"내가 애 뱄다고 이 가이새끼가 도망갔잖아!"

승희는 끝내 그 '가이새끼'를 찾지 못하고 애를 낳았다.

태용과 만영이 오고 함께 대책을 세웠다. 일단 두 사람이 아기를 지키기로 했다.

"야, 부탁한 김에 한 가지만 더 부탁하자. 너희 둘 중에 한 사람이 애아빠야! 까짓 거, 만영이가 아빠 하고 태용이가 삼촌 해라."

두 사람에게 내 맘대로 아빠와 삼촌 감투를 씌워놓고 나는 승희가 입원해 있는 병원으로 갔다. 봄바람이 살랑살랑 불어왔다. 현실은 착잡한데 기분은 왠지 모르게 달떠올랐다. 길 건너 꽃집에서 프리지어꽃 향기가 바람에 실려와 코끝을 간질였다. 봄바람 때문인가. 승희가 애를 낳았듯이, 이 봄에 내게도 무슨 일인가 일어날 것만 같은 이 느낌은 도대체 어디서 오는 것일까. 나는 바람을 맞으며 건널목을 경쾌하게 뛰어갔다.

"해금아."

깜짝 놀라 돌아보았다. 영금이 혼자 벙근 목련꽃같이 속없는 표정으로 히죽 웃으며 서 있었다.

"학교 안 갔어?"

놀란 가슴을 진정시키려고 일부러 뚱하게 물었다.

"넌 학원 안 갔냐?"

그것으로 두 사람이 서로 '근무지 이탈자'라는 걸 확인했다.

"언니."

"나야말로 묻고 싶다. 너 돈 있냐?"

내가 돈이 아쉬울 때만 언니라고 한다는 걸 알고 있는 영금이 먼저 선수를 쳤다.

"나 바빠."

나는 쌩하고 건널목을 건너버렸다. 영금이 부리나케 나를 쫓아와서는 내 호주머니에 뭔가를 쏙 넣어주고는 달아났다. 요구르트 한 병이 손에 잡혔다. 뒤를 돌아보니 영금은 이미 멀리 사라지고 있었다.

"애 낳다 뒈질 뻔했네!"

내가 들어서자마자 승희가 내뱉은 말이다.

"옛날에 애 낳다 죽은 게 전부 태반이 안 나와서 그랬던 거여. 태반이 안 나오면 숨이 딱 올라붙어부러."

병실의 여자가 아기에게 젖을 물리며 말했다. 태반 안 나오는 게 그렇게 무서운 것인 줄 처음 알았다. 옛날 같으면 승희도 숨이 올라붙어서 죽었을지도 몰랐다. 그렇지만 승희는 살아서 그 여자가 젖 먹이는 것을 물끄러미 바라봤다.

"애는 아빠와 삼촌이 잘 보고 있을 거다. 걱정 마."

만영과 태용을 아빠와 삼촌으로 임명했다는 내 말에 승희는 웃다가 울었다.

"그렇다고 울기까지야."

"그게 아니라 배가 아파서 그래. 제발 웃기지 좀 마라."

되레 화를 냈다. 그러다가 다시 또 한숨을 폭 내쉬었다.

"애는 걔들이 잘 보고 있고 수술도 잘됐는데 왜 그래?"

"돈 땜에 그렇지이."

승희가 신경질을 냈다. 보건소 출산비는 워낙 싸서 우리 힘으로 가능하겠지만 아닌게 아니라 수술비가 걱정이었다. 갑자기 승희가 손바닥을 딱 쳤다.

"이제 생각났어. 그 가이새끼 집이 송정리라고 했어. 봉석이야, 이봉석이. 집에 갔다 올 때마다 즈이 집이 무슨 건어물가겐가, 쥐포하고 오징어다리를 호주머니에 잔뜩 넣어가지고 왔어.”

승희는 개새끼를 일부러 가이새끼라고 하는 것 같았다. 송정리 일대를 뒤지면 가이새끼, 아니 애아빠를 찾을 수 있을지도 모르고 그러면 수술비 문제가 해결될지도 모른다는 말이었다. 나는 보건소로 전화를 걸었다. 보건소 직원이 전하기를, 아빠와 삼촌이 ‘아빠 집으로’ 애를 데려갔다고 했다. 그러면서 의심이 가득한 목소리로 물었다.

“근데 진짜 아빠 맞아요?”

송정리를 나 혼자 가는 것보다 정신이와 함께 가는 게 나을 것 같았다. 그러나 막상 정신이네 학교로 가서는 어디론가 바삐 가고 있는 정신이를 먼발치에서 바라만 보다가 발길을 돌렸다. 그애는 그애의 길을 가고 나는 나의 길을 가면 그만인 걸 알지만, 우리가 그래도 명색이 ‘데포딜스 그룹’의 일원인데 싶어 찔끔 눈물이 났다. 그러나 눈물 짜는 것보다 송정리 이봉석이를 찾는 게 더 급했다. 승희가 준 정보만으로도 이봉석이 집을 찾는 건 어렵지 않았다. 나는 송정리 매일시장 안 허름한 건어물 가게로 쓱 들어가 단도직입적으로 물었다.

“혹시 여기가 이봉석이 집 아닌가요?”

“이봉쉑이 집은 아니고 이봉쉑이 집을 알기는 헌디, 누구여?”

“이봉석이 친군데요. 이봉석이 집을 알아요?”

적당한 말이 생각 안 나 얼른 친구라고 말해버렸다.

"봉쉑이 여자친구여? 그러면 잘되았네. 요리 좀 차분히 앉아
봐아."

나는 때가 때이니만큼 '차분' 할 수가 없었지만, 그래도 이봉
석에 대한 추가정보를 얻을 수 있을 것 같아서 억지로 '차분히'
앉았다.

"내가 말이여, 이런 말을 허먼 봉쉑이 어무니가 써운타고 헐
깨비 그 동안 뭔 일이 있어도 일체 말을 안 해부렀어. 그런디,
요번에는 말을 안 헐 수가 없을 만큼 손해가 술찮혀. 뭣이냐 허
먼, 가만있거라."

아저씨가 장부를 뒤적인다. 이러다가 해가 기울게 생겼다.

"이봉석이 집이 어디예요?"

"이봉쉑이 여자친구람서 이봉쉑이 집을 몰라?"

"죄송합니다. 일이 그렇게 됐습니다. 이봉석이 집만 가르쳐주
시면……"

"이봉쉑이 집 가봤자 소양도 읎어. 즈 엄마가 골골골 앓아누
웠고 즈그 성은 쌈을 해서 가막을 갔재, 인자 봉쉑이 요놈이 가
막 갈 차렌갑구만. 시방 봉쉑이 집 조건이 고렇게 생겨묵었어.
그런 집을 뭣 헐라고 가. 안 가는 게 속 편치."

아무래도 이봉석이 집을 알려면 이미 감옥에 간 형 다음 차례
로 감옥에 갈지도 모를 '이봉쉑이'의 비리를 '차분히' 들어줘야
할 것 같았다. 우리 인생이 그렇듯 '할 수 없이' 차분해져야 할

순간들이 오기도 한다, 고 생각하며 나는 먼지 가득한 건어물가게의 어둑시근한 마루에 주저앉았다.

"그런데, 왜 봉석이가 감옥을 가요?"

"갸가 사기를 쳐서 그렇제. 아, 우리 집 물견을 팔아준다고 가져가서는 지가 홀라당 다 묵어부렀어. 가만있자아, 메루치가 열 관에다가 쓰루메(오징어)가 닷 짝, 해우(김)가 스무 속…… 허어, 모다 상품이여. 그 물견을 갖고 가서 토껴부렀는가 시방 근 반년이 되도록 비깜을 안 혀. 그런 놈을 왜 사겨? 사기지 말어, 그놈 허는 짓을 봉게 아조 나쁜 놈이여. 나쁜 물이 들어부렀어."

"집이……"

"멀지도 안 혀. 여그여, 여그."

이봉석의 집은 정말 멀지 않았다. 바로 건어물가게 안채에 딸린 행랑방이었다. 미닫이문 앞 댓돌에 하얀 코고무신이 세워져 있어서 안에 사람이 있는지 없는지 식별이 잘 안 됐다. 헛기침을 몇 번 한 뒤에 문을 두드리려고 하는데 안쪽에서 먼저 벌컥 문이 열렸다.

"존 일 헌다고 잡아갈라면 휘딱 잡아가씨요."

골골골 아프다는 봉석의 엄마인 것 같았다.

"저는 형사가 아니고 봉석이 애를 낳은 친구의 친구예요."

봉석이 엄마는 겁에 질려서인지, 힘이 없어서인지 달달달 떨고 있었다.

"봉쉑이 애라니, 누가 그놈 애를 낳다요?"

"제 친구가요."

"아이고오, 시상에나 이 일을 어찌를 헐끄나, 지 새끼가 나온 지도 모르고오 어디에 처박혀 있는가. 봉쉑아아 이놈아아, 니 새끼가 나왔단다아, 아이고오 시상에나……"

"정말 봉석이 어딨는지 몰라요?"

"우리 봉쉑이 어딨다요? 어딨는지 알면 존 일 헌다고 좀 갈쳐주씨요이."

방 안은 아직 해가 넘어가지 않았는데도 깜깜했다. 천장은 낮고 방 안에 있는 세간이라고는 알루미늄 반닫이와 비닐옷장이 전부였다. 나이가 많은 봉석이 엄마는 울고 싶지만 울 힘도 없어 보였다. 봉석이한테 애아빠 노릇을 기대하기란 난망한 일인 것 같았다. 나는 쭈글쭈글한 봉석이 엄마한테 천원짜리 몇 장을 쥐여주고 광주행 버스에 올랐다.

돈을 구할 길이 암담했다. 날짜가 지체되면 그만큼 병원비도 더 많이 나올 것이었다. 다시 정신이를 떠올렸다. 그러나 왠지 모르게 그러고 싶지는 않았다. 아무런 대책 없이 시내를 배회하고 있는데 눈앞으로 나무를 가득 실은 제재소 차가 지나갔다. 머릿속이 번쩍했다. 작은아버지! 지난 설에 작은아버지는 설을 쇠러 큰집인 우리 집에 와서 말했다.

"해금아, 언제든 용돈 궁하면 작은아부지한테 와라이."

아버지하고는 그리 다정하지 않지만 조카들에게는 살가웠다. 원래 학교 다닐 때부터 건달기가 있었던 작은아버지는 순정파이기도 해서 첫사랑 여자와 결혼을 하였으나 여자가 병을 얻어 아이도 못 낳고 죽고 말았다. 작은아버지는 상실감을 이기지 못하고 황금동 건달로 살다가 잘생긴 게 좋다고 죽자사자 따라다니던 부잣집 여자에게 새장가를 들었다. 결혼을 계기로 건달에서 제재소 사장으로 신분이동을 한 작은아버지는 지난 설에 설탕 두 포대, 술 두 짝, 고기 열 근을 자가용에 싣고 와서 마루에 부려놓고 갔다. 황금동 뒷골목에서 반들반들한 양복 뒷주머니에 꽂아넣은 도끼빗을 꺼내 포마드 바른 머리를 빗어넘기며 룸살롱이나 요정 골목을 드나들던 그 작은아버지가 더이상 아니었던 것이다.

내가 제재소 입구에 들어섰을 때는 어느덧 하루해가 지고 있었다. 일이 끝났는지 일꾼들이 화톳불을 피워놓고 막걸리를 마시고 있었다. 작은아버지는 잠깐 고기를 사러 나갔다고 했다. 해가 져서 그런지 한기가 몰려왔다. 그렇다고 일꾼들 무리에 끼어들어 불을 쬐고 있기도 좀 그래서 제재소 구경이나 하기로 했다. 일꾼들이 나만 쳐다보고 있는 것 같아 민망하여 궁금하지도 않으면서 괜히 나무 자르는 기계를 가리켰다.

"저게 무슨 기계예요?"

"해찰허는 사람 손구락 짜르는 기계지 뭐여."

일꾼들이 와아, 웃었다. 더이상 그들에게 뭘 물어서는 나만 무안해질 것 같았다. 기계가 멈춰 서 있는 작업장 안으로 들어갔다. 기계가 돌아가지 않아서인지 작업장 안은 고요했다. 원목과 톱밥에서 나는 나무 냄새가 향긋했다. 이상하게 마음이 편안했다. 다녀봤자 붙을 리 없는 고시학원이고 뭐고, 마음 불편하기 그지없는 '가짜 타자학원생' 노릇도 그만 때려치우고 차라리 제재소에 취직이나 할까, 싶었다.

'어차피 나는 힘도 세지 않은가. 남아도는 힘 뒀다 뭣에 쓰겠는가. 머리 좋은 사람은 머리로, 힘 좋은 사람은 힘으로 살아가면 그 아니 즐겁지 않겠는가. 인생 복잡하게 살 필요 뭐 있어, 씨발.'

속으로이긴 했지만 승규처럼 욕을 하고 나니 괜스레 기분이 좋아졌다. 기분 좋아질 때면 내 입에서 자동으로 나오는 노래를 흥얼거리며 작업장 깊숙이 들어갔다.

"봄이 오면 산에 들에 진달래 피네. 진달래 피는 곳에 내 마음도 피어. 건넛마을 젊은 처자 꽃 따러 오거든 꽃만 말고 이 마음도 함께 따가주…… 음음 음음음 음음음……"

그렇게 한참을 기계며 나무들을 만지작거리고 돌아다니는데 누군가 내 노래를 따라 하고 있다는 느낌이 들었다. 노래를 뚝 멈추었다. 따라 하던 목소리도 나를 따라 멈췄다. 나는 어쩌나 보려고 다시 조심스레 허밍을 했다. 여지없이 음음음, 소리가 따라 나왔다. 소리의 진원지는 작업장 깊숙한 구석이었다.

"누가 남의 노래 따라 해요?"

저녁의 박명 속에서 누군가 나를 향해 고개를 들었다. 남자였다.

"미안해요. 노랫소리가 듣기 좋아 그만……"

무슨 이유에선지 가슴이 덜컹 내려앉았다.

"여기서 뭐 해요?"

"그냥 뭐 좀 만드느라……"

그가 손에 들고 있는 것은 나무인형이었다.

"헤헤헤."

그가 부끄러운 듯 갑자기 염소처럼 웃었다. 염소처럼. 그러나 경박하다기보다 천진하게. 그가 웃는데 왜, 뭣 땜에 내 가슴 한 복판께가 짜르르 울려오는지 나는 정말 알 수 없었다. 가슴이 울려온다는 것은 이전에 내가 한 번도 경험해보지 못한 낯선 감정임이 분명했다. 나는 허둥지둥 어두운 작업장을 돌아나왔다. 마침 작은아버지가 신문지에 고기를 싸들고 제재소 마당으로 들어서다가 반갑게 나를 맞았다.

"와아, 이게 누구냐? 우리 이쁜 해금이 아니냐?"

작은아버지가 일꾼들에게 나를 소개했다. 조카딸 다섯 중에 가장 예쁜 조카라는, 사실과는 다른 말도 그리 싫지는 않았다.

"환아, 장난감 그만 만들고 와서 고기 먹어라."

일꾼 한 사람이 작업장 안에 대고 소리쳤다. 이글이글 타오르는 화톳불 위에서 고기가 익어갔다. 제재소 마당에 유일하게 서 있는 목련나무 고목의 꽃망울이 팽팽하게 부풀어오르는 봄날 저녁, 그늘이 포근히 내리고 있었다. 그 마당으로 환이 나왔다. 환이 나오자 어두운 마당이 환해졌다!

제2부

할말도 없었다 그와 나 사이에 흐르는
침묵이 나는 좋았다
달 떠오르는 게 좋아서 그런다는 것을 나는 금방 알았다
달이 떠오르고 있었다 달을 보면서 환이 염소처럼 웃었다

사랑과 혁명

아버지는 국회의원에 출마를 하려는 모양이었다. 엄마는 공원 아래 아담한 한옥집을 사서 한정식집 '수연각'을 열었다. 아버지의 선거자금을 마련하기 위해서라는 명분이긴 했지만 집에서 살림만 하며 시들어가는 식물 같던 엄마는 돈벌이를 하면서부터 피어나는 꽃이 되었다.

"굳이 니 아부지 때문은 아녀. 니 아부지도 나도 외로웠응게. 니 아부진 권력이 없어서, 나는 돈이 없어서 말여."

정원이 심각하게 말했다.

"두 분은 두 분의 길을 가십시오. 저는 저의 길을 가겠습니다."

정신이는 혼란스러웠다. 아닌게 아니라 어떻게든 권력과 돈을 갖고 싶어하는 아버지도 엄마도 외로워 보였다. 정원은 대학을 그만두고 공장으로 갔다. 아버지가 보내주는 돈은 모두 가난한 동네 아이들에게 쓰였다. 정원은 가난한 사람들 곁에 있을 때, 가장 평화를 느낀다고 했다.

"세상에 누군가 배가 고파 울고 있는데 내 배를 불리는 것이 용납되지 않아."

"정당한 방법으로 돈을 벌어서 가난한 사람들에게 나눠주면 좋은 일 아닌가?"

"그게 바로 부자들의 변명이지."

"그러면 오빤 우리 집이 가난했음 좋겠어?"

"적어도 세상에 이렇게 가난한 사람들이 널려 있는 한 나는 가난하게 살 거야. 왜냐하면, 그게 내 양심이니까."

아버지는 정원과 절연을 선언했다. 송금은 중단되었다. 엄마는 말했다.

"그놈도 외로워서 별 지랄을 다 하는 거지."

"엄마, 그 외로워서 소리 좀 하지 마요. 듣기 싫어서가 아냐, 얼토당토 안 해서 그래."

"니가 외로움을 아냐?"

엄마의 돌연한 질문에 정신은 흠칫 놀랐다.

"아부지가 원래 표현하는 게 약하잖아."

"아니, 날 아직도 기생 취급하니까."

엄마는 마음이 풀어져서 좋을 때는 부드러운 사투리를 쓰다가

도 정색을 하고 말을 할 때면 꼭 또박또박 표준말을 썼다. 엄마가 기생 출신임을 그때 알았다. 엄마는 아버지가 드나들던 요정 여자였던 것이다. 엄마는 돈을 벌고 싶어했다. 돈만이 아버지한테서 받은, 말로 형용하기 어려운 굴욕감을 이겨낼 수 있는 유일한 무기라고 여기는 듯했다.

"다 지나간 일이잖아."

"아니, 나는 니 아부지헌테 복수할 거다. 내가 돈 벌어서 니 아부지한테 평생 받은 설움 다 갚을 거다."

"엄마는 아버지를 사랑해서 결혼했어?"

엄마는 입매를 일그러뜨리며 말했다.

"속없는 년이 그 냉혈한을 너무나 사랑했지. 지 발등 지가 찍었어."

"사랑해서 결혼했고 그래서 우릴 낳았으면 된 거 아닌가? 뭘 복수하고 말고 해?"

"니가 사랑을 모르니까. 너도 언젠간 알 거다. 사랑하면 할수록 사람이 얼마나 외로워지는지. 엿 같아지는지."

엄마는 수연각에서 돈을 벌어 너무나 사랑하는 남자의 선거자금을 댈 거고 또 그 남자 때문에 너무나 외로워서 복수자금을 마련할 것이다. 아버지는 자신의 출세를 위해 발 벗고 나서주는 아내가 고마워 선한 웃음 뒤에 회심의 미소를 짓고 있을까. 그런데 그 순간 놀랍게도 정신이는 그때까지 한 번도 아버지와 속내를 털어놓고 진지한 대화를 나눠본 적이 없음을 깨달았다. 그날 밤 다짜고짜 아버지 방문을 노크했다.

"아버지는 왜 엄마랑 결혼했나요?"

"사랑해서 했지."

"사랑해서 했는데 왜 엄마를 외롭게 하나요?"

"니 엄마가 그러든?"

"네, 기생 출신이니까 아버지가 엄마를 홀대한다고요."

"병이다, 병이여. 내 평생 업보여."

아버지가 더이상 말할 가치도 없다는 듯, 나가라는 손짓을 했다. 정신이는 왠지 싸늘해졌다.

"엄마한테도 이래요?"

"정신이 이리 앉아봐라."

안경 너머 아버지 눈이 충혈되어 있었다.

"그 많은 반대 무릅쓰고 결혼해서 그 아이 내 아이로 키워줬으면 된 거 아니냐. 그보다 큰 사랑이 어딨냐."

"아버지가 내 아버지가 아니었어요?"

"내가 니 아부지지 누가 니 아부지라는 거냐."

"방금 아버지가……"

"니 오빠 말이냐? 내 호적에 올랐으면 내 자식인 거다."

정신이는 서울로 가는 완행열차에 몸을 실었다. 여름밤의 완행열차 안은 찜통 같았다. 방학을 이용해 농촌 봉사활동을 하고 귀경하는 대학생들도 있었다. 기차에 몸을 싣지만 않았으면 정신이도 지금 어느 산촌이나 어촌에서 땀을 흘리고 있을 것이다. 그러나, 정신이는 이제 대학생 신분을 버리기로 했다. 엄마, 아니 정원의 외로움을 이해하기 위해 오늘 밤 정신은 기차를 탔다.

누군가를 이해한다는 것은 내가 그에게 뭔가를 주는 관계가 아니라 내가 그와 똑같은 입장이 되는 것이라고 정원은 말했었다. 애초부터 똑같을 순 없지만, 정원의 외로움에 조금이라도 가까이 가기 위해서 스스로 외로워지자고 정신이는 생각했다. 자신을 외롭게 하는 것은 정원이 꿈꾸는 세상에 조금이라도 다가가기 위한 첫걸음이기도 했다. 가족의 외로움도 이해하지 못하면서 어떻게 사회를, 역사를 바꿀 수 있단 말인가.

새벽에 용산역에 떨어졌다. 날이 밝기를 기다려 역 광장으로 나왔다. 공중전화부스로 가서 『선데이 서울』에 나와 있는 '가정부 구함' 광고의 전화번호를 무조건 돌렸다. 일단 안락을 주던 집을 나오고 낯익은 고향을 떠나 서울이라는 낯설고 인정 없는 도시에 가정부로 안착을 해야 했다. 그 다음 코스로 공장이든, 버스 안내양 자리든 알아볼 생각이었다. 가정부 노릇을 하며 대학생 신분을 일차로 세탁하고 나서야 그 다음 코스가 가능하다는 것을 정신이는 알고 있었다. 어설프게 신분을 숨기고 공장으로 간 선배들처럼 위장 취업자로 낙인찍혀 곧바로 블랙리스트에 이름이 올라 낙향 기차를 탈 수는 없는 일이었다. 그것은 이십 년 인생의 최대 굴욕이 될 것이다. 그리고 무엇보다 가정부라는 직업이 주는 이점은 낯선 도시에서 먹고 잘 공간이 확보된다는 것이었다.

"가정부 구한다고 해서 전화드렸습니다."

"지금 어디세요?"

"용산역입니다."

"택시를 타고 종로 단성사 앞으로 가자고 하세요. 그러면 거기 하얀 원피스 입은 여자가 기다리고 있을 거예요."

한 치의 의심도 없이 택시를 탔다. 과연 단성사 앞에서 내리자 하얀 원피스 입은 여자가 딱딱 소리나게 껌을 씹으며 정신을 향해 다가왔다.

"가방은 없니?"

보자마자 반말이다.

"가정부라니까 그냥……"

"야, 보아하니, 가방도 못 쌀 정도로 가난한 집 애는 아닌 것 같은데?"

"무슨 소리세요? 아버지는 돌아가시고 엄마는 아파 누워 계시고 어린 동생들은……"

"신물나는 애긴 집어치우고 일단 따라와."

“주인아줌마 맞아요?”

“왜, 내가 주인아줌마처럼 보이냐?”

“아닌 것 같으니까 묻죠.”

“인생사, 답이 쉬우면 재미없단다 애야. 일단은 이모라고 불러라. 쿡쿡쿡.”

이모가 정신을 데리고 간 곳은 긴 골목 끝의 한옥집 문간방이었다. 이모는 정신을 데려다놓고 또 어딘가로 급하게 나갔다. 그곳에는 정신이 말고도 서너 명의 여자아이들이 웅크리고 앉아 있었다. 그중에는 많아봐야 열서너 살 정도밖에 안 돼 보이는 애도 있었다. 코너에 몰린 닭처럼 구석에서 보따리를 보듬고 웅크리고 있는 게 여간 불쌍해 보이지 않았다.

“이름이 뭐야?”

“분이, 홍분이.”

“분이 넌 어디서 왔니?”

“홍천.”

“언제 왔어?”

“어젯밤에.”

“여기서 잤어?”

“응. 언니, 여기 무서워. 근데 밖에 누가 지키고 있어서 못 나가.”

그제야 분이가 덜덜 떨고 있는 이유를 알았다. 문밖에 남자들

두어 명이 서성거리고 있었는데, 그들이 바로 이 방의 여자애들을 감시하고 있었던 것이다.

"시방 여가 무션 딘 중을 물르고 온 규?"

분이 번져 얼룩덜룩해진 뺨에 또 분을 덧바르며 충청도 여자가 비아냥거렸다.

"뭐가 무서운데요?"

"여가 그릏게 인간시장여어."

"시장이라면 그럼 인간을 사고파는 곳이란 말예요?"

"긓다니께에."

"근데, 알면서 여긴 왜 왔어요?"

"물르구 속구 알문서 속구, 인생사 그른 거 아녀?"

그러니까, 충청도 여자는 알면서도 제 발로 자신을 팔기 위해 이곳에 왔다. 분이는 훌쩍거렸다. 분이처럼 울 수는 없는 일이었다. 또 어디선가 여자아이를 데리고 온 이모가 선반에서 성경책을 내렸다.

"아무리 좆 같은 세상이래도 해야 할 것은 해야겠죠? 자아, 여러분 기도합시다. 하나님 아버지, 오늘도 이렇게 길 잃은 어린양들을 제게 보내주셔서 감사합니다. 이 어린양들을 제가 하나님 아버지 뜻대로 인도하시게 도와주시옵고 아무쪼록 이 어린양들이 또다시 길을 잃게 되더라도 하나님 아버지께서 제게 인도해주시기를 간절히 간구하나이다. 아멘."

이어서 충청도 여자가 노래를 불렀다.

"울려고 내가 왔던가 웃을려고 왔던가. 비 내리는 부둣가에 이슬 맺힌 백일홍 그대와 둘이서 꽃씨를 심던 그날 밤…… 오, 주여!"

찬송가 버전으로 부르는 선창이었다. 선창을 그런 식으로 부르니 영락없이 속을 뺀했다. 공포에 치떨어도 시원찮을 판에 웃음이 폭발해버렸다. 맨 먼저 충청도 여자가 마포 갈매기집으로 팔려나갔다. 여자는 이제 갈매기집에서 젓가락 장단을 맞춰가며 선창할 것이다.

"나는 노래도 못하고…… 당신들이 보다시피 얼굴도 못생긴 데다가 목소리도 안 좋아서 영업집보다는 가정집으로 보내주세요."

"얼굴 못생겼어도 몸매만 좋으면 문제없어."

"사실 나는 대학생이에요."

정신은 학생증을 까 보였다.

"뭐? 대학생? 대학생이 왜 이런 델 와? 엉?"

"가정부 구한대서 진짜 그런 줄 알고…… 왔지요."

"뻔히 알고 왔으면서 내숭 까는 거 봐라. 하긴, 룸싸롱에 대학생년들 그득그득하더라만. 과외 금지해노니 년들이 낮에는 학생, 밤에는 작부야. 타락의 극치래도 누가 말려. 대가리부터 썩었는데. 그래, 진정 그대가 원하는 곳이 어딘데? 청운각? 오진

암? 말만 해."

"가정부요!"

"진짠갑네. 고객이 원하신다면야. 단독? 아파트?"

"아무 곳이나요."

이모를 따라 나서는데, 순간의 정도 정이라고 분이가 정신이의 다리에 매달렸다.

"언니, 나랑 같이 가요. 나 놔두고 가지 마요오."

눈에서 닭똥 같은 눈물이 뚝뚝 떨어진다. 도저히 발걸음이 떨어지질 않는다.

"가정부 말고 어디 식당 같은 데 소개해줘요. 분이랑 함께 갈 수 있는 곳이요."

분이가 울음을 뚝 멈추었다.

온 세상이 빗속에 잠겨 있다. 천둥 번개도 없이 비는 연 사흘째 추적추적 내리고 있다. 비는 눈물처럼 내리고 있다. 비는 눈물이 된다. 세상에 비가 내리고 내 가슴에 눈물이 흐른다. 온갖 비에 관한 노래를 읊조려봐도 내 마음의 허기를 메울 길은 없다. 비가 내리는 외로운 밤이면 내 방, 나만의 방이 절실히 그리워진다. 태어나서 한 번도 가져보지 않은 그 방이. 그렇다고 영미를 쫓아낼 수는 없으니, 행복한 공존을 모색할밖에.

"영미야, 노래 좀 불러줘."

"조오치. 신청곡은?"

"비에 관한 거, 아무거나 막 해버려."

나는 불을 끈다. 안방은 진작 불이 꺼졌고 언니들 방은 불은 꺼졌는데 두런두런, 속닥속닥 자기들끼리 시끄럽다. 고모는 오늘도 들어오지 않았다. 이혼하고 나서 오갈 데 없는 신세가 되었다고 울어쌌더니 어느새 새 애인을 사귄 것이 틀림없다. 아니면 또 '쓰라린 가슴을 부여안고' 비 오는 밤거리를 처벅처벅 걷고 있을지도 몰랐다.

영미가 노래를 불렀다.

"비야 비야 쏟아지는 비야 가슴속을 씻어주는 비야 비야 비야 울려주는 비야 내 마음을 달래주는 비야……"

하염없이 비야, 비야 하다가 영미는 잠이 들었다. 영미가 하다만 노래를 입속으로 중얼거리며 어둔 천장을 응시하고 있는데 영금이가 나직하게 나를 불러냈다.

"해금아, 면회 좀 하까?"

영금은 우산을 받쳐들고 벌써 마당으로 내려서고 있었다. 영금이가 대문 밖 처마 밑에 쭈그려 앉았다.

"야, 자는 사람 불러서 이게 뭐냐?"

어차피 잠이 안 오기는 마찬가지였으면서 나는 괜히 퉁겨보았다.

"해금아, 그래도 이 언니가 흉금을 터놓을 사람이 너밖에 없는 것 같다."

"왜 또 이러셔, 사람 쑥스럽게시리."

"날도 척척하고 입도 텁텁한데, 어디 좀 가까?"

"이 밤중에?"

"영자네 집 문 열었는가 모르겠다."

영금과 나는 한 우산을 쓰고 밤마실에 나섰다. 영금은 한사코 내 쪽으로 우산을 기울였다. 그러잖아도 넓은 영금의 한쪽 어깨가 푹 젖어들고 있었다. 나는 괜히 신경질을 부렸다.

"야, 넌 왜 자꾸 우산을 내 쪽으로만 기울이냐."

"신경쓰지 마라."

"신경이 쓰여."

영금이 어둠 속에서 싱긋 웃었다. 자우룩한 빗속에서 바보같이. 바람결에 근처 숲속에서 이끼 냄새가 날아왔다. 영금의 미소는 숲속의 그 이끼처럼 오래 묵은 것이어서 편안했다.

오도카니 비 구경을 하고 앉았던 영자가 우리를 반겼다.

"느그 언니는?"

큰언니는 영자 안부를 궁금해하지도 않는데 영자는 동창이라고 큰언니 안부부터 묻는다. 영금이 소주 한 병과 새우깡을 간이탁자에 가져다놓고 의자에 앉은 뒤에 대답한다.

"마순금이는 잔답니다."

영자가 고개를 끄덕인다.

"순금이는 참말 이뻐. 순금이가 자면 잠자는 숲속의 공주 같겠다아. 아이고, 얼매나 이쁠꼬오. 순금이는 이뻐서 신랑이 절대로 미워하지 않을 거여. 이쁨만 받을 거여. 역시 여자는 이쁘고 봐야 혀. 나나 늬들같이 지 맘대로 생겨불면 인생이 낭패여. 안 그냐?"

영자는 영금의 대답을 숨죽이고 기다리는 눈치다.

"안 이쁜 영자 돌림끼리 한잔할래요?"

영금은 소주를 맥주잔에 들이부어서는 진짜 맥주인 양 한 모금 쭈욱 들이켜고 나서 몸을 한번 부르르 떤 다음에야 대답했다. 영자 물음에 대답이 늘 한 템포씩 느리다.

"이쁘지도 않은디 거기다가 술까지 해불면, 인생 조져부러."

영자가 손사래를 쳤다.

할 수 없다는 듯 영금이 내게 술을 따랐다. 원래는 '명백히 동생'인 내가 따라야 할 것이었다. 나는 '명백히 언니'인 마영금의 술잔을 공손히 받았다.

"이것이 바로 언니 가오라는 것이다."

영자가 풋, 웃음을 터뜨렸다. 그 소리에 겨우 잠들었던 아이가 깨어나는 소리가 들렸다.

"호랭이 물어갈. 재우느라 생똥을 쌌는디 그새 또 깨불그만이."

영자는 아이를 재우려고 부리나케 방으로 들어가버렸다. 그제야 진지한 표정이 된 영금이 불쑥 말했다.

"해금아, 너 내 동생 맞지?"

나는 막걸리 맛은 대충 알겠는데 아직 소주 맛은 도통 모르겠다. 정신이는 대학교에 들어가서 소주 맛을 제대로 알았다고 했다. 영금이가 소주를 잘 마시는 것도 영금이가 대학생이기 때문인가. 내 신분은 무엇일까. 나는 어쩌면 영원히 소주 맛을 모르는 사람이 될지도 모른다.

"아 써, 진짜."

"그게 인생의 맛이지. 클클클."

영금이가 노인처럼 웃었다. 바보같이 웃을 때는 숲속의 이끼 냄새처럼 편안했는데 노인처럼 웃는 것이 영 거슬렸다. 사실을 말하자면, 겨우 한 살 차이밖에 나지 않으면서 지가 무슨 세상 다 아는 것처럼 나를 애 취급하는 게 영 기분 나쁜 것이다. 나는 쓴 것을 감수하고 확 술잔을 비워버렸다.

"천천히 마셔. 그렇게 마시다간 인생 끝까지 못 가는 수가 있어."

말하는 투가 어디선가 배운 풍월 같은데, 심증일 뿐 증거는 잡을 수 없었다. 하여간 나는 영금이 무슨 말을 하건 들어보기로 했다.

"……그러니까, 내가 하고 싶은 말은…… 노동이란 거지. 혁명으로서의 노동 말이다. 나는 그 길을 갈 거야. 그 길이란, 이

땅에서 언제나 피와 눈물의 역사였지. 패배와 좌절과 고난과 슬픔의 길이었지만, 우리 선배들은 온몸을 다 바쳐서 그 가시밭길에 혁명의 씨앗을 뿌리기를 잊지 않았어. 이현상이 그랬고 박진홍이 그랬고 이재유가 그랬고 그리고 전태일이. 나는 그들이 갔던 그 길을 갈 거야. 이 척박한 땅에서 노동운동은 단순한 이권운동일 수는 없는 거야. 그것은 숙명적으로 반체제적, 혁명적 성격을 띨 수밖에 없단 거지. 너, 내 말이 무슨 말인지 알어? 내 동생이니까 알 거야. 아니, 알아야 해."

영금이 마지막 남은 술을 털어넣었다.

"그런 말을 왜 나한테 하는 건데?"

"왜냐면, 넌 내 동생이니까. 내 동생은 알아야 하니까."

"영미도 있잖아."

"그래, 영미가 있지. 마영미, 걘 노래를 잘하지. 난 힘으로, 걘 노래로, 그리고 넌 니가 가진 그 무엇으로든, 이 세상을 사랑하자. 이 세상에서 설움받고 핍박받는 서러운 민중들을 위해 우리는 우리 각자가 가진 그 무엇이든 아낌없이 내놓자, 해금아."

영금은 취한 것 같았다.

"알았어. 다 내놓을게. 주머니 속에 토큰 하나 안 남기고 다아. 근데 언니들에겐 왜 말 못 하는데?"

"그자들의 행복을 깰 수가 없으니까."

큰언니와 작은언니는 둘 다 연애에 바쁘다. 특히 큰언니는 그

가난한 화가와 결혼날짜까지 잡아놓았다. 언니들에게도 그렇거니와 '혁명적 노동운동의 길'을 가겠다는 말을 엄마 아버지한테도 차마 할 수는 없었으리라. 영금은 나중에 자신에게 무슨 문제가 생길 것을 대비해 자신의 계획을 가족 중 누군가에게 말을 해놔야 했다. 그게 나였던 것이다.

"노동운동이 아니라 그냥 노동을 하면 안 돼?"

그 말을 하는데 내 가슴이 찢어질 것만 같았다. 그가, 환이 생각났기 때문이다. 초등학교를 졸업한 이후로 하루라도 노동을 하지 않고 살아본 적이 없는 사람, 이환이라는 사람 때문에 나는 정말로 가슴에 통증이 일어 견딜 수가 없었다. 혁명을 못 해 우는 영금이를 앞에 두고 나는 노동을 하지 않으면 하루도 살아갈 수 없는 한 남자 때문에 울었다. 밤은 깊어가고 비는 그치지 않았다.

문밖으로 얼핏 고모가 지나가는 게 보였다. 늦은 귀가였다. 영금을 흔들었다.

"고모야. 고모랑 함께 들어가자."

"고모라구? 우리 고몬 늘 마음을 착취당하지. 바보같이."

착취를 당하는지, 착취를 하고 오는지 알 수 없지만 고모는 오늘 밤, 유달리 요염해 보였다. 꽃무늬 우산에 분홍 레인코트를 입고 하이힐 또각이며 골목을 올라가는 고모는 아름다웠다. 나는 영금을 억지로 일으켜세웠다. 고모를 놓치면 내가 힘들어질 것 같았다.

"고모오."

고모가 화들짝 놀라며 다가왔다.

"무슨 일이라냐?"

"몰라요, 혁명을 한다나봐요."

"혁명을 해? 기왕에 혁명을 하는 김에 사랑도 하재."

"야, 영금아, 고모가 혁명하는 김에 사랑도 하랜다."

영금이 바보같이 피식 웃다 빗물 위로 푸욱, 쓰러졌다.

가난한 행복

저녁밥상에 아버지가 기른 푸성귀가 잔뜩 올랐다. 천식이 생겨 좋아하던 담배를 끊은 아버지는 밥맛이 더 난다고 좋아라 했다. 밥맛이 난다고 과식을 해서인지 아버지는 밥을 먹고 나서 끄륵끄륵 앓는 소리를 냈다.

"앗따아, 교양은 뒀다 어디다 쓸라요?"

엄마가 핀잔을 주었다.

"우리 애인한테 쓸라네."

아버지도 지지 않았다. 그쯤에서 엄마는 입을 다물었다. 일종의 무시작전이다. 그날따라 엄마와 아버지와 나만의 조촐한 식사자리였다.

순금이는 일주일간 교사연수를 떠났고 정금이는 그게 사실인지 아닌지는 알 수 없지만 '친구들'과 여행을 떠났으며 드디어

'혁명'을 위해 공장에 위장취업한 영금이는 공장 기숙사로 들어 갔고 영미는 방학도 없이 보충수업을 하느라 저녁밥까지 싸들고 학교에 다녔다. 자식 중에 나 혼자 저녁밥상에 앉아 있는 게 그리 편하지가 않았다.

"옛말에 못난 나무가 고향을 지킨다더라. 니가 그짝이냐?"

자격지심이었을 것이다. 밥숟가락을 놓아버리고 싶은 것을 참느라 손이 바르르 떨렸다.

"못나나 마나 고향 지키는 나무가 젤 사랑받는 거여."

그 말을 남기고 아버지는 대문 밖으로 식후 산책을 나갔다. 아버지는 겉으로는 무뚝뚝해 보여도 심성은 섬세했다. 아이들을 이십 년 넘게 가르친 베테랑 교사였으니 더할 것이다.

엄마는 상추에 묻은 물을 마당을 향해 촥 뿌린 다음 커다랗게 쌈을 싸서 한입에 넣고 꿀걱 삼켰다. 그렇게 서너 번 반복해서 쌈을 싸먹더니 기습적으로 물었다.

"해금이 너 요새 뭣 하고 다니냐?"

이번에야말로 밥숟가락 든 손에서 저절로 힘이 빠졌다.

"타, 타자학원. 알면서 물어, 엄마안."

내 목소리가 조금 떨려 나왔다.

"존 말 할 때 바른 대로 말해라이."

"그, 그러니까, 그게 어떻게 됐냐 하면, 고, 고시학원……"

"이미 다 알고 있어."

"어, 어떻게……"

"내 눈치가 백단이다."

눈치가 백단인 엄마는 또 물을 촥 뿌리고 된장을 듬뿍 바른 상추쌈을 서너 번 싸서 넘기는 똑같은 동작을 반복하고 난 뒤에,

"야, 넌 아무래도 상과하고는 거리가 먼갑다. 니 머리에 고시학원이고 뭐고 다 때려치우고 요참에 재봉일이나 한번 배워봐라."

"재, 재봉사?"

"촌시럽게 재봉사는 무슨. 의상실이제에. 그나마 고모가 한번 너를 끼고 갈쳐보겠다고 해서 망정이지, 너를 환영헐 만헌 곳이 도대체 이 조선 천지에 어디가 있겠냐아. 부애가심도 이런 부애가심이 없다, 참말로오."

고모는 돌고개양장점을 충장로로 옮겼다. 가게 이름도 '수산나의상실'로 바꿨다. 나는 코뚜레 잡혀 끌려가는 소처럼 엄마 손에 이끌려 수산나의상실의 점원 겸 견습생이 되었다. 수산나의상실이 있는 충장로5가는 같은 충장로라고 하지만, 우체국이 있는 충장로1가와는 분위기가 확연히 달랐다. 유흥가라기보다는 의상실을 포함하여 양복점, 포목점, 비단집, 이불집들이 밀집해 있는 상가였다. 가게 안쪽에 작업장이 있었다. 고모는 그곳에서 자기 창작대로 옷을 만들어 전시판매하거나 주문생산했다.

"자아, 고모 허는 것을 잘 봐바이. 먼츰, 나마꼬를 가지고 뭣

을 재냐면, 상동을 재. 그담에는 유상동, 젖가슴이여. 그담에는 등길이를 재. 그러면 원기장이 안 나오겄냐이. 그담에는 어디를 재야겄어? 목 뒤여이. 목 뒤 한가운데서 양어깨까지이. 그런 담에 앞판 뒤판에 씽을 대. 시방은 여름잉게 광목씽이지마는 겨울이면 개씽을 대야 혀. 어라, 그런디 내 말을 듣고 있는 거여, 마는 거여?"

선풍기 하나만 돌아가는 작업장 안의 더위도 더위려니와, 고모의 가르침은 너무 일방적이었다. 뭐가 뭔지 도대체 따라잡을 수가 없었다.

"날씨는 덥고 고모 말은 빠르고…… 그래서……"

"덥고 춥고 빠르고 느리고가 어딨어. 배울 머리가 있으면 혼자라도 배우는 거제. 나는 나 혼자 힘으로 배웠당게."

"고모는 취미가 있었는가 몰라도 나는……"

"자꾸 니가 뻘소리를 헝게 날도 덥고 미안허지만 고모가 연설을 좀 히야 쓰겄다. 시방 니 처지에 취미 타령을 히야 쓰겄냐아. 뭐라도 밥 벌어묵을 것을 배와놔야, 낭중에 시집을 가더라도 무시 안 당허고 당당헐 수가 있는 거여. 느그 언니들처럼 말이여. 순금이 정금이를 봐라. 자기 직장이 확실허잖여. 그러니 얼마나 멋있냐. 영금이를 봐도 그래. 아무리 데모를 허네 어쩌네 해도 학생잉게 멋지제, 니가 허면 뭔 뽄이 나겄냐이. 욕이나 안 묵으면 다행이제. 하다못해 영미만 해도 노래 부르는 재주라도 있지.

그런디 해금이 너는 멋이 있어, 재주가 있어, 글타고 머리가 있어. 이 고모는 니가 도대체 뭣 할라고 이 복잡헌 세상에 나와가꼬 이 욕을 보고 사는지 참말로 맘이 안타깝다아, 이 고무 차대기 같은 것아.”

고모는 그렇게 내 여린 가슴에 대못 박는 일장연설을 펼치고는 복장이 터져 못 살겠다고 밖으로 나가버렸다. 고모가 나가고 난 뒤 갑자기 고요가 밀려왔다. 선풍기 소리만 맹렬했다. 선풍기가 끄덕끄덕 돌아갔다. 눈가에 심상찮은 기미가 느껴졌다. 나는 선풍기가 돌아가는 방향을 따라 고개를 돌렸다. 고개를 좌우로 몇 번을 돌려보고, 끄덕끄덕도 해보고, 흔들어도 봤다. 입을 벌렸다 오므려보고, 헛기침을 서너 번 해보고, 손가락을 접었다 폈다, 손바닥을 비볐다가 심지어 박수까지 쳐봤다. 마지막 수단으로 물구나무를 서보려고 하는 찰나, 간신히 버티고 있던 눈물샘의 둑은 기어코 터지고 말았다. 그러나 눈물이란 것도 누가 봐주는 사람이 있어야 흘리는 맛도 나는 법. 눈물은 이내 멈추었다. 나는 수화기를 들었다. 환이 만들어준 목각인형이 지금 내 가방 속에 있었다. 환은 그것을 내게 주면서 말했다.

“내가 만든 이 작은 물건이 다른 사람한테 기쁨을 준다고 생각하면, 마음이 따뜻해져요.”

환은 결코 말을 잘하는 사람은 아니었지만, 자신의 처지와 심정을 과장 없이 정직하고 담담하게 표현할 줄 알았다. 똑같은 말이라도 다른 사람이 하면 그냥 하는 말처럼 들리는데 환이 하면 달라졌다. 가령, 똑같은 꽃을 보고도 다른 사람이 이쁘다고 하면 그냥 하는 소리로 들리지만, 환이 말하면 그 꽃은 정말로 이쁜 꽃이 되었다. 내가 그 말을 하자 승희는 깔깔거리고 웃었다.

"야, 세상에 안 이쁜 꽃이 어딨냐?"

나는 우겼다.

"세상의 꽃들은 환이 이쁘다고 말해야 그때부터 이뻐진다는 걸 넌 몰라."

"그래, 난 몰라. 암것도 몰라."

안내양 제복을 입은 승희는 그렇게 말하고 고속버스터미널로 종종종 달려갔다.

승희는 돈을 벌기 위해 고속버스 안내양으로 취직을 했다. 휴무일이면 시립아동일시보호소에 맡겨놓은 승춘이를 보러 갔다. 어쨌든 승춘이 엄마, 승희는 생업전선에 열심이었다. 승춘이가 조금 크고 돈이 모이면 우선 방을 얻고 살림을 장만할 거라며 눈빛을 반짝였다.

승희도 그렇게 열심히 살고 있고 정신이도 서울 가서 치열하게 살고 있는데 나만 집 안팎의 근심거리로 전락한 것만 같아 견딜 수 없이 괴로웠다. 바로 그런 괴로운 순간에 이환이 떠올랐다. 자신이 준 목각인형에 기뻐하는 나를 보고 행복한 미소를 짓던 환이. 나를 향해 미소지어주는 유일한 사람, 이환.

전화는 작은아버지가 받았다. 나는 얼른 코맹맹이 소리를 냈다. 다행히 작은아버지는 내 목소리를 간파하지 못했다. 제재소의 소음 탓도 있었을 것이다.

"누구요?"

"해찰하는 사람 손가락 짜르는 기계 앞에서 일하는……"

"구다시? 하라우시?"

"이환이요."

작은아버지가 큰 소리로 환을 부르는 소리가 났다.

"여보세요?"

환의 목소리를 듣는 순간 웬일인지 가슴이 덜컥했다.

"해금이에요. 퇴근하고 저녁에 만나요."

"헤헤헤."

이환이 염소처럼 웃었다. 좋다는 뜻이다. 그는 좋으면, 행복하면 무조건 그렇게 웃는다는 걸 몇 번의 만남을 통해 알고 있었다. 지난봄, 내가 승희 출산비를 마련하러 작은아버지 제재소에 갔을 때 환이 들고 있는 목각인형이 좋아 보여 자꾸 눈길을 줬더니 그가 선뜻 가지세요, 라고 말하며 웃었다.

목각인형은 동그란 동자승의 얼굴이었다. 나는 어쩐지 그 동자승이 나를 지켜줄 수호신이 될 것만 같았다. 작은아버지한테 돈을 조달해서 행복한 게 아니고 목각인형 땜에, 동자승 땜에 나는 진정으로 행복한 것 같았다. 그래서 자꾸만 웃음이 비어져나왔다. 인사를 하고 제재소를 나오려는데 작은아버지가 환의 어깨를 툭 쳤다.

"안 따라가냐?"

우리는 하염없이 걸었다. 딱히 무슨 말을 하고 싶지는 않았다. 할말도 없었다. 그와 나 사이에 흐르는 침묵이 나는 좋았다. 달이 떠오르고 있었다. 달을 보면서 환이 염소처럼 웃었다. 달 떠오르는 게 좋아서 그런다는 것을 나는 금방 알았다.

우리는 풍향동에서 쌍촌동까지 걸었다. 쌍촌동 입구쯤에서 동네 사람 눈을 피해 샛길로 샜다. 내내 한 뼘쯤 떨어져 걷다가 쌍촌동 저수지 둑길쯤에서 환이 내 손을 잡았다. 우리는 샛길을 돌아 우리 집에서 좀 먼 산동네, 골목 깊숙한 가게에서 막걸리를 시켰다. 목도 마르고 배가 고팠던 터라 막걸리는 꿀맛이었다.

나는 여전히 수산나의상실을 건성으로 다녔고, 고모는 학교 교사들이 지진아 대하듯 양장의 기본 패턴 몇 가지를 성의 없이 가르쳐주고는 새로운 연애에 골몰하느라 가게를 내게 맡기는 시간이 많아졌다. 하루 종일 타오르던 태양이 짙은 석양 아래로 떨어지고 있었다. 세상이 온통 노란 셀룰로이드 막으로 뒤덮여 있는 듯, 사뭇 몽환적인 빛을 발하고 있었다. 가게 앞에 내놓은 봉숭아 화분 사이로 어디선가 코스모스 씨가 날아와 자라더니 이른 꽃을 피웠다. 적당하게 더운 열기와 적당하게 서늘한 바람이 교차하는 그런 시간이었다.

고모가 가르쳐준 대로는 아니어도 대충 어림으로 사내아이의 셔츠를 만들고 있는데 환이 들어섰다. 의아해하는 나를 보고 환이 '착하게' 말했다.

"날이 더워서 일이 좀 일찍 끝났어요."

환은 내가 재봉질하는 모습을 가만히 건너다봤다.

"여긴 조용해서 좋아요. 제재소는 시끄러운데."

열기와 서늘함이 교차하는 시간대여서만은 아닌 또다른 열기와 서늘함이 내 속에서 요동쳤다. 환이 재봉실 벽에 걸려 있던 밀레의 〈만종〉을 가리켰다. 못 자국을 가리려고 쌍촌동집 마루에 걸려 있던 것을 고모가 떼어온 것이다.

"그림이 정말 좋아요. 여긴 좋은 것투성이에요."

환이 좋다는 말을 하기 전에는 너무나 익숙한 그림이라 무심했던 것이 사실이다. 나는 그림을 올려다보았다. 그 시간의 빛깔이 그림 속 빛과 흡사하다는 생각이 들었다. 그리고 환은 지금 그림 속 저 부부처럼 하루의 고된 노동을 끝낸 참이다. 환이 말했다.

"가난해도 행복하게 살고 싶어요. 저 사람들처럼."

가난해도 행복하게. 사람은 가난해도 행복할 수 있을까. 환은 충분히 그럴 수 있을 것 같았다.

"그치만 가난하면 행복하지 못해요. 우리 집만 봐도 어머니가, 아버지가, 형들이, 동생이, 행복하지 못해요. 그래서 날마다 전쟁이죠. 사는 게 엉망진창이고, 기도 같은 건 할 줄도 모르고, 미래는 늘 오늘에 저당잡혀 있죠. 그래서 사는 게 나아질 수 없고, 그렇게 살다 죽을 것이 난 겁나요. 어쩌면 밀레는 가난해도 행복하게 살고 싶어서 저 그림을 그렸는지도 몰라요. 안 그러면 죽을 것 같아 겁나서. 많이 힘들고 고달프지만 그래도 평화롭게 살고 싶어서. 그리고 나도 그렇게 살고 싶어요. 정말로."

사위는 이제 어둠이 밀려들기 시작했다. 환의 목소리는 무척 맑았다. 그는 천천히 말했고 나도 그 말의 맥을 끊지 않으려고 무척 노력하며 천천히 재봉틀을 밟았다. 다행히 날이 완전히 어두워지기 전에 아기 옷은 완성되었다.

"어둠 속에서 뭐 하는 거야? 머시매, 가시내가?"

외출에서 돌아온 고모가 의심이 잔뜩 서린 눈초리로 환과 나를 일별했다.

"얘기하고 있었습니다."

환이 담담하게 대답했다.

"뭔 얘기? 아 참, 당신은 누구세요?"

"저는 이환입니다. 좀 전에 한 얘기는, 저 혼자 한 거지만, 가난해도 행복하게 살고 싶다는 소망에 관한 거였어요. 저 그림처럼요."

고모가 갑자기 손가락으로 딱, 소리를 냈다. 고모에게서 독한

술냄새가 확 끼쳐왔다.

"그런 말은 누구나 할 수 있단다, 이환. 그러나, 그게 어디 쉬운 일이어야 말이지. 그냐, 안 그냐?"

"……"

"말문 막히는 말을 왜 허냐? 너도 남자끌텅이라고 존심이 있어서 말 못 하겠다는 거냐?"

외출해서 새 애인과 만나 다투고 온 것이 틀림없었다.

환이 고모를 물끄러미 바라보았다. 그리고 그 일은 순간적으로 일어났다. 고모가 뾰족구두를 벗어 환의 하복부를 향해 던져버린 것이다. 다행히 신발은 빗나갔다. 고모는 여전히 씩씩거렸다.

"건방떨지 말라고오. 아직 기저귀도 안 뗀 것이 말여. 머? 가난해도 행복? 지랄 염병허고 자빠졌네."

환이 고모에게 꾸벅 고개를 숙여 보이고 나가서 충장로4가 쪽으로 사라졌다. 나는 마음이 급해져 아기 옷을 가방에 구겨넣었다. 고모가 클클 웃으며 부리나케 나서는 내 엉덩이를 툭 쳤다.

"가시내가 다른 재주는 없어도 연애허는 재주는 있는갑네! 돈은 있냐? 가난해도 행복? 아나, 행복."

나는 그 외중에도 고모가 던지듯이 주는 돈을 알뜰히도 챙겨서 의상실을 뛰쳐나왔다. 환은 고모가 안 보이는 곳쯤에서 나를 기다리고 있었다. 부끄러움의 열기가 전신을 휘감았다. 우리는 침묵을 유지한 채 여름밤의 열기가 가득한 도심의 골목을 걸었다. 다리가 아플 즈음, 황금동 뒷골목의 왕대폿집으로 들어갔다. 자리에 앉아서야 환이 그야말로 환하게 웃었다. 나도 그때서야 한숨을 몰아쉬고 물었다.

"갑자기 나가버리면 어떡해요?"

"모르겠어요. 그냥, 답답해서요."

"우리 고모도 그렇게 치밀한 사람은 아니에요. 이혼도 하고 말이죠."

고모가 유부남하고 연애해서 간통 혐의로 철창 신세를 졌다는 말은 차마 할 수 없었다.

나는 환을 답답하게 한 고모 대신 환에게 사과하는 의미로 내가 가진 뭐라도 주고 싶었다. 승희 아들한테 입히려고 만든 아기 옷을 꺼냈다. 승춘이. 승희가 봄에 낳은 아이라 해서 만영이 지은 이름이다. 만영은 승희가 애를 정해진 기간이 지나도 데려가지 않으면 자신이 책임을 지겠다는 보증도 섰다. 그러고 나서 담양의 돼지농장으로 일하러 갔다.

서울로 떠난 정신이는 광주 사람 누구도 보고 싶지 않은데 승춘이만 눈에 아른거린다면서 기사식당에서 일하고 받은 월급으로 승춘이 옷이며 신발이며 장난감을 잔뜩 사서 보내왔다. 승희는 그것을 보호소로 가져가서 거기 있는 아이들에게 골고루 나눠주었다. 나는 그렇게는 못 해도 내 손으로 직접 만든 옷을 승춘에게 입히고 싶었다. 그러나, 옷은 또 만들면 될 것이다. 나는 우선 이 사람 환이 자신이 만든 것을 내게 주었듯이, 나도 내가 만든 것을 주고 싶었다. 환이 눈빛을 반짝였다.

"아기 옷을 보면 세상 어딘가에서 자라나고 있는 아기들이 생각나서 안심이 돼요. 아기들이 없는 세상은 정말 무서울 거예요."

막걸리를 시키고 순댓국을 시켰다.

"난 배가 부르면 안심돼요."

나는 순대를 건져먹으며 장난스레 대꾸했다. 그가 헤헤헤, 염소처럼 웃었다. 그것은 가난해도 행복한 웃음이었다. 아니면, 가난해서 행복한 웃음일지도 몰랐다. 막걸리 한잔과 순댓국에 배가 불러오자, 나도 덩달아 행복해졌다.

우리는 학생회관 골목으로 들어섰다. 회관에서는 많은 학생들이 불을 밝히며 공부하고 있었다. 그러잖아도 좁은 골목에 양담배와 서양 도색잡지를 파는 남자들, 리어카 행상들이 줄지어 있어서 오가는 행인들의 어깨가 수시로 부딪쳤다. 그래서 어깨를 부딪친 사람이 진만이라는 걸 처음에는 알아보지 못했다. 워낙에 가로등이 희미한데다 진만이 완전히 다른 사람으로 변해서이기도 했다. 진만이 기왕 부딪친 어깨이니 재차 부딪친다 한들 손해볼 건 없다는 듯이 일부러 한번 더 어깨를 부딪쳐오더니, 씨익 웃었다.

지난봄, 진만이는 승희가 애를 낳은 뒤에 수선화회 멤버들에게 당분간 저를 찾지 말아달라는 말을 남기고 사라졌다. 국책은행에 무난히 취업을 했지만, 승희의 출산으로 인한 충격 때문에 입사도 포기하고 만영이 말로는 머리 깎고 중이 되겠다고 울면서 사라졌다고 했다. 그리고 진만이와 나는 열기 가득한 한여름 밤, 학생회관 골목의 흐릿한 가로등불 아래서 조우했다. 진만이는 좀 건들거렸다. 거기다 밑단은 나팔바지 스타일에 엉덩이가 꼭 끼는 백바지를 입고 상반신은 착 달라붙는 셔츠 차림이었다. 단추를 가슴까지 풀어헤친 셔츠 양쪽에 달린 스팽글이 흐린 불빛 아래서 반짝거렸다. 우리 중에 가장 촌놈이 변신하기로 작정을 하고 나니 진짜 뒷골목 양아치가 형님, 하게 생긴 형상이었다. 진만이 나와 환을 위아래로 훑어보고는 한쪽 다리를 달달 떨며 말했다.

"애인이냐?"

진만이의 태도가 왠지 불쾌했다. 복장이야 그렇다 쳐도 한쪽 다리를 달달 떨 것까지는 없지 않은가. 나는 대답하지 않고 진만이를 가만히 바라보았다. 환이 자리를 비켜주듯 앞쪽으로 먼저 걸어갔다. 애인이냐고 묻는 진만이의 말에 대답할 거리가 생각나지 않았다. 그렇다고도 딱히 아니라고도 하고 싶지 않았다.

"야, 애인을 사귀려면 좀 괜찮은 자식으로 사귀잖고. 신경쓰여 어디 살겠냐?"

"신경쓰여?"

"신경만 쓰이면 낫게? 너희들 땜에 이 오빠가 잠을 못 잔다."

진만이 '너희들'이라고 한 것은 다분히 의도적이었다. 승희와 나를 도매금으로 말해야 덜 어색할 것이었다. 진만이는 장난스레 내 어깨를 다시 한번 툭 부딪치고는 불빛이 환한 충장로의 인파 속으로 바쁜 척 사라졌다. 밝은 불빛 아래로 보이는 진만이의 과장되게 위로 치솟은 머리가 가발이라는 것을 나는 알아챘다.

환이 저만큼 앞서 걸어가고 있었다. 나는 환에게 달려갔다. 환의 보폭이 더 빨라졌다. 환은 주택가 골목으로 들어섰다. 나는 환을 따라잡기 위해 사력을 다해 달려갔다. 내가 빠르게 다가가면 갈수록 환의 걸음도 빨라졌다. 그리고 환은 마침내 어둠 속으로 완전히 사라졌다. 주택가의 골목은 미로처럼 내 앞에 버티고 서 있었다. 내 가난한 행복이 사라졌다, 순식간에.

뜨거운 눈물

하루 일이 끝나면 온몸이 물먹은 솜처럼 무거웠다. 그래도 만영은 바로 그 시간, 몸이 천근인 그 저녁시간이 좋았다. 짐승들에게 든든히 먹이를 주고 나서 농장 주인집에서 저녁을 먹고 돌아와 일꾼 숙소로 쓰는 가건물 창문을 열고 먼 들판 너머로 저녁이 밀려오는 것을 바라보는 바로 그 순간 말이다.

만강은 새벽이면 우유를 돌리고 저녁이면 신문을 돌리며 학교에 다녔다. 만강의 다리는 날로 굵어지고 어깨 근육은 튼실해졌다. 만영은 그런 만강을 보는 게 흡족했다. 만영이 집에서 나오면서 만강과 통화하기 위해 전화를 가설했다. 만영이 전화를 하면, 만강은 쑥스러운지 몇 마디 나누지도 않았는데 금방 전화를 끊었다.

"밥은 잘 먹고 다니냐?"

“그렇지 뭐.”

“공부는 열심히 하냐?”

“그래야지 뭐.”

“아프지 않지?”

“안 아파.”

“형한테 할말 없냐?”

“전화 자주 하지 마.”

“그 말뿐이야?”

“형도 잘 있어.”

그러고 전화는 끊겼다. 만강의 안부를 묻고 나서는 아동일시
보호소로 전화를 걸어 승춘이가 오늘도 잘 먹고 잘 자고 잘 놀
았는지를 확인했다. 보호소 보모는 오늘 승춘이가 드디어 뒤집
기에 성공했다고 전해줬다. 이제 뒤집기에 성공한 승춘이는 조
만간 고개와 어깨를 들고, 앉고, 서고, 말을 하게 될 것이다. 만
영의 목표는 승춘이 첫돌이 되기 전에 마당이 있는 방 두 칸짜
리 전셋집을 구하는 것이다. 그래서 승희 모자와 한집에서 사는
것이다. 마당에 꽃을 심고 강아지도 기를 것이다. 승춘이가 일어
서서 뛰어놀기 시작하면 공놀이도 같이 할 것이다. 오늘 같은
이런 여름 저녁쯤에는 승춘이를 안고 동네 산책을 나갈 수도 있
을 것이다. 물론 승희와 함께 말이다. 그리고, 그리고 언젠가는
승춘이를 제 호적에 올릴 수 있을지도 몰랐다. 그러나, 그 모든

계획은 아직 만영의 바람일 뿐이다. 만영은 심호흡을 한번 하고 나서 승희의 회사 숙소로 전화를 걸었다.

"왜애?"

만영이 전화를 할 때마다 승희의 왜애? 하는 소리가 만영의 가슴을 서늘하게 했다. 그래서 만영은 늘 자신이 왜 승희에게 전화를 했는지, 그 이유를 급하게 만들어야 했다.

"으응, 다름이 아니고 오늘, 승춘이가 뒤집기에 성공했다네?"

"니가 걸 어떻게 아는데?"

"전화해서 알았지."

"야, 누가 보면 니가 애아빠지 알겠다 야. 까르르."

진심을 들킨 것 같아 찔끔했다. 그러나 최대한 덤덤하게,

"그러라고 하지 뭐."

"지랄한다."

"쉬는 날이 언제냐?"

"다음 주말이긴 한데, 왜애?"

"승춘이한테 한번 가보게."

"너랑?"

"그러지 뭐."

"왜애?"

"보고 싶으니까 그렇지."

"니가 왜 보고 싶은데?"

전화기 너머의 승희는 껌을 씹고 있는지 이따금 따다닥 하는 소리가 났다. 새벽차라 빨리 자야 한다고 맘에도 없는 욕을 하고 나서 예의 그 속없는 웃음을 까르르 웃은 뒤에 승희는 전화를 끊었다. 수화기를 내려놓고 앉아 만영은 혼자 중얼거려봤다. 왜애? 내가 보고 싶어하면 안 되는 건데애? 왜애? 너랑 같이 가면 안 되는 건데애?

승희를 흉내내고 있자니, 분명히 승희가 얄미운데도 왜애? 하면서 물을 때 승희의 되바라진 목소리가 생각나 슬몃 웃음이 나왔다. 미운데도 밉지 않은 것이 아무리 생각해도 이상했다. 자신이 왜 그러는지 정말 알 수가 없었다. 만영은 날이 더운데도 왠지 모르게 부끄러워 땀으로 얼룩진 남방을 끌어올려 얼굴을 덮었다. 옷 속에서 승희의 동그란 얼굴을 떠올렸다. 승희를 생각하면 자동으로 승춘이의 주먹 쥔 보드라운 손도 떠올랐다. 반듯하게 펴주려고 해도 자꾸만 돌돌 말리던 그 조그만 손이.

지난봄, 해금이에 의해 얼떨결에 승춘이 아빠로 지정된 만영은 아빠 노릇보다는 승희가 퇴원하는 날까지 엄마 노릇을 감당해야 했다. 낮에는 태용이나 정신이, 해금이가 번갈아가며 도와주기도 했지만 밤이면 아기는 온전히 만영의 차지가 되었다. 정신이 시장에서 끊어온 기저귓감을 시침질해서 삶아 빨고, 마르면 개서 노란 고무줄로 아기 허리에 묶어 기저귀를 채워주었다.

아기는 초유를 먹어야 한다고 강력 주장하는 해금이 말에 아

기를 안고 병원에 가서 젖을 먹여서 데려오는 것도 만영의 몫이
었다. 다행히 태용이 제 조카의 헌 젖병을 잔뜩 가지고 병원에
가서 모유를 받아와서는 저희 집 냉장고로 얼려 배달해주었다.
낮이면 해금이가 기저귀 빨래를 해주고 정신이 아기를 목욕시켜
주고 갔지만, 밤에 자다 깬 아기에게 젖병을 물리고 기저귀를
갈아주느라 만영은 잠을 자지 못했다. 아기 때문에 잠을 못 자
기는 만강도 마찬가지였다. 하여간 아기 때문에 만영의 산동네
단칸방에 비상이 걸린 셈이다.
　만영은 아기를 안고 젖병을 물리다 그대로 잠이 들기도 했다.
그러면 만강이 일어나 슬며시 젖병을 씻어 소독해놓고 우유배달
을 나갔다. 승희가 퇴원하여 아기를 안고 제 자취방으로 가던
날, 아기와 헤어지는 게 섭섭했던지 만강의 눈이 붉게 충혈되는
것을 만영은 모른 체했다. 아마 그때부터였는지도 모른다. 승희
와 승춘이를 데리고 만강이와 자신이 함께 사는 꿈을 꾸게 된 것
은. 그 꿈이 현실이 되는 날을 생각하면 이상하게 온몸에 전율이
일었다. 그것은 용솟음쳐오르는 생(生)의 의지에 다름아니었다.

　돼지 막사에서 걷어낸 거름을 옥수수밭 모서리에 한참 쌓고
있는 참인데 태용이 찾아왔다. 라디오에서는 중공군 소속 비행
기가 날아와 서울 경기 지역에 공습경보를 발령한다는 뉴스가
다급하게 나오고 있었다. 그러든지 말든지 검은 뿔테 안경알이

온 얼굴을 뒤덮을 만큼 몰골이 수척한 태용은 옥수수 그늘에 주저앉아 뇌까렸다.

"아 씨발, 션허게 전쟁이나 터져불던지."

태양열과 지열의 한가운데서 만영의 얼굴에서 작렬하듯 땀방울이 부서졌다. 거름에서 나는 냄새는 숨이 턱턱 막힐 만큼 지독했다. 중공군 비행기의 침공 소식도 심드렁한 판에 작렬하는 땀방울, 숨막히는 거름 냄새 따위가 대수랴.

"승규자식 말이야. 누가 서울대학생 아니랄까봐 유식한 체 엄청 하더라, 씨발."

"대학을 괜히 갔겠냐. 원래부터 유식해서 갔겠지. 너처럼 무식하면 떨어지고, 킥킥."

"뭐? 즈그 학생들이 하는 변혁운동이 제국주의로부터의 해방을 지향하는 반제민족해방혁명임을 천명헌대나 어쩐대나, 씨발."

태용이 말끝에 자꾸 욕을 다는 게 만영의 귀에 거슬렸다.

"야, 냄새도 심한데, 입 좀 다물어라."

"작년에 부산에서 미문화원 방화사건 있었지? 그러니까, 학생들이 주장하는 바는, 뭐? 광주사태를 미국이 방조했다나 어쨌다나, 씨발. 걔들이 미문화원에 불을 지를 수밖에 없었던 이유가 승규 말로는 우리나라가 미제의 식민지라서 그랬다는데 말야, 근데 승규 그 자식 미제는 또 엄청 좋아했잖아, 씨발."

"무슨 미제?"

"학생회관 골목에서 팔던 『플레이보이』 있잖아, 씨발."

"그건 너도 좋아했잖아, 마."

"야, 그런데 정신이는 또 어떤 줄 아냐? 뭐? 저는 이제 현장으로 '존재이전'을 하기로 결심했다나, 뭐래나, 씨발. 야, 일터면 일터지 웬 현장? 일꾼이면 일꾼이지 웬 존재이전? 좆 까고들 있어, 씨발."

"너 한 번만 더 말끝에 씨발 소리 붙이면, 이 쇠스랑으로 찍어분다아."

"마지막으로 한마디만 할란다, 하여간 승규 그 자식은 민족자주, 양키 고 홈 해야 하니까 방학에도 못 내려오고 정신이는 불철주야 민중 해방시킬라고 이 염천에 발바닥에 불나게 뛰고 있단다, 씨이발."

"야, 너 반도체가 뭔지 아냐?"

화제를 돌릴 겸 만영이 물었다.

"재수생이 알 게 뭐냐."

"너 재수생이었냐? 난 고시생인 줄 알았다. 하여간 얼마 안 있어 우리나라도 컴퓨터가 생산될 거란다. 컴퓨터가 보급되면 세상이 완전히 바뀔 거라는데? 주산은 말할 것도 없고 타자기, 전자계산기도 쓸모 없어지는 세상이 온다더라고. 야, 그런 줄도 모르고 해금이는 아직도 타자학원을 다니고 있고 말야, 바보 같은 게."

물론 만영도 해금이 가짜 타자학원생임을 알고 있었으므로 그냥 해보는 소리였는데 태용이 고지식하게 받아쳤다.

"해금이 바보 아니야, 자식아."

태용의 신경질적인 반응에 만영이 쇠스랑질을 멈칫했다.

"아, 그래. 내가 실수했다. 해금이 정도면 똑똑하지. 그래서 하는 말이라고. 똑똑한 애가 왜 타자학원을 다니느냔 말이지."

"걔, 말만 타자학원생이지 타자학원 원래 안 다녀. 걔 가짜 타자학원생이었어."

"그래? 난 몰랐다. 가짜 타자학원생 요즘은 뭐 하는데?"

이왕 모른 척한 김에 끝까지 아무것도 모르는 척해주는 게 좋을 것 같았다.

"의상실 다닌댄다."

태용이 마치 제가 의상실에 취직이나 한 것처럼 양양하게 답했다.

만영은 젖을 대로 젖은 웃통을 아예 벗어버렸다. 등허리에서 소금기가 버석거렸다. 옥수수밭 너머에서 농장 주인이 점심 먹으라고 소리쳤다. 점심 반주로 막걸리 한 사발씩을 마시고 농막에 누웠다. 술기운 때문인지 태용의 태도가 훨씬 밝아졌다. 농장 주인이 술을 더 가져다주었다. 만영이 성실한 일꾼이었으므로 농장 주인은 일꾼의 친구에게도 잘해주려고 애썼다.

태용이 막걸리를 턱밑으로 줄줄 흘려가며 마시고 나서 안주로

딸려나온 풋고추를 된장에 푹 찍어 와갈와갈 씹어먹는 모습이
왠지 천덕꾸러기처럼 보였다.

"먹는 것도 천덕스러운 게, 고시생이 아니고 재수생이 확실하
구나!"

둘이 킬킬 웃고 말았다.

"야, 해금이가 그러는데 시내서 진만이 봤다더라. 빽바지에
단추 두 개 풀고오, 가발에 도끼빗 꽂고오, 앗싸바리이."

학생회관 골목을 빙빙 돌다 어떤 예감이 들어 황금동 뒷골목
만화방 골목을 기웃거렸다. 진만이 만화방에서 나오다 만영과
마주쳤다. 만영은 '영양센타'라 이름붙인 왕대폿집으로 진만이
를 데려갔다.

"요새 시내서 사냐?"

"살긴, 그냥 쏘다니는 거지."

"누구랑?"

"누구라고 하면 니가 아냐?"

"방황하지 마라. 사춘기도 아니고."

"하하, 나 방황 안 해, 인마."

손가락으로 술사발을 팅기고만 있던 진만이 삐딱한 앉음새로
술잔을 들었다.

"진짜지?"

"짜식이 사람 말을 못 믿어."

막걸리 한 사발을 가볍게 마시고 나서 진만이 일어나 술값을 치르려고 했다. 만영은 기분이 상했지만 좋은 말로 앉혔다.

"하고 싶은 말 아직 시작도 안 했는데 일어서냐?"

"아, 그러냐? 그럼 얼른 해봐라."

만영이 진만이를 말끔히 바라보았다.

"사실 지금 돈을 좀 모으는 중이다."

"너야 뭐, 그럴 수밖에 없겠지. 니가 가장이니까."

"물론 그래서이기도 하지만, 사실은…… 승희 때문이야."

"승희? 승희 때문이라는 걸 굳이 나한테 말하는 이유라도 있냐?"

"시치미 떼지 마, 자식아. 너 승희 좋아했잖아. 그래서 지금도 방황하고 있는 거고. 내 말이 틀려?"

"하하, 그게 언젯적 일인데 그러냐. 그리고 니가 승희를 위해서 돈을 모은다는 건, 승희를 좋아한다는 건데, 그럼 니가 이름까지 지어준 승춘이는 어떡할 건데?"

"내가 진짜 너한테 사실을 고백하자면, 나는 승희보다 승춘이가 더 좋더라."

"짜식아, 건방 떨지 마아. 지가 무슨 예수여, 부처님이여."

"사람이여. 피가 끓는 청춘이여. 너도, 나도."

나무탁자 위로 길게 내려뜨려진 희미한 백열등 아래서 둘은 취해갔다. 만영보다 진만이 인사불성이 되었다. 진만이 일어서려다가 의자 밑으로 푹 쓰러졌다. 만영이 부축하려 하자 진만이 뿌리쳤다. 그래도 만영이 팔을 붙들고 일으켜세우려는 순간, 진만이 만영의 얼굴을 향해 냅다 주먹을 날렸다. 만영이 피하자 진만이 웃었다.

"자식이 피하네."

진만이 다시 한번 만영을 향해 헛스윙을 날리다가 그만 탁자 위의 국물 투가리를 치고 말았다. 투가리는 사방에 시래깃국물을 흩뿌리며 와장창 박살이 났다. 주인아줌마가 욕을 퍼부으며 달려왔고 옆자리 손님들이 소리질렀다. 만영은 진만이를 떠메다시피 해서 밖으로 나왔다.

만영이 진만이를 길바닥에 앉혀두고 화장실에 갔다 온 잠깐 사이, 진만은 제가 토해낸 오물더미에 얼굴을 묻고 울고 있었다. 만영이 제 옷을 벗어 진만이의 얼굴을 수습해주려는 순간, 진만이 발작적으로 만영을 쓰러뜨렸다. 엉겁결에 기습을 당한 꼴이라 만영이 진만이의 기세에 눌릴 수밖에 없었다.

길바닥 한가운데서 두 사람의 난투극이 벌어졌다. 한번 토해냈으므로 좀더 정신이 말짱해진 진만은 취했을 때의 헛스윙을 만회라도 하려는 듯, 보기 좋게 만영의 왼쪽 뺨을 가격했다. 그러나 소싯적부터 노동으로 단련된 만영의 근력을 능가하기에는 역부족이었다. 엎치락, 뒤치락…… 순식간에 진만이는 만영에게 제압당했다. 어느새 길 가던 사람들이 두 사람을 에워쌌다.

쳐라, 더 세게 쳐라, 올려붙여라, 라이트 훅, 어퍼컷, 조져부러, 뽀사부러, 죽여버려라…… 와글와글와글……

두 사람은 결국 큰 대자로 늘어져버렸다. 늘어져서 주먹을 하늘로 치켜세워 와글거리는 사람들을 바라보았다. 두 사람이 늘어지자 구경꾼들도 곧 시들해졌다. 뒤늦게 순경들이 호루라기를 불며 나타났다. 순경들의 호들갑이 귀찮아 천천히 일어난 만영이 진만이를 일으켜세웠다. 진만이 뿌리치지 않고 순순히 만영의 어깨를 짚고 일어났다. 두 사람은 서로를 마주 보며 씨익 웃었다. 뽀사질 대로 뽀사진 헐크들처럼. 순경이 한심하다는 듯 씨부렸다.

"미친놈들."

만영은 진만이의 어깨를 감쌌다. 그들은 휘적휘적 충장로의 인파를 헤치며 갔다. 진만이 노래를 부르기 시작했다. 처음에 홍얼거림으로 시작된 노래가 어느새 합창이 되었다. 두 사람은 어깨를 걸고 악을 쓰며 나아갔다.

"영자아야 내 동생아 몸 성히성히성히 자알 있느냐야.

여기에 있는 이 옵빠는 장교가 아니란다아.

육군하고도 교도소에서 기합받는 신세라안다아.

짜가짜가짝짝……"

그들이 그렇게 왁자하게 나아가고 있을 때, 문득 뒤에서 그들을 부르는 소리가 들려왔다.

"야아!"

수산나의상실 문 앞에서 해금이 한 손에 쪽가위를 들고 서 있었다.

"어쭈우, 마해금, 너 그거 가지고 우리 거시기 짜를라고 그러지, 지금."

둘은 도망가는 척하다가 해금이 들어가는 의상실 안으로 우르르 쫓아들어갔다. 우아한 포즈로 담배를 피우고 있던 해금이 고모가 비명을 질렀다. 아무리 여름이라지만 앞가슴이 훤히 들여다보일 정도로 깊게 파인 민소매 원피스를 입고 다리를 꼬고 앉아 있는 그 모습에서 문득 〈푸른 산호초〉에서의 브룩 실즈를 능가하는 야성적 관능미가 엿보였다.

"뭔 불한당들이여? 머시여?"

그토록 아름다운 여인의 입에서 나오는 말은 그러나 그리 아름답지 않았다.

"내 친구들."

해금이 팔랑거리듯 냉커피를 내왔다.

"야, 요 불한당들한테는 크피가 아니라 해장국을 사줘야 쓰겄다아, 술냄새가 폴폴 나는 것이 속 모르는 사람은 여가 의상실이 아니고 주조장인 중 알겄어, 아조오."

해금이한테는 저녁밥이요 두사람에게는 해장국이고 고모한테는 술국인 순댓국이 배달되어왔다.

"둘이 싸웠냐?"

해금이 순대를 껌처럼 질겅거리며 이죽대듯이 물었다.

"아니."

희한하게 똑같은 순간에 둘이 합창하듯 부인했다.

"근데 왜 거지 꼴들이야? 길바닥에서 뒹굴지 않고서야."

"술 먹고 넘어진 거야."

진만이 변명했다.

"승희 때문이지?"

둘 다 얼굴이 빨개졌다. 고모가 관심을 보였다.

"여자 땜에 다퉜어? 나 땜에 다투는 놈들은 왜 없냐? 승질 나서 노래나 한자리 해야 쓰겄다아."

혼자서 소주잔을 기울이던 고모가 문주란의 〈동숙의 노래〉를 불러젖혔다. 해금이 장단을 맞췄다. 진만이 밑도끝도없이 중얼거렸다.

"그때가 내게는 행복이었어. 너무나도 짧은 행복이었어."

아름다운 고모는 노래를 불렀다.

"……니메푸메 안기운 짧은 행복에에 차물수 업씨 흐르는 뜨거운 눈물 으으음 뜨거우운 누운무울……"

순댓국을 퍼먹는 진만의 눈에 뜨거운 눈물이 흘러내렸다.

민들레의 집

의상실 문 앞에 환이 나타났다. 고모가 까르르 웃었다.

"해금아, 이환 왔다."

환이 들어오지 못하고 문 앞에서 서성거렸다.

"저 머시매는 내가 무선갑다야, 또 한 대 맞을깨비. 클클클."

"순진한 남의 집 총각 그만 좀 놀리시죠."

나는 고모한테 혀를 쏙 내밀어 보이고 나서 환에게로 다가갔다.

"지난번엔 미안했어요."

환의 사과를 받아들일까 말까, 망설였다. 고모가 히죽거리며 바라보고 있는 것이 민망하여 나는 일단 환과 밖으로 나왔다. 우리는 충장로를 벗어나 금남로 빌딩가를 가로질러 예술의 거리 쪽으로 내처 말없이 걸었다. 중앙초등학교 담장쯤에서 그가 문득 내 손을 찾아 쥐었다.

"양아치 같은 남자애랑 어깨를 부딪치고 다정하게 말하는 네 모습을 보니 막 화가 나서 그만……"

환의 손이 달달 떨리고 있음을 나는 감지했다. 그러면 안 되는 줄 알면서도 왠지 모르게 목구멍이 간질간질해지면서 기어코 웃음이 터져나오고 말았다.

"또 그러며언?"

"나 안 볼 거라고?"

"그래."

우리는 어느새 말을 놓고 있었다.

의상실에서 내가 퇴근하기를 기다리고 있던 환을 만나 길을 가는데 누군가 환의 뒤통수를 딱, 소리나게 때렸다.

"누구냐?"

"친구요."

"아, 제수씨, 안녕하십니까. 나는 환이 형 되는 사람이올시다."

나는 깜짝 놀랐다. 얼결에 인사를 받고 고개를 숙였다 드는데, 형이라는 사람은 벌써 저만큼 가고 있었다. 걸음걸이가 심하게 건들거렸다.

"진짜 형 맞아?"

"응, 근데 순 건달 양아치 깡패야."

순 건달 양아치 깡패라 해도 환의 친형이라면 나는 처음으로 환이네 가족을 만난 셈이다. 문득, 우리가 지금까지 가족들에 대해서 한 번도 제대로 물어본 적이 없다는 사실을 깨달았다. 이왕에 형이란 사람을 만난 김에 가족사항을 물어보고 싶었다.

"가족이 어떻게 돼?"

"알고 싶어?"

"응."

대답을 하는데 웬일인지 얼굴이 달아올랐다.

"어머니, 아버지, 형 둘, 나, 여동생, 그리고 조카가 둘. 모두 여덟이야. 너흰?"

"알고 싶어?

나는 일부러 장난스레 물었다.

"응, 알고 싶어."

환의 얼굴을 살폈으나 나처럼 부끄러워하지는 않는 것 같았다. 대신 천진한 미소가 배어났다.

"엄마, 아부지, 언니 셋, 나, 여동생 그리고 고모. 우리도 여덟이네."

가족들 소개를 하고 나니 우리 사이가 훨씬 가까워진 느낌이 들었다. 환도 같은 기분인지 내 손을 꼭 쥐었다.

우리는 늘 그랬던 것처럼 하염없이 걸었다. 걸으면서 우리는 공통의 취미를 갖게 되었다. 그것은 처음 가보는 동네의 끝에서 끝까지, 막다른 골목 끝에서 끝까지 가보는 것이었다. 일단 환이 일이 끝나는 대로 내 일터인 충장로의 의상실로 왔다. 의상실 앞에서 만나 우리는 곧바로 이 동네 저 동네를 기웃거리거나 남의 집 대문 안을 들여다보았다. 그러면서 나는 꿈을 꾸었다. 이다음에 우리는 저 집 같은 벽돌을 가지고 이 집 같은 기와를 얹고 그 옆집 같은 마당에 앞집 같은 꽃밭을 가꾸며 살고 싶다는 꿈 말이다.

환의 일이 일찍 끝나거나 휴일이면 우리는 시외까지 나가는 버스를 타고 아무 들판에나 내려 또 시골 동네 안을 기웃거리며 돌아다녔다. 걷다가 지치면 허름한 밥집이나 술집에 들어가 막걸리 한 사발을 마시고 나와 또 걷다가 헤어지기를 반복했다.

어느 날 환이 말했다.

"요즘은 동생한테 좀 미안해."

"왜 동생한테 미안해?"

"동생이 하루 종일 나를 기다리거든."

"동생이 어리구나."

"어리진 않은데, 아파."

"어디가 아파?"

"어릴 때부터 아파."

나는 더이상 묻지 않았다. 우리는 낯선 동네의 미로와 같은 골목길을 통과하여 동네 뒷산으로 올라갔다. 산은 조그만 동산이었다. 우리 머리 위로 오동나무의 짙푸른 이파리가 너울거렸

다. 오동나무 이파리의 너울거림이 환의 얼굴에 그늘을 만들었
다. 오동나무 이파리가 드리운 그늘 탓이었을까. 환은 아름다웠
다. 제 얼굴에 그늘이 드리워진 줄도 모르고 무심히 나를 바라
보는 환의 눈동자는 맑았다. 그 눈동자에는 누구도 함부로 범접
할 수 없는 외로움이 깃들어 있었다.

긴 여름해가 시나브로 가난한 동네의 허름한 지붕들 너머로
가라앉고 있었다. 동네에서 올라온 개들이 처음 보는 우리에게
꼬리를 흔들었다. 노인들이 동산의 나뭇가지에 매단 빨랫줄에서
빨래를 걷거나 자신들이 일구었을 채마밭에서 채소를 솎아내고
있었다. 산동네의 여름 저녁은 평화로웠다. 저녁 바람이 시원하
게 불어왔다. 밑에서부터 불어온 바람에 환의 낡은 남방이 풍선
처럼 부풀어서 낡고 하얀 속옷이 드러났다. 속옷에서 달콤한 냄
새가 풍겨왔다. 환에게서 나는 땀냄새와 막걸리 마시는 모습은
썩 잘 어울렸다. 그런데, 환에게서 달콤한 냄새가 나니, 문득, 환
이 막걸리보다 차를 마시고 책을 읽으면 더 멋있을 것 같았다.

"혹시, 책 좋아해?"

"동생이 내가 책 읽어주는 걸 좋아해."

불현듯, 환이 늘 메고 다니는 작고 낡은 가방에서 책을 꺼냈
다. 남방도, 바지도, 신발도, 하얀 속옷도, 가방도 낡았듯이, 책
도 낡았다. 나는 책 표지를 읽었다. 세계시인선 74, L. 휴즈, 박
태순 역주, 아메리칸 니그로 단장.

"랭스턴 휴즈라는 미국 시인이야. 아메리칸 니그로, 흑인이
지."

"시를 좋아해?"

"야학 선생님이 시인이야."

"와아, 시인은 멋있지?"

내 말에 환이 껄껄거리며 웃었다.

"안…… 멋있어?"

"그냥…… 보통. 그 시인 형 말이 시가 무기도 될 수 있대."

"총처럼 사람을 죽이기도 하는 그런 무기 말야?"

"총은 죽이기만 하잖아. 시는 죽이기도 하고 살리기도 하니까
총보다 힘이 더 세다는 거야."

"시가 총보다 더 힘이 세다니, 무서워."

나는 달달 떠는 시늉을 했다. 환이 헤헤헤, 바보같이 웃으며
엄살을 부리는 내 손을 꼭 잡았다. 환은, 이 바보는 정말 내 엄
살이 진실이라고 믿는 것일까. 그래도 나는 그의 의심이라곤 없
는 말간 표정이 좋았다. 환이 한 손으로 내 손을 잡고 한 손으로
책을 펴서 읽기 시작했다.

밤은 아름답다
그래서 내 동포의 얼굴도 아름답다
별은 아름답다

그래서 내 동포의 눈동자도 아름답다
또한 아름다운 것은 태양
또한 아름다운 것은 내 동포의 영혼

"더 읽어줘."
나는 한 손의 깍지를 풀며 눈을 감았다.

새벽 두시에 홀로
강으로 내려가본 일이 있는가
강가에 앉아
버림받은 기분에 젖은 일이 있는가
어머니에 대해 생각해본 일이 있는가
이미 작고하신 어머니, 신이여 축복하소서
연인에 대해 생각해본 일이 있는가
그 여자 태어나지 말았었기를 바란 일이 있는가

할렘 강으로의 나들이
오전 두시
한밤중
나 홀로
하느님, 나 죽고만 싶어

하지만 나 죽은들 누가 서운해할까

하지만 나 죽은들 누가 서운해할까, 누가 서운해할까, 누가…… 눈을 뜰 수가 없었다. 울컥, 눈물이 나려고 했기 때문이다. 눈 감은 내 얼굴 위로 환의 얼굴이 드리워졌다. 내 입술 위로 환의 입술이 살포시 포개졌다. 산동네의 울긋불긋한 지붕 위로 저녁닭이 홰치는 소리가 들려왔다. 날이 완전히 저물어서 우리는 산동네의 동산을 내려왔다.

환이 기역자로 꺾인 골목 안에 몸을 숨기고 대인동 시장통 안의 한 곳을 가리켰다.

"저기서 가장 지저분한 식당 있잖아. 저기가 우리 둘째형 가게야. 그 안쪽이 우리 집이고 그 옆에 망루처럼 생긴 양철지붕 옥탑방이 내 방이야."

식당 앞에 내걸린 양은솥은 한눈에 봐도 너무나 오래 묵은 기름때가 덕지덕지 묻어 있었다. 열려 있는 식당 안에서, 한쪽 팔이 없는 남자가 서빙을 하고 있었고, 네댓 살 정도 되어 보이는 남자아이 둘이 식당 문 앞에 쭈그리고 앉아 있다가 서빙하는 남자의 발에 걸어차였다. 식당 문 앞의 양은솥에서는 김이 맹렬히 쏟아져나오고 있었다.

"솥 안에 쓸어넣기 전에 들어가 있어, 쒜꿰들아."

남자가 아이들에게 악을 썼다. 내가 움찔하자 환이 나를 세차게 잡아당겨 내 손을 꼭 쥐었다. 나는 궁금하다기보다 무서워서 물었다.

"솥 안에 뭐가 있어?"

"돼지머리."

나는 또다시 몸을 떨었다. 환이 내 허리를 감쌌다.

"괜찮아. 늘 있는 풍경인걸."

"엄만 어딨어?"

"아버지가 어머닐 무지무지하게 때렸어. 그래서 형들이 어려서부터 집을 나가 저희끼리 뒷골목에서 살았어. 누나가 하나 있었는데 기차에 치여 죽었어. 어머닌 그때 충격으로 주저앉아서 지금까지 일어나질 못해서. 그때 동생은 열병을 앓고 있었대. 누나가 죽은 충격으로 어머닌 열병 걸린 동생을 돌볼 수가 없었는데, 가족 중 누구도 걔한테 신경을 쓰지 않았나봐. 걘 움직이지도 듣지도 말하지도 못해. 가족 중에 어머니와 내 말만 알아듣고 어머니와 나한테만 말하는데 이젠 누구 말도 듣고 싶지 않고, 누구하고도 말하고 싶지 않대. 심지어는 아무것도 보고 싶지 않대. 듣지도 말하지도 보지도 못한 헬렌 켈러에겐 설리반 선생님이 있었지만 내 동생 영이에게는 아무도 없어. 아무도…… 하루 종일 식당방 어둠 속에 처박혀 있는 영이를 생각하면 딱 죽고만 싶어. 목각인형 가져다주는 거 말고는 아무것도 해주지 못하는 내가 너무 미워서."

환은 마치 남의 애기하듯 좀 빠른 어조로, 그리고 격정적으로 말했다. 나는 환이 잡고 있는 내 손을 빼서 환의 손을 꼭 잡아주었다. 환이 부끄러운 듯 재빨리 말했다.

"쌍촌동까지 가려면 너무 늦었다."

평소에는 늘 맑기만 하던 환의 눈이 붉게 충혈되어 있었다.

"오늘은 혼자 갈게."

"싫어."

환의 태도가 단호했다. 쌍촌동까지 가는 동안 우리는 잡은 손을 한 번도 놓지 않았다. 그리고 어떤 말도 하지 않았다. 입으로 말을 하지 않아도 이미 손이 말하고 있었기 때문이다.

영자네 가게 앞을 지나치는데 영자가 그새 귀신처럼 나를 발견하고 뛰쳐나왔다.

"해금아아, 오늘도 늦었구나아. 이리 와 떡 먹고 가라아, 오늘 우리 아들 생일이라 떡 혔다아."

나는 그저 고개만 끄덕이고 손을 흔들어준 뒤 우리 집으로 가는 산동네 골목을 지나 탱자나무 오솔길로 접어들었다. 오솔길로 접어들자마자 하늘이 트이듯 반짝이는 별들이 우리를 맞았다. 그리고 들려오는 노랫소리. 그것은 바로 영미의 목소리로 듣는 다니엘 리카리의 〈목소리를 위한 협주곡〉이었다. 우리는 별이 쏟아져내리는 탱자나무 울타리 오솔길에서 가만, 걸음을 멈추었다.

"내 동생 영미야."

환이 감탄하듯 크게 고개를 주억거렸다. 그때 집 안에서 누가 대문 밖으로 나오는 기척이 느껴졌다. 환이 저희 집 앞 골목에서 그랬듯이 나는 환을 세차게 끌어당겨 탱자나무 울타리 뒤로 기어들어가 숨었다. 밤마실을 가시는 걸까. 아버지가 오솔길을 지나 동네 골목으로 내려가고 있었다.

"아부지야."

환이 부끄러운 듯 고개를 움츠렸다. 우리는 별을 바라보며 집 안에서 들려오는 노랫소리에 귀를 기울였다. 별빛 아래 아버지가 가꾸는 가지, 고추, 토마토, 옥수수가 튼튼하게 키를 세우고 오이, 호박넝쿨이 탱자나무를 뒤덮었다. 나는 토마토를 따서 환에게 건넸다.

"아버지가 가꾸셨어. 아버지가 농사 지으면 나보고 도와달라고 했는데 한 번도 도와드리지 못했어."

정말 그랬다. 나는 사실 아버지가 학교를 그만두고 학원강사 노릇도 때려치운 뒤 어떻게 지내시는지 까맣게 잊어먹고 있었다. 환과 함께 텃밭으로 숨어들어서야 나는 할머니 돌아가신 뒤에 버려질 줄 알았던 우리 텃밭이 아버지에 의해서 가꿔지고 있었다는 사실을 알았다. 학교를 그만두고 나서 부쩍 늙어 보이는 아버지한테 나는 아직 한 번도 사랑한다는 말을 해본 적이 없다. 나는 아버지가 기른 토마토를 한입 베어먹으며 말했다.

"이 토마톤 울 아부지 사랑이야."

왠지 모르게 목 안이 콱 막히면서 눈물이 핑 돌았다. 어쩌면
그 토마토는 아버지의 눈물인지도 몰랐다. 환이 내가 준 토마토
를 손에 쥔 채 물끄러미 나를 바라보았다.

"사랑."

"응, 사랑. 큼큼."

내가 말해놓고 나서도 뭔가 어색해 자꾸만 헛기침을 했다.

영미는 한없이 "나바라바라바라라……"만 하고 있기가 민망
했던지 조앤 바에즈의 〈솔밭 사이로 강물은 흐르고〉로 상큼하게
넘어가고 있었다. 못 들은 사이에 노래 실력이 부쩍 는 것 같았
다. 부옇게 밤이슬이 내리고 있었다. 탱자나무 울타리 너머로 아
버지가 집으로 들어가는 기척이 났다. 아버지 발걸음 소리가 유
독 무겁게 느껴졌다.

"뭔 밤이슬을 그리 맞아싸요오, 어련히 알아서들 들어올 것인
디이."

엄마는 아버지가 들어오기를 기다리며 내내 마루에 앉아 있었
던 모양이었다. 나는 얼른 환에게 엄마야, 라고 소개했다.

"글쎄, 들어오기야 허겠지만 야들이 오늘따라 늦네."

"고모한테서는 연락 없소?"

"기달리지 말고 자랴."

"그런디, 해금이 요 속없는 년은 어디를 처싸돌아댕기가니 즌

화 한 통이 없는 거여?"

엄마 아버지 두런거리는 소리가 또렷이 들려왔다. 다른 때 같으면 듣는 즉시 짜증을 냈던 엄마의 욕이 새삼스럽게 내 가슴에 정겹게 감겨왔다. 환이 제 가슴을 가리키며 말했다.

"여기에 지금 은하수가 흐르고 있어, 저기처럼."

정말 밤하늘 가득 은하수가 흐르고 있었다. 영미의 노랫소리는 차츰차츰 잦아들었다. 채소밭 속에서 찌륵찌륵 풀벌레가 울었다. 가을이 머지않은 모양이었다. 엄마 아버지는 언제쯤 주무시려나. 집에 들어가더라도 모두 잠든 뒤에 귀신처럼 스며들고 싶었다. 으슬으슬 한기가 돌았다.

"시 읽어줘."

물론 캄캄해서 글자를 읽을 수 없다는 것을 알았지만, 나는 응석을 부렸다. 내가 그러는 것이 같이 있는 시간을 조금이라도 연장하고픈 안간힘이라는 걸 아는지 모르는지, 환이 무심히, 이 세상에서 가장 낮은 목소리로 시를 읊었다.

가난한 내가
아름다운 나타샤를 사랑해서
오늘밤은 푹푹 눈이 나린다

나타샤를 사랑은 하고

눈은 푹푹 날리고
나는 혼자 쓸쓸히 앉어 소주를 마신다
소주를 마시며 생각한다
나타샤와 나는
눈이 푹푹 쌓이는 밤 흰 당나귀 타고
산골로 가자 출출이 우는 깊은 산골로 가 마가리에 살자

"끝이야?"
아쉬워서 나는 물었다.

눈은 푹푹 나리고
나는 나타샤를 생각하고
나타샤가 아니 올 리 없다
언제 벌써 내 속에 고조곤히 와 이야기한다
산골로 가는 것은 세상한테 지는 것이 아니다
세상 같은 건 더러워 버리는 것이다

"이제 들어가."
시를 다 읊고 나서 환이 무 자르듯 단호하게 말했다.
"늦게 들어왔다고 무섭게 혼낼 거야."
"부모님이 널 사랑하는데 혼나는 게 뭐가 무서워. 사랑하지

않으면서 혼내는 게 무섭지."

환은 오빠 같은 말투로 타이르듯이 내가 집에 들어가기를 종용했다. 그러다가,

"내가 가야지 네가 들어갈 것 같다."

한마디를 남기고는 무정하게도 정말 휘적휘적 밭가를 돌아 동네 골목을 뛰어내려가버리는 것이었다.

목놓아 그를 부르고 싶은 마음이 간절했다. 나는 마치 꿈속에서 악을 쓰는데 목소리는 죽어도 나오지 않을 때처럼 답답해서 가슴이 터져버릴 것만 같았다. 엉엉 울면서 가지 말라고 애원하고 싶었다. 그와 함께 그냥 그 자리에서 밤을 새우고 싶었다. 같이 있고 싶었다. 밤새도록 그가 들려주는 시를 듣고 싶었다. 그가 읊는 시를 들으며 그의 가슴에 얼굴을 파묻고 그의 낡은 속옷에서 나는 달콤한 냄새를 들이마시고 싶었다. 그러나, 환의 그림자는 자취도 없이 사라졌다. 골목으로 쫓아내려가보니 그는 사라지고 희미한 외등만이 자울자울 깜박이고 있었다.

골목 아래서 또각이는 하이힐 소리가 들려왔다. 소리만 듣고도 나는 그것이 고모 발소리임을 알았다.

"너, 여기서 뭐 하나?"

고모 품에 안겨 울고 싶었다. 말이 잘 나오지 않았다.

"그게, 그게……"

"아까 골목에서 나와 찻길로 뛰어내려가던 놈이 아무래도 이

환이 같다 했더니, 맞냐?"

나는 고개를 끄덕였다.

"얼른 쫓아가봐아. 집에는 내가 잘 말해줄랑게."

나는 구세주를 만난 것만 같았다. 나도 모르게 펄쩍 뛰어올라 고모 뺨에 뽀뽀를 하고는 골목을 내달렸다. 골목을 벗어나보니 환이 마악 영자네 가게 앞을 지나 버스정류장 쪽으로 가고 있었다. 나는 숨이 턱에 찬 채로 그의 앞을 가로막았다. 그가 놀란 눈으로 나를 바라보았다.

"가지 마."

"내일 만나자."

"아니."

"내일 또 일해야 해."

"싫어."

나는 강하게 고개를 가로저었다. 나도 내가 왜 그러는지 알 수 없었다. 그러나, 나는 정말로 환과 함께 있고 싶었다. 정말 헤어지고 싶지 않았다. 이유는 단지 그것뿐이었다. 환이 영자네 가게 앞 평상에 걸터앉았다. 다행히 영자는 오늘 아이 생일 쇠 느라 피곤했는지 일찍 문을 닫았다. 옳다구나, 하고 나도 그 옆 에 앉았다. 밤하늘의 별빛은 밤이 깊을수록 밝아오고 우리의 침 묵은 깊어갔다. 밤기운이 제법 서늘해져서인지 밤바람을 쐬러 나온 사람도 없이 사위는 고요했다. 그리고 그 고요를 깨고 환이 웃었다.

"헤헤헤, 그래 좋아, 같이 있자."

환호를 지르고 싶었지만, 꾹 참고 나도 배시시 웃었다. 우리는 평상에서 벌떡 일어났다. 걷기 위해서다. 만나면 언제나 그랬듯이, 일단 걷는 것이다. 우리는 걸으면서 언제나 행복했으므로.

"별은 떴지만, 지금 눈이 푹푹 나리는 밤이야."

"비 내리는 밤에는 따스한 햇빛이 내리쬐겠다, 흐흐흐."

그건 정말이었다. 우리가 함께 있을 때는 햇빛이 쨍쨍해도 비가 내리고 한겨울에도 꽃이 피고 한여름에도 눈이 내리는 것만 같았다. 눈 내리는 별밤을 우리는 '고조곤히' 걸었다.

쌍촌동에서 출발하여 화정동, 농성동을 거쳐 양동시장 앞을 지나고 있는데 우리 앞으로 낯선 남자가 어둠 속에서도 환한 웃음을 웃으며 다가오고 있었다. 환도 성큼성큼 그 남자에게로 다가갔다. 두 남자가 크게 팔을 벌려 서로를 안았다.

"환이 어디 갔다 오냐?"

"헤헤헤."

남자가 환의 어깨를 가볍게 두들겼다. 남자가 내게 미소를 보내며 손을 내밀었다. 나는 아직 남자들하고 악수하는 게 익숙지 않았다. 어색하게 한 손을 내밀자 남자가 두 손으로 내 한 손을 잡았다 놓았다. 남자의 손은 따뜻했다.

"환아, 언제 시간 되면 집에 한번 와라. 다들 보고 싶어해."

"형은 지금 바빠요?"

"집에 가는 길이야."

"같이 가요, 형."

"그럴까? 괜찮겠어요?"

남자가 내게 물었다.

"괜찮아요, 형."

환이 나보다 앞질러 냉큼 대답했다. 당혹스러웠다. 뭔가 이게 아니다 싶은데, 아니라고 할 수도 없는 상황이 되어버렸다. 두 남자가 어깨동무를 하고 양동 발산동네 언덕을 올라가기 시작했다. 나는 순식간에 외톨이가 된 기분이었다. 이환, 이 바보야, 소리가 절로 나오려고 했다. 바보 이환은 갑자기 나타난 남자가 나보다 더 좋은 모양이었다. 환이 염소 같은 웃음을 마냥 웃었다.

두 남자가 어떤 집 앞에서 걸음을 멈추었다. 대문 옆에 '민들레의 집'이라 쓰여 있는 나무 판대기가 붙어 있었다. 만영이가 사는 곳이 멀지 않은 발산 산꼭대기였다. 대문은 잠겨 있지 않았다. 좁은 텃밭 사이로 난 길을 따라가니 마루가 나왔다. 남자가 환과 나를 마루에 앉혀두고 부엌으로 갔다. 나는 분명히 삐쳐 있었지만 삐친 내색을 할 수 없어 입을 꾹 다물고만 있었다. 바보 같은 환이, 아니, 정말 바보 이환이 나를 보고 속없이 웃었다. 나는 고개를 돌려버렸다. 환이 내 손을 찾아 쥐었다. 나는 손을 뿌리쳤다. 남자가 부엌에서 밥상을 차려 내왔다.

172

"같이 먹자."

　밥상을 보고 나서야 우리가 저녁밥을 먹지 못했다는 데 생각
이 미쳤다. 환을 만나서 언제 한번 저녁밥을 제대로 먹어본 적
이 한 번도 없었다는 사실을 그제야 깨달았다. 환을 만나고 집
에 돌아오면 길고 긴 중노동을 하고 온 것처럼 피곤해서 그대로
쓰러져버리곤 했다. 그리고 또 아침이 밝아오면 중노동 같은 만
남은 생각나지도 않고 오직 오늘도 그를 만날 수 있다는 생각만
으로 가슴 설레는 것이다. 환이 숟가락을 들었다. 나도 배가 고
팠다.

"같이 먹어요."

　마지못한 척, 숟가락을 들었다. 밥을 먹고 설거지를 하고 씻은
뒤에 남자가 방에 이부자리를 펴주었다. 옆방에서 두 남자가 밤
새도록 이야기하는 소리가 들려왔다. 나는 불을 끄고 자리에 누
웠다. 오래 걸어서인지 금방 잠이 몰려왔다. 처음 와보는 집인데
도 왠지 낯설지가 않았다. 민들레의 집, 민들레의 집…… 몇번
을 되뇌다 나는 까무룩 잠이 들었다.

복숭아 통조림

온다 간다 말없이 집을 나갔던 아버지가 들어오자마자 어머니가 욕설을 퍼부었다고 한다. 마침 둘러보니 어머니뿐이라 아버지는 맘 놓고 어머니 머리채를 휘어잡았을 것이다. 작은형이 배달을 갔다 와서 보니, 어머니를 실컷 짓이겨놓고 아버지가 술에 취해 널브러져 있었다는 것이다. 어머니가 울고 있는 것을 본 작은형은 들어오던 그대로 아버지에게 돌진했다.

처음에는 어머니도 그랬을 것이다.

"차라리 주기부러라. 주기부러."

그러다가 정말 죽일 기세로 덤벼드는 아들을 필사적으로 붙잡으며 악을 썼을 것이다.

"그러다가 참말로 주기겄따아. 존 일 헌다고 그만 해라."

그래도 아들이 멈추지 않자 어머니는 아버지를 두들겨패는 아들을 국자나 후라이팬 같은 것으로 콩콩 후려쳤을 것이다. 작은 형이 슬며시 힘을 놓는 순간에 아버지는 "쌍녀르것들" 운운하는 욕을 퍼부으며 다시 집을 나갔을 것이다.

아버지는 어디 가서 안식을 찾을 수 있을 것인가. 어머니는, 작은형은, 영이는, 그리고 어린 두 조카 별이와 달이는. 작은형은 일찌감치 가게 문을 닫았다. 그리고 술을 마셨다. 아버지가 늘 그랬던 것처럼. 남편이 술 마시는 것도 싫고 아들이 그러는 것도 싫은 어머니가 울면서, 술로 화를 풀지 말라고 말리다가 작은형의 기세에 눌려 두 어린것들을 안고 옥탑방으로 피신했다. 평소와 달리 반쯤 닫힌 셔터문을 올리면서 환은 직감했다. 오늘 또 한판의 굿이 벌어졌음을. 말없이 옥탑방으로 올라가려는 환을 작은형 훈이 불러세웠다.

"앉아봐라."

무시하고 싶었다. 환은 진작에 결심했던 터였다. 이제 이 아비규환의 가족들로부터 거리를 두자고. 영이한테 못해줘서 죽고만 싶은 생각도 이제는 그만두자고. 가족 중의 한 사람이라는 이유만으로 아비규환 속에 같이 끼어들어야 한다면 기꺼이 끼어들 수 있었다. 그러나, 그렇게 끼어들어서 자신이 할 수 있는 역할이 아무것도 없었다. 영이한테 해줄 게 없어서 죽고 싶어했다면 사실 진작 죽었어야 한다. 그러나, 자신은 아직도 죽지 않았다. 그러하니, 죽고 싶다는 생각도 다 쓰잘데기 없는 것 아닌가.

조부가 구한말 낙향선비였던 고조부로부터 물려받은 서지들을 화재로 잃고 나서 삶의 의지를 꺾어버린 채 만주로, 어디로 기산하(幾山河)를 방랑할 적에 아버지는 누구로부터의 도움도 없이, 누구로부터의 간섭도 없이 제멋대로 자라났다. 젊은 한 시절에는 소싯적에 동경에서 등짐을 져서 번 돈으로 샀다는 개가 그려진 전축을 틀어놓고 출신이 의심스러운 여성들과 춤을 추던 것을 환은 기억한다. 그러다가 또 어느 날에는 볕바른 마루에 아주 깨끗한 옷을 입고 단정히 앉아 일문으로 된 나쓰메 소세키를 읽었다. 그리고 그는 망가졌다.

술을 잔뜩 먹고 귀가하던 날, 아버지는 남의 집 대문 앞에다 실례를 했다. 바로 신고가 들어갔고 그는 노상방뇨죄로 유치장 신세를 지게 되었다. 유치장 안에서는 일본 말로 욕설을 퍼붓는 통에 일이 꼬이게 되었다. 아버지는 고문을 당했고 고문으로 만들어진 조서에 의해 모종의 정치적 사건에 연루될 뻔하다가 가까스로 풀려났다. 아버지가 본격적으로 망가지기 시작한 건 그때부터였을 거라고 어머니는 말했다.

"그전에는 쓸 만했다마다. 느이들 이름을 윤이, 훈이, 환이라고 지을 만큼 총기 있던 양반이었당게. 그런디 시방은 영 못쓰게 돼부렀으니, 이것이 뭔 난린가 모르겄따아."

그러나 이제 아버지라는 작자는 총기고 나발이고 아무것도 없이, 철저히 망가졌다. 어머니는 아버지를 모욕하고 아들은 아버지를 죽이고 싶어한다. 아버지가 집 밖을 떠돌다가 불쑥 들어오면 사단이 난다. 똑같은 일이 벌써 수년째 반복되고 있는 것이다.

훈이 맥주컵에 소주를 콸콸 따랐다. 술을 다 따르고 나서 훈이 환을 흘낏 바라보며 씨익 웃었다. '직계존속폭행죄'로 아버지한테 여러 번 고소당한 자의 웃음은 심하게 비틀려 있었다.

"사장이 잘해주냐?"

환은 고개를 끄덕였다.

대성제재소 마사장은 훈의 뒷골목 시절 선배다. 환은 훈의 소개로 제재소에 들어갔다. 5·18 때 총을 들었다가 감옥에 들어갔다 나와서 훈은 인생을 새롭게 살기로 결심했다. 그러나 그가 감옥에 가 있는 사이 그의 아내는 아이들을 버려두고 종적을 감췄다. 새롭게 살려고 했으나 여건이 받쳐주지 않아 그는 다시 뒷골목으로 들어갔고, 칼에 맞아 팔 하나를 잃은 뒤에야 건달 생활을 청산했다. 훈이 지금 누구보다 성실히 살아가려고 몸부림치는 중이라는 걸 환은 알고 있었다. 그런 훈에게 '찍자'를 놓는 건 언제나 큰형, 윤이었다. 윤은 도청에서 투항파에 속해 있었고 훈은 항전파였다. 어쩌다보니 그렇게 되었다고 했다. 당연히 윤은 총을 버리고 도청 밖으로 나갔고 훈은 끝까지 저항하다 감옥에 갔다. 훈이 감옥에서 나와보니 아내가 없어졌다. 아버지와 싸우고 형제가 나란히 집을 나와 뒷골목을 휩쓸던 시절에 만난 그 여자를 윤이 좋아했다. 그러나 그 여자는 훈과 결혼했다.

그 여자가 훈을 선택했던 것이다. 훈이 감옥에서 나왔을 때 아내가 없어진 걸 알고 윤에게 달려들자 그가 뇌까렸다.

"야, 우리가 무슨 짐승이냐?"

"그려, 너는 짐승이여."

두 인간이 짐승처럼 엉겨붙어 피가 터질 때, 어머니는 탄식했다.

"내가 죄가 많은 년이다."

아이들을 옥탑방에 재우고 내려오다 말고 계단에 주저앉은 어머니는 억장이 무너지는 한숨을 뽑아내며 중얼거렸다. 내가 죄가 많은 년이다. 훈이 제풀에 취해 쓰러진 뒤, 환은 옥탑방으로 올라와 고단한 몸을 뉘었다. 미닫이문을 영이가 콩콩 두들겼다.

"오빠, 책 읽어줘."

"영이야, 책은 내일 읽어줄게."

콩콩.

"오빠, 토끼인형이 망가졌어."

"그것도 낼 다시 만들어서 갖다줄게."

콩콩.

"오빠, 얘기해줘."

"낼 해줄게."

흑흑.

영이가 울었다. 환은 못 들은 체 눈을 감았다. 문득, 얼마 전해금이 따서 건네준 토마토가 생각났다.

"영이야, 널 오빠가 토마토 사다줄게, 울지 마라."

영이가 울음을 그쳤다. 다른 무엇도 아닌 토마토가 영이의 울음을 멈추게 했다. 울음을 멈추었을 뿐 아니라 영이는 어둠 속에서 피어나는 달맞이꽃처럼 웃었다. 꿈에 영이랑 달맞이꽃이 가득 피어 있는 들판에서 뛰어놀았다. 달맞이꽃밭에서 영이가 하염없이 웃었다. 그러다가 영이는 해금이가 되었다. 꿈속에서도 해금이가 있는 게 행복했고, 영이한테 미안했다. 어디선가 영이 울음소리가 들려왔다.

"미안해, 미안해."

"오빠, 무서워."

"괜찮아, 괜찮아."

"오빠, 눈 떠봐, 무서워."

영이가 처절하게 우는 소리에 눈을 떴을 때, 꿈이 아님을 알았다. 아래층 식당에서 '두 짐승'이 내는 게 틀림없는 소리가 음산하게 올라오고 있었다.

환은 조심스레 시멘트 계단을 내려갔다. 어머니는 넋이 나간 채로 두 아들을 그저 바라만 보고 있었다. 윤은 상대적으로 여유가 있었고 훈은 힘이 없는 채로 사즉생(死卽生)의 태도였다. 훈이 윤을 향해 죽여버리겠다고 소리쳤다. 윤이 웃었다. 죽이고 싶은 마음은 하늘을 찌르나 훈은 이미 억병으로 취한 상태였기 때문에 제 몸조차 가누지 못했다. 그런 상태로 훈이 소주병을 치켜들고 윤을 향해 돌진했다. 윤은 미꾸라지처럼 빠져나갔다. 자신은 취하지도 않았고 윤을 내려다보는 위치에 있으며 자신 바로 옆에 술병이 가득 들어 있는 상자가 있다는 것을 환은 의식했다. 잘만 하면 훈을 대신해서 윤을 처단할 수 있을 것도 같았다. 손이 부르르 떨렸다. 온몸에 소름이 돋았다. 환은 숨을 한 번 몰아쉬었다. 숨을 몰아쉬고 나니 떨림이 좀 멈추는 듯했다. 환은 침착하게 술병을 꺼내들었다.

"왜? 그걸로 치려고?"

윤이 환에게 머리를 들이밀었다. 윤이 술병을 빼앗으려는 순간, 환은 양손에 들고 있던 소주병으로 제 정수리를 후려친 뒤, 깨어진 병조각으로 제 손목을 그었다. 어머니의 비명소리가 밤의 적막을 날카롭게 찢었다.

영미는 노래 불렀다.

"잊어버리자고 잊어버리자고 바다 기슭을 걸어보던 날이 하루 이틀 사흘 여름 가고 가을 가고 조개 줍는 해녀의 무리 사라진 이 바다에 아아아……"

영미의 노랫소리를 들으며 나는 가슴이 정말로 갈기갈기 찢어지는 것만 같았다. 정말로 아팠다. 아파서 밥을 넘길 수가 없었다. 환이 내게 오지 않았기 때문이다. 환은 오지 않았다. 하루,

이틀, 사흘. 나흘, 닷새, 엿새.

나는 바다 기슭 대신 충장로를 걸었다. 충장로의 인파 속에서 환이 나를 발견하고 환하게 웃으며 달려올 것 같아 눈이 아프도록 환의 그림자를 찾았다. 환이 없는 충장로는 아무리 사람들이 넘쳐나도 적막하기만 했다. 환을 만나지 못한 채로 저녁을 맞고 환이 없는 채로 날이 가고 그대로 여름이 가고 가을이 가고 겨울이 올까봐 두려웠다. 그런 겨울을 맞는 것이 두렵고 눈을 뜨면 환을 볼 수 있어서 환희로웠던 아침을 영영 맞지 못할 것이 두려웠다.

환을 보지 못한 지 일주일째 되던 날, 나는 대인시장 순댓국집으로 갔다. 순댓국집 문은 닫혀 있었다. 나는 옆집으로 갔다.

"옆집에 아무도 없나요?"

"그 집, 사람이 죽었어요."

"사, 사람이 죽어요?"

"그 집에 불구자 딸이 하나 있는데 오빠 죽는다고 놀래서는 숨이 넘어갔대요. 워낙에 아픈 애라 놀랜 새마냥 숨이 가슴에 딱 올라붙어부렀나벼. 츳츳."

"오, 오빠는요?"

"병원에 있을 거여."

"환이 병원에 있어요?"

"병원에 실려간 것이 훈이여, 환이여?"

"셋째아들 환이여."

시장 사람들이 순식간에 나를 에워쌌다. 사람들이 와글거렸다. 저 집은 문을 닫아야 혀. 우리도 무셔서 살 수가 없어. 시장 이미지를 저 집이 다 베려논당게. 죽은 애만 불쌍허지. 그나저나 셋째아들이 피를 너무 많이 흘리던디 살랑가 죽을랑가. 개인병원에서 안 된다고 대학병원으로 갔다던디. 심각헌게 대학병원으로 갔겄지. 쌍초상은 안 나얄 것인디. 갸는 지 동생 죽은지도 모를 것이여. 아이고, 사는 게 뭔지. 인생사 뭣이 요렇게 복잡혀. 뻴소리 말고 장사나 허세.

돌아서는데 휘청, 다리에 힘이 풀렸다. 전남대 병원을 거쳐 조선대 병원 중환자실 앞까지 어떻게 왔는지 모른다. 중환자실 앞 의자에 낯익은 아이들이 할머니와 오종종 앉아 있다. 안 들어가면 솥 안에 쓸어넣어질 뻔한 바로 그 아이들이다. 환이 중환자실에 들어가 있는 것이 틀림없다.

얼마간 시원하다 싶었는데 그냥 물러갈 순 없었는지 하루 종일 늦더위가 기승을 부렸던 터라 밤인데도 기온은 높았다. 분명히 춥진 않은데도 몸이 와들와들 떨려왔다. 이빨조차 딱딱 소리가 나게 부딪쳐서 누구에게든 차마 말을 붙일 수가 없었다. 마치 돌아가시기 전 할머니가 그랬던 것처럼 손이 자꾸만 떨리고 몸을 가눌 수가 없어서 아이들 옆 의자에 간신히 앉았다. 그런 상태로 얼마나 앉아 있었을까, 눈을 떠보니 내가 병실에 누워 있었다. 그리고 맨 처음 눈에 들어온 사람은 낯선데도 낯설지가 않았다. 그는 민들레의 집, 시인이었다.

나는 그를 빤히 바라보았다. 어쩐 일인지 입을 뗄 수가 없었다.

"괜찮아?"

환이랑 밤에 잠깐 보고 아침에 눈 뜨자마자 도망치듯 빠져나와서 나는 아직 시인이란 사람의 이름도 모른다. 그런데도 시인은 내게 대뜸 반말로 물었다. 그러나 웬일인지 몹시 다정하게 들렸다.

"어떻게 된 일이냐면, 환이랑 다시 공부를 하기로 했어. 근데 연락이 안 돼서 찾아갔는데…… 병원에 와서 보니 해금이가 의자에 기대어 있는데, 이상해서 흔들어봤더니 바로 쓰러지는데…… 와아, 얼마나 놀랬는지……"

일어나려고 하는데 링거병이 흔들렸다. 시인이 내 어깨를 잡아 다시 뉘었다. 어깨에 닿는 손에서 악력이 느껴졌다. 가슴과 몸의 후들거림은 여전히 남아 있었다. 몸이 자꾸 어딘가 깊은 곳으로 빨려들어가는 느낌이었다. 그럴 때마다 허방을 디뎠을 때처럼 깜짝깜짝 놀라곤 했다. 놀라는 것도 내 의지와는 상관없었다.

"잠깐만 이대로 가만있어. 환이한테 갔다 올게."

그때서야 환이 생각났다. 죽었는지 살았는지 알 수 없는 환.

죽을지, 살지도 알 수 없는 환. 그러나, 그러나 절대로 죽으면 안 되는 환. 나의 환. 환이라는 이름을 입속으로 발음하는데, 바늘로 찔린 듯 가슴이 아파와서 눈을 꼬옥 감아버렸다. 감은 눈에서 눈물이 주르륵 흘러 뺨을 적셨다. 다인실인 병실에 나뿐이었다.

병실 문이 슬며시 열리는 기척이 나더니 환의 조카들이 고개를 빼끔히 내밀었다. 손짓을 하는데 또 가슴의 통증이 밀려오면서 눈물이 쏟아졌다. 아이들은 냉큼 병실 안으로 들어왔다. 그러고는 내 눈치를 슬슬 보면서도 빈 침대 위로 풀썩 올라갔다 뛰어내리기도 하고 슬금슬금 내게 다가와서 주사액이 방울방울 떨어지는 링거줄을 슬쩍 건드려보기도 했다. 시인이 들어왔다.

"의사 말이 좀더 기다려봐야 할 것 같다고 하네. 요놈들, 어디 갔나 했더니, 여기 들어와 있었구나. 별아, 달아, 이리 온."

시인이 호주머니에서 과자를 꺼냈다. 아이들이 과자를 낚아채듯 받아가서 병실 바닥에 놓고 쭈그리고 앉아 먹기 시작했다. 간호사가 들어오다 아이들을 노려봤다.

"내가 못 살아, 못 살아. 애들한테 누가 과자 줬어요?"

"저요."

"병실에서 과자 주면 어떡해요. 청소는 누가 하라구요."

"제가 하지요."

간호사가 링거병을 거두며, 병실에서 하룻밤을 새면 병실료를 받으니 이제 그만 집에 가서 쉬라고 쌀쌀맞게 말했다. 어지럽긴 했지만 일어설 수는 있었다. 시인이 내 겨드랑이에 손을 넣어 부축했다. 시인을 따라 아이들이 양편에서 내 손을 잡았다. 나도 아이들 손을 꼬옥 잡았다. 그 손이 마치 환의 손이나 되는 것처럼.

환을 면회할 수는 없었다. 환의 어머니가 의자에 모로 누워 잠들어 있었다. 시인이 혼자 갈 수 있느냐고 물었다. 고개를 끄덕이고 병원 현관을 나섰지만, 집으로 들어갈 엄두가 나지 않았다. 이렇게 힘든데, 이렇게 아픈데, 집에 가면, 집이 주는 안락함이 내 고통을, 내 아픔을 모른 체할 것이 나는 겁났다. 집에 들어가면 나만 편안해질 것이 나는 두려웠다.

휘청휘청 병원을 나서는데, 요란한 소리와 함께 붉은 비상등을 깜박이며 응급차가 들어오고 있었다. 문이 열리고 환자가 들것에 실려서 응급실 안으로 사라졌다. 응급차가 떠나고 난 자리에 핏방울이 떨어져 있는 것을 보았다. 환도, 환의 동생 영이도, 저렇게 이곳에 실려왔을까. 나는 그만 병원 입구에 주저앉아버렸다. 한참을 그러고 있는데 누군가 살며시 내 어깨를 잡았다.

"아무래도 혼자 갈 수 없을 것 같더라."

나는 위를 올려다보았다. 거기, 시인이 나를 내려다보고 서 있었다. 시인이 손을 내밀었다. 나는 시인의 손을 잡았다. 시인이 나를 일으켜세웠다. 거리는 인적이 뜸했다. 버스가 끊긴 지는 오래되었다. 내가 문득 말했다.

"저 좀 재워주세요."

시인이 택시를 잡았다.

"발산이요."

민들레의 집으로 갈 모양이었다. 나는 시인이 우리 집을 묻지 않은 것이 고마웠다. 차창으로 보이는 밤거리의 불빛이 자꾸만 흐려 보였다. 비도 안 오는데, 이상하다 이상하다, 하다가 나는 그것이 내 눈물 때문임을 알고 얼른 눈물을 닦았다. 그래도 흐려 보이기는 마찬가지였다. 세상은 흐려 보이는데, 택시에 오르고 나자 몸과 마음의 후들거림이 어느 정도 진정되는 것 같았다. 나는 혼잣말을 하듯, 그러나 또박또박, 천천히, 다짐하듯 말했다.

"환이이 없으며언 안 돼요오."

"왜애?"

"왜냐하며언, 환이이 없으며언 세상이이 겨얼코오 화안해지지가아 않으니까요오."

시인이 고개를 끄덕였다.

"그래, 환이 있으면, 환이 주변이 이상하게 환했어. 그건 해금이 니 말이 맞아."

시인이 자기 쪽에 있는 내 손을 찾아 꼬옥 쥐었다. 손은 따뜻했다. 시인이 말했다.

"해금이 손이 많이 차다."

그러자 겨우 멈추었던 눈물이 다시 샘솟았다. 환의 낡고도 하얀 속옷에서 나는 달콤한 냄새가 미칠 듯이 그리웠다. 낡은 가방에서 꺼내든 낡은 시집, 낡은 신발, 환이 지닌 모든 낡은 것. 세상의 그 어떤 새것들보다 더 기품 있는 환의 낡은 것. 남들이 새것으로 치장하고, 남들이 비싼 것을 자랑할 때 환이 지닌 값싸고 낡은 것들은 새것과 비싼 것들이 차마 닿을 수 없는 높은 곳에서 홀로 외롭고, 홀로 높고, 홀로 쓸쓸하고, 홀로 아름다웠다.

세상 사람 그 누구도 그렇다는 것을 알아보지 못할 때, 그래서 눈여겨보지 않을 때, 나 혼자 환의 아름다움을 보는 것이 나는 기뻤다. 나는 그가 그 이름처럼 얼마나 환한 사람인지를 세상 사람들이 몰라도 좋았다. 나는 이 세상 그 어떤 것도 갖고 싶지 않았고 오직 환의 환한 아름다움만을 내 것으로 갖고 싶었다. 그러면 나는 살아가면서 아무것도 가지고 싶은 마음이 들지 않을 것 같았고 아무것도 가지지 않아도 상관없을 것 같았다.

한편으로 나는, 환이 왜 죽으려고 했는지를 내가 알지 못하는 것이 슬펐다. 환과 나 사이에 내 힘으로 뛰어넘지 못할 거대한 장벽이 쳐져 있는 것만 같았다. 심지어는 환에게 내가 아닌, 나보다 예쁜 승희거나, 나보다 똑똑한 정신이거나, 하다못해 노래를 잘하는 영미 같은 여자친구가 있었더라면, 환이 굳이 죽으려고까지는 하지 않았을지도 모른다는 생각이 들었다. 세상을 살아갈 의지를 북돋아줄 만한 그 어떤 것도 내가 가지지 못해서 환이 죽으려고 했던 것일까.

시인은 지난번과 똑같이 이불과 요를 깔아주고는 선반에서 복숭아 통조림을 내렸다.

"아팠을 때 누가 사갖고 왔는데, 안 먹고 놔두기 잘한 것 같다."

시인이 밖으로 나가더니 부엌칼과 돌을 들고 왔다. 그러고는 방바닥에 쭈그리고 앉아 깡통 위에 칼을 대고 돌로 치기 시작했다. 시인에게는 깡통따개가 없는 모양이었다.

"깡통따개를 어디서 팔지?"

시인이 돌과 칼로 깡통을 따며 진지하게 물었다.

"그으 통조림 같은 거 살 때 한번 물어보세요. 우리 엄마는 통조림 사면서 깡통따개도 하나 달라고 했더니 그냥 주기도 하더래요."

"그 가게가 어딘데?"

"우리 동네 영자네 집이요."

"아하, 그렇구나. 그래, 언제 영자네 집에 가서 통조림 사면서 하나 달라고 해봐야겠다."

"다른 동네 사람한테도 줄지는 모르겠네요."

"그럼 언제 같이 가줄래?"

"그럴게요. 영자가요오, 우리 언니 동창인데요오. 동생 보느라 열한 살 때 입학해서 글자 배우고 구구단 배우고 나서 학교를 그만뒀는데요. 영자네 엄마가 학교에서 글자 배우고 구구단 배우면 다 배운 거라고 그만 다니게 했다나봐요.”

나는 숨이 차서 침을 한번 꼴까닥 삼켰다.

“나는 건너갈 테니까 말 그만 하고 통조림 먹고 자라.”

“단 거 먹었으니까 이빨 닦고 자야 되는데. 아까아, 병원에서 도요오, 밤에 애들한테 과자 주니까 걱정이 좀 되더라구요.”

“맞다, 과자 먹고 이빨 닦아야지이.”

이상했다. 택시 안에서부터 몸과 마음이 가라앉기 시작하더니, 감기약을 먹은 것처럼 온몸이 나른한데도 계속 말이 나왔다. 환하고는 아무 말 안 해도 좋았다. 환하고 말없이 거리를 걸을 때면 끊임없이 말하는 사람들이 이상했다. 그런데 내가 이상하다고 생각했던 사람들처럼 되었다. 문득, 무안해져서 노란 복숭아 조각을 입에 넣고 우물우물 씹었다. 달콤한 설탕맛과 함께 비릿한 쇠냄새가 입 안에 가득 퍼졌다.

그대의 젖은 신발

광주와 서울을 오가는 고속버스 차창 밖은 가을빛이 완연했다. 햇빛은 잠자리 날개처럼 투명하고 산언덕엔 억새가, 밭 둔덕엔 보랏빛 씀바귀꽃이 피어났다. 엄마가 살아 계시던 어린 시절, 남원집 마당에는 온갖 말라가는 것들이 덕석 가득 널려 있었다. 고추, 호박, 토란대, 고구마줄기, 가지는 물론이고 참깨, 들깨, 콩, 팥, 녹두들이 볕 속에서 탁탁 소리를 내며 터져나와 가을볕 속으로 똑또그르르 굴러갔다.

승희는 덥지도 춥지도 않은 대청마루에 배를 깔고 누워 가을의 적막이 토해내는 온갖 소리들에 귀를 기울였다. 곡물 꼬투리 터지는 사이사이로 대낮인데도 어디선가 치륵치륵 들려오던 베짱이 소리, 귀뚜르르 귀뚜르르 귀뚜라미 소리, 그리고 스삭스삭, 쪽쪽쪽, 칫칫칫거리던 정체를 알 수 없는 소리들.

주말에 김치통을 들고 집에 가면, 흰 머릿수건 쓰고 몸뻬 위에 광목 앞치마를 두른 엄마가 외롭게 혼자 막대기를 들고 깻단을 털거나, 도리깨로 콩타작을 하고 있었다.

"엄마!"

"아이고, 내 강아지 오신가."

엄마는 어떻게든 자식에게 맛있는 것 한 가지라도 먹이고 싶어, 대나무 장대 끝을 갈라 나뭇가지를 끼우고 감나무 고목 끝에 달린 홍시를 따서 승희 입에 넣어주었다.

"우리 강아지는 먹는 것도 이쁘다."

차창 밖으로 언뜻 시골 마을의 감나무에 붉은 감이 주렁주렁 열려 있는 모습이 지나갔다. 이제 먹는 모습도 이쁘다고 온 얼굴에 오진 미소를 함박 머금던 엄마는 없다. 투명한 가을 햇살만큼이나 가슴이 뻐근해지도록 엄마가 그리워 승희 가슴에 스산한 바람이 불었다. 엄마가 살아 있다면 승춘이를 보호소에 맡기지 않아도 됐을 것이다. 아니, 엄마가 있었다면 승춘이가 없었을지도 모르니 맡길 일도 없었을 테지. 그렇다면 엄마는 내가 외로울까봐 승춘이를 세상에 보낸 것일까.

그쯤 되면 승춘이 아빠 이봉석이 떠오르지 않을 수 없었다. 고개를 흔들어 이봉석이와의 기억을 지워버린 자리에 다행히 해금이 얼굴이 떠올랐다. 승춘이 옷을 열 벌이나 만들어놨다고 했는데, 지난여름에 보고 아직 만나지 못했다. 해금이 만든 옷을 승춘에게 입힐 생각을 하니 슬며시 웃음이 나왔다.

"미스 김, 손님이 부르는 소리 안 들려?"

기사가 일깨워줘서야 물을 청하는 승객의 목소리가 들렸다. 고속버스는 보통 하루에 편도 세 번을 뛰는데, 어떤 날은 한 번의 왕복으로 끝났다. 그런 날에는 일을 마치는 곳이 광주면 승춘이를 맡겨놓은 일시보호소에 들렀다가, 안내원 숙소로 돌아와 책을 읽었다. 생활이 힘들수록 마음의 안정이 필요하고, 그러려면 책을 읽어야 한다고 만영이 말한 적이 있었다.

"책을 읽으면 세상 보는 눈이 커져. 그러면 자신감이 생기고, 자신감이 생기니까 자존감도 커지더라."

그러면서 만영은 마치 친정오빠나 되는 것처럼 말했다.

"승춘이 때문에 괴로워하다가 엄마가 먼저 망가지면 안 되잖아."

새어머니가 아이를 돌봐주겠다고 하지 않은 것은 아니었다. 그러나 승희 마음이 허락하지 않았다. 시설의 힘을 빌려서라도 자신의 의지대로 아이를 키우고 싶었다. 아이를 낳은 '사태'를 벌인 것도 자신이니까 '수습'도 자신이 해야 할 것 같아서였다. 아버지가 병석에 누웠다는 소식을 전보로 받고 남원집에 병원비를 보냈다. 아무리 미워도 자신을 이 세상에 내보내준 아버지니까.

승희가 돈을 보내자 기회는 이때다 싶었는지 새어머니를 통해 아버지가 화해의 뜻을 전해왔다. 승희는 그런 아버지의 뜻이 쉽게 관철되는 것을 원하지 않았다. 그렇다고 아프다는 아버지가 걱정되지 않는 것도 아니어서 심사가 복잡했다. 바로 그럴 즈음에 '우정의 집'이라 불리는 안내원 휴게소로 진만이 찾아왔다.

진만이는 방황의 한때를 접고 취직시험 준비를 하고 있다고 했다. 진만이 불쑥 들어서는데 스타킹을 벗느라 치마를 걷어올렸거나, 휴식을 취하느라 웃옷을 벗고 방심한 상태에 있던 안내원 아가씨들이 야유 섞인 비명을 질렀다. 승희는 황급히 진만이를 데리고 나와 터미널 다방으로 갔다. 노인도 아니면서 진만이 큰소리로 '십전대보차'를 시키는 게 창피하기도 하고 우습기도 해서 승희가 괴로운 표정을 짓고 있는데 진만이 소파 깊숙이 몸을 묻고 다리를 꼬면서 마치 〈대부〉의 주인공 말론 브랜도처럼 목소리를 착 깔고 말했다.

"웬만하면 풀고 살아라."

"뭘?"

"아버님 말이야."

"울 아부지?"

진만이 대답 대신 십전대보탕인지, 차인지를 후루룩 소리나게 들이켰다.

"그 말 하려고 찾아온 거야?"

후룩, 후룩, 후루룩. 뜨거운 십전대보차 때문에 말론 브랜도가 망가졌다.

"돌아가신 울 엄마 입장은 어떻게 되는데?"

"돌아가신 분은 돌아가신 분이고, 너 때문에 산 사람이 괴로워서는 안 되지 않겠냐."

"니가 내 오빠냐? 가르치려 들게?"

"친구니까 하는 소리다."

진만이 그래도 옛정이 있어서 저희 시골집에 갈 때마다 가까운 남원에 들르기도 하는 모양이었다. 진만이 전혀 고맙지 않은 것은 아니었으나, 시키지 않은 짓을 하는 게 맘에 드는 것도 아니었다. 그런 뜻으로 가볍게 눈을 흘기자, 진만이 화들짝 놀라며 손사래를 쳤다.

"버선발이라야 까뒤집어 보이지, 내 배를 따랴? 너도 알다시피 우리 같은 촌놈들이 의리는 있잖냐."

승희에 대한 미련이 있는 게 아니라는 말이다. 탁자 밑에서 진만이의 다리가 덜덜거렸다. 충장로 뒷골목이나 도청 뒤 요정 골목 같은 데서 개처럼 일없이 한쪽 다리를 떠는 남자들을 본 적이 있다. 그들은 그렇게 한쪽 다리를 덜덜거리면서 고개를 외로 꼬고 지나가는 여자들에게 '히야까시'를 걸었다. 그것도 논 것이라고 저도 뒷골목에서 좀 놀았다는 건가, 뭔가.

자신 때문에 진만이 방황하다가 합격한 직장도 놓쳐버렸다는 것을 알면서도 모른 척했던 건 사실이었다. 진만이 한창 괴로워할 때도 미안하다기보다는 의아해했었는데, 이제 상황이 종료된 마당에 미안해지는 것은 진만의 진심이 느껴져서인가. 승희는 가방 안에서 책을 꺼내 불쑥 진만이에게 내밀었다. 우정의 표시로 뭔가를 주고 싶은데, 가방을 뒤져봐도 줄 수 있는 것이 책뿐이었다.

승객들이 다 내리고 난 버스 안에서 이따금 쪽지들이 발견되곤 했다. 그것은 주로 데이트를 신청하는 군인들이거나, 남자애들이 남긴 것이었다. 초콜릿이나 음료수, 혹은 책을 선물로 남기는 치들도 있었다.

"아름다운 그대의 외면만큼이나 내면도 아름답기를…… 우연한 만남을 기대하며, 석."

석이 남기고 간 책은 한수산의 『성이여 계절이여』였다. 진만이 책을 뒤적거렸다. 진만이의 얼굴이 빨개졌다.

"야, 이런 거는 뭐, 우리 같은 날라리들하고는 안 맞는 장르잖아."

선물을 받은 것이 쑥스러운 모양이었다.

"그럼 넌 무슨 책을 읽는데?"

"우리야, 무협지 뭐 그런 거지."

"잘났다."

"그래. 언제까지고 무협세계에서만 살 수는 없는 일이고 이젠 문학이란 장르도 개척을 해야겠지."

진만이는 태용이와 함께 한 달 예정으로 가을 여행을 떠나기로 했다고 말했다.

"가볍게 떠나려고 했는데 말이야."

마침 다방 안에 패티김의 〈사랑하는 마리아〉가 흐르기 시작해서일까. 진만이 '말이야'에 유독 힘을 줘서 말했다.

마리아 마리아 사랑하는 마리아. 마리아 마리아 사랑하는 마리아.

"뭐가 무거워졌어?"

그대를 보내고 나서 꽃을 심었네. 서러운 마음에 꽃을 심었네.

"이 오빠가 방황을 끝내자마자 해금이가 말이야."

"해금이가?"

노래는 장엄하고도 경쾌했다.

마리아 마리아 사랑하는 마리아. 마리아 마리아 사랑하는 마리아.

"응, 그래. 해금이 말이야."

"해금이가 왜?"

봄은 또다시 오고 꽃은 피었네. 그리운 사람 꽃은 피었네.

"이 오빠의 바통을 이어받았잖느냐 말이야."

"해금이가 방황해?"

마리아 마리아 사랑하는 마리아. 마리아 마리아 사랑하는 마리아.

"의상실 고모님 말씀으로는 실연을 해서 그렇다는데 말이야. 그렇다고 가출씩이나 할 건 또 뭐냔 말이야."

"가출을 해?"

그대 얼굴을 보듯이 꽃을 보았네. 내 품에 돌아오라고 꽃을 보았네.

"그래, 가출. 오빠들이 먼 길을 떠나더라도 어디서건 해금이를 만나게 되면 말이야, 이 오빠가 걱정하지 않도록 해달라고 좀 전해주라. 오빠들 여행 앞두고 있는데 이게 뭐냔 말이야."

노래를 듣고 있자니 패티김처럼 키가 크고 우아한 정신이 엄마가 생각났다. 어쩌다 휴무 때 승춘이를 만나고 돌아오는 길에 '수연각'에 들르면 정신이 엄마가 손님들한테 내는 밥상을 내왔다. 미리 차려놓은 상이 아니라 옛날식으로 음식을 차린 밥상을 아줌마들이 양쪽에서 들고 손님방으로 들이는 식이었다.

"나는 이렇게 날마다 잔치를 헌단다."

"뭘 먼저 먹어야 할지 정신이 없네요" 하면 정신이 엄마가 깔깔 웃었다.

"정신이 없어. 민중 해방시킬라고 진작 서울 갔지…… 우리 집 식구들은 다들 해방하느라 바빠서 돈들을 안 벌어. 그렇게 난 우리 집 사람들 스뻔서야."

혼잣말처럼 말하는데 목소리가 금세 젖어들었다. 정신이 엄마에게서 왠지 모를 외로움의 한 자락이 짙게 배어나와 승희 마음도 젖었다.

마리아 마리아 사랑하는 마리아. 마리아 마리아 사랑하는 마리

아. 그대를 잊으려고 꽃을 꺾었네. 눈물을 흘리면서 꽃을 꺾었네.

노래가 끝나자마자 진만이 벌떡 일어섰다.

"바빠?"

"짐 싸야지. 태용이 자식이 복잡스럽게 빠나도 들고 가자고 하네. 쌀에다 간장, 된장, 고추장, 쌀 것 많아. 무전취식을 할 순 없잖아."

갈림길에서 뒤도 안 돌아보고 제 갈 길을 가던 진만이 횡단보도 중간쯤에서 뒤를 한번 돌아보고는 책을 든 손을 번쩍 들어 보였다. 성큼성큼 멀어지는 진만이를 바라보며 승희는 문득, 올해가 가기 전에 수선화회 멤버들하고 사진관에 가서 기념사진을 찍어야겠다고 생각했다. 꽃무늬로 테를 두르고 하단에 큼지막하게 '우정'이라고 새긴 사진 말이다.

휴무일에 비가 왔다. 만영이 비를 흠뻑 맞으며 장난감을 한 보따리 걸머지고 일시보호소 앞에 나타났다.

"아이들 갖다주려고."

"어디서 난 건데?"

"민들레의 집 식구들이 모아왔어."

"그 집이 뭐 하는 집인데?"

"야학."

"야간학교?"

"정식 학교는 아니고, 대학생들이 가르쳐. 늘 지나다니면서도 관심 없었는데 그 집에서 해금이가 나오더라구."

"엥? 해금이가 왜?"

"말은 안 하는데 힘든가봐."

짐을 지고도 만영은 가파른 언덕길을 가볍게 올랐다. 승희는 가쁜 숨을 몰아쉬며 만영이 뒤를 부지런히 쫓아갔다. 승춘이는 사흘거리로 엄마를 만났다. 그러다가 한 열흘 간격으로 만영이 동행을 하는 것이다. 만영은 어느새 보호소 아이들에게 삼촌, 혹은 아빠로 통했다. 보호소 사람들도 만영을 좋아했다. 보호소로 들어서면 아이들은 매달릴 수 있는 만영의 모든 신체부위에 매달렸다. 노동으로 단련된 만영은 열 명도 넘는 아이들을 매달고 보호소 마당을 왔다갔다한 적도 있었다.

아이들은 한번 매달리면 도무지 떨어질 줄 몰랐다. 만영과 승희가 승춘이 때문에 운 건 처음 몇 번뿐이었다. 석 달이 넘어가면서부터는 매달려서 떨어질 줄 모르는 아이들 때문에 울었다. 보호소를 나서며 승희가 눈물을 그치지 못하자 만영이 말했다.

"희망을 가져라. 무슨 희망이냐면……"

승희 눈이 반짝 빛났다.

"빛은 어둠 속에서 나온다는 거, 아름다움은 슬픔에서 나온다는 거, 모든 행복은 고통 뒤에 온다는 거. 진짜 빛이 있고 진짜 아름다움이 있고 진짜 행복이 있다면 말야."

만영의 말에 의하면, 진짜 빛, 진짜 아름다움, 진짜 행복은 어둠과 슬픔과 고통 속에서 나온다는 것인데…… 그게 그리 쉽지가 않아서 사람들이 희망을 버리게 되는지도 몰랐다.

승춘이는 살이 토실토실 올라 있었다. 엊그제까지 배로 뽈뽈 기어다니던 승춘이가 부처님처럼 발딱 일어나 앉아 있는 게 처음에는 믿기지 않았다. 하루하루 그 모든 성장과정을 지켜보지 못하는 게 안타깝긴 하지만, 승희가 선택할 수 있는 길은 많지 않았다. 승춘이처럼 갓난아이를 맡아줄 탁아소가 없기 때문이다. 승춘이를 만나고 매달리는 아이들을 억지로 떼어놓고 보호소를 나서는데, 언덕 아래서 비에 젖은 찬바람이 불어와 옷깃 속으로 파고들었다. 우산이 없는 만영이 문득 승희 우산 속으로 들어와 손잡이를 잡고 있는 승희 손을 덥석 쥐었다.

"순댓국 사줄게."

"정말?"

승희는 슬그머니 만영의 손아귀에서 손을 빼내며 과장된 목소리로 반문했다.

"순댓국 사준다는데 거짓말이 어딨어?"

만영이 아저씨처럼 껄껄 웃었다. 보호소 언덕길을 내려오는데 건듯바람에도 은행잎이 우수수 떨어졌다. 은행잎들은 비에 젖은 채 거리에 수북이 쌓였다. 만영이 한 손으로 우산을 잡고 한 손은 승희 어깨를 감싸안고 휘파람을 불었다. 가만 들어보니, 남원

의 아버지가 젊었을 때 물놀이 같은 걸 하러 가서 여러 사람 앞
에서 폼 잡으려고 할 때 즐겨 부르던 노래다.

"낙엽이 우수수 떨어질 때 겨울의 기나긴 밤 어머님하고 둘이
앉아 옛이야기 들어라…… 휘르르 휘르르 휘르르르 휘르르 휘
르르 휘르르르르르 휘이 휘이 휘이 휘이이이."

"야아, 노래를 불러도 하필이면……"

승희가 팩, 소리를 질렀다.

만영이 휘파람을 뚝 멈추었다. 그리고 우뚝 섰다.

"낙엽이 지길래……"

"낙엽이 지든 말든……"

그러나 실은 만영의 휘파람 소리가 그리 나쁘지 않았다. 만영
이 입을 다물었다. 왠지 아쉬워 승희는 입을 오므려 바람을 불
어봤다. 만영처럼 멋진 휘파람 소리는 쉽게 나오지 않았다. 어색
한 침묵을 유지한 채 보호소가 있는 학동에서 도청을 지나 전남
여고 앞으로 해서 대인시장까지 오는 내내 만영이 우산을 승희
쪽으로 심하게 기울여서 정작 자신의 어깨는 비에 흠뻑 젖었다.
눈에 안 보여서 그렇지 사실은 만영의 발도 흥건히 젖어 있었
다. 만영은 승춘이를 하루빨리 데려오기 위해 자신을 위해서는
몇 달 동안 거의 한푼도 쓰지 않았다. 밑창이 닳고 닳아 고무신
의 두께도 되지 않는 운동화를 몇 번이나 꿰매어 신는 바람에
빗물이 새어들어오는 것을 막기는 힘들었다.

만영이 순댓국 두 그릇과 막걸리 두 사발을 시켰다. 단숨에 술부터 비우고 난 만영이 입가를 문지르고 나서 말갛게 승희를 건너다봤다. 승희는 라디오 뉴스에 귀를 기울이고 있었다.

"긴급뉴스를 말씀드리겠습니다. 오늘 병원에서 치료를 받던 이기욱 재무장관이 끝내 숨짐으로써 아웅산 폭발사고로 숨진 사망자는 17명으로 늘었습니다."

뉴스가 끝나고 라디오에서는 계속 슬픈 장송곡이 흘러나왔다. 순댓국집 주인이 라디오를 탁 껐다.

"뚜뚜전은 나쁜 놈이라 죽도 안 해."

"아줌마, 뚜뚜전이 누구래요?"

"몰라서 물어? 뚜우뚜우, 아홉시 뉴스를 말씀드리겠습니다, 뒤에 바로 나오는 인간이지 누구여."

만영이 무슨 말인가를 하려 한다는 것을 승희는 알고 있었다. 그럴수록 승희는 더 딴청을 부렸다.

"나는 땡전인 줄 알았는데."

"그 집 마누라는 뭣인지 알어? 또한이여. 또한 머시기 여사는 오늘 어짜고저짜고 허잖어."

승희는 양철 화덕을 숟가락으로 두들기며 웃었다. 만영은 승희가 웃음을 멈추기를 차분히 기다리며 술 한 잔을 더 시켜 조용히 들이켰다.

"오랫동안 생각했어."

만영은 순댓국에 손도 안 대고 연거푸 술만 마셨다. 승희는 술은 입에 안 대고 순댓국을 먹기 시작했다. 무심코 새우젓국으로 간을 하고 나서 맛을 보니 국이 좀 짰다. 엽차를 국에 부었다. 이번에는 국에서 보리차 냄새가 나서 그만 숟가락을 놓고 말았다. 만영이 슬그머니 제 앞에 놓인 국과 승희 국을 바꾸었다.

"사주는 건 좋은데 바꾸는 건 싫다."

승희가 제 국을 다시 가져갔다.

"우리 같은 집에서 살면 안 될까?"

만영이 잽싸게 다시 국의 위치를 바꾸면서 말했다. 승희는 포기하고 새우젓 간을 새로 해서 국물을 한 숟가락 맛보았다. 맛있었다.

"너는 왜 니 맘대로 하려고 그러니? 국도 그렇고 같은 집에서 살자는 것도 그렇고. 내 맘은 왜 없어?"

"그래서 지금 묻고 있잖아."

"싫어. 이유는 묻지 마. 왜냐하면 이유를 말하는 것도 싫으니까."

주방에서 일을 하며 두 사람이 나누는 대화를 묵묵히 듣고 있던 아줌마가 카세트를 틀었다.

삼각지 로타리에에 궂은 비는 오는데에 잃어버린 그 사람을 아쉬워하아네에…… 소리없이 흘러내리는 눈물 같은 이슬비이 누가 우울어어 이 한바암 잊었던 추억이인가…… 안개 낀 장충

단공원 누구를 찾어와왔나아 낙엽송 나목을 쓸어안고 울고만 있을까아…… 쿵짝쿵짝……

눅눅한 시장통 순댓국집 안에 배호 노래가 '눈물처럼' 연속으로 흘렀다. 순댓국집 양철지붕에 비 떨어지는 소리가 시끄럽고 틀에 잘 맞지 않는 간유리 출입문이 덜커덩거렸다. 손님은 없고 배호 노래만 흐르는 가운데 만영은 취해갔다. 만영을 외면한 채 출입문 쪽만 바라보고 있던 승희가 느닷없이 뛰쳐나갔다.

"이상하다. 분명히 해금이 같았는데, 금방 사라져버렸네. 정말이야."

고개를 갸웃하며 돌아온 승희가 딴청 부린 게 아니라 진실이었음을 강조하기 위해 정색을 하고 만영을 바라보다가 왠지 민망해서 눈길을 떨어뜨렸다. 탁자 밑으로 만영의 신발에서 흘러나온 빗물이 흥건했다. 이번에는 만영이 벌떡 일어섰다. 신발에서 찔크덕 소리가 났다. 화장실에 가려나보다, 하고 지켜보고 있는데 음식값을 지불한 만영이 밖으로 나가고 있었다.

만영은 휘청거리며 걸어나갔다. 겨우 물이 빠진 만영의 신발에 다시 빗물이 들어찰 것이다. 멀어지는 만영을 바라보다 승희는 그때서야 여태 마시지 않았던 술을 왈칵 털어넣었다. 웬일인지 가슴이 찢어질 듯이 아파와서 술이라도 마시지 않으면 견딜 수 없을 것 같았다. 찔크덕 찔크덕, 젖은 신발 소리만 남기고 만영은 빗속으로 사라졌다. 빗속으로.

천상의 별, 지상의 별

낮에는 환에게 갔다가 밤에는 민들레의 집으로 기어들곤 하던 어느 날, 불쑥 승희가 찾아왔다. 승희를 통해 내가 모처에서 잘 있다는 소식을 고모에게 전달하도록 했고, 고모는 엄마를 안심시키려고 내가 옷 만들기 싫어 서울 친구에게 내뺐다는 거짓말을 할 수밖에 없었다. 메신저인 승희가 전하길 고모가 그랬다는 것이다.

"'고뇌의 심연'에 닿기 전까지는 하산하지 말라고 해라."

고모 말대로 나는 환의 끝까지 가고 싶은 열망에 잠을 잘 수도 없었고 밥을 먹을 수도 없었다. 감정은 한없이 추락하는가 하면 한없이 들떠올랐다. 환을 보러 가는 병원 언덕길을 나는 숨도 쉬지 않고 뛰어올라갔다. 일반병실로 옮겨진 환은 그전처럼 웃기는 했다. 염소처럼 웃는 것 말이다. 그러고 나서 곧 침묵했다. 환의 머리와 손목엔 붕대가 감겨 있었다. 머리카락이 보이지 않는 그의 얼굴은 꼭 스님 같았다. 맑은 동자승의 얼굴이었다.

붕대로 감싸고 있는 것 외에는 환은 하나도 변하지 않았다. 웃는 것도, 말수가 없는 것도 예전과 똑같았다. 그러나 환은 변했다. 예전처럼 책을 보지도 시를 읽지도 않았다. 결정적으로 환은 더이상 내 손을 잡지 않았다. 나는 어쩌나 보려고 아무도 없는 틈을 타 침대 밑으로 늘어뜨려져 있는 환의 손 쪽으로 내 손을 최대한 가까이 가져갔지만 환은 곧 자신의 손을 거두었다. 그리고 전혀 처음 보는 낯선 눈빛으로 나를 바라보고 웃었다.

환이 전혀 다른 곳을 바라보며, 이를테면 내 손은 지금 아무 짓도 안 하고 있다, 라는 표정으로, 일말의 표정 변화 없이 무심한 태도로 내 손을 꼭 잡아쥐었을 때, 내 가슴은 요동쳤다. 그가 무심한 태도로 쥔 그 손에 힘을 주었을 때 말이다. 그전에 그가 염소처럼 웃을 때, 그는 진정으로 명랑했다. 개구쟁이였다. 그것은 구름 한 점 없는 푸른 하늘같이 근심이라곤 없는 웃음이었다. 빨랫줄에 펄럭이는 아기들의 하얀 기저귀처럼 천진난만했다. 그곳이 풀밭이라면 데굴데굴 뒹굴며 웃을 그런 웃음이었다.

그러나 나는 이제 알아야 했다. 아프지만 할 수 없었다. 이제 환에게, 그리고 우리에게 그런 구름 한점 없는 시절이 다시는 오지 못하리라는 것을. 그런 날을 우리가 다시 맞을 수 없는 것이 그에게, 혹은 내게 죄가 있어서가 아니지만, 우리가 다시 예전처럼 풀밭을 데굴데굴 구를 수도 있을 것 같은 웃음을 짓는다면, 그것은 죄가 될 것임을. 나는 다만 그렇다는 것을 인정하고 싶어하지 않을 뿐이라는 것을. 우리 인생에는 누구에게나 그런 순간이 온다. '이전'과 '이후'가 확연히 구분되는 순간 말이다. 그런 순간은, 예기치 않게, 혹은 법칙처럼 오고야 마는 것이다.

나는 그날 짐짓 명랑하게 붉은 장미꽃을 사들고 가서 화병에 꽂은 다음 어제와 다름없이 말간 미소, 그러나 마음씨 착한 환이 나뿐 아니라 누구에게나 보낼 법한 의미 없는 미소에 화답하며 생긋, 웃었다.

"꽃, 예쁘다."

"예쁘다니 고마워."

무슨 말인가를 더 기대했지만 환의 입은 그새 다물어졌다. 나는 병실을 청소했다. 환의 물품을 정리하는 김에 옆 환자의 물쟁반까지 깨끗이 씻었다. 마지막으로 환의 양말을 빨아 침대 머리맡 쇠난간에 탈탈 털어 넌 다음에 나는 안녕을 고했다.

"오늘은 일이 바빠서 일찍 가야 할 것 같아."

"고모님 가게 일이 바쁘지?"

"어떻게 알았어?"

나는 깜짝 놀라는 시늉을 했다. 환이 다시 웃었다. 나도 웃었다.

환이 병원 입구까지 따라 나왔다. 나는 그에게 힘차게 손을 흔들었다. 그러고는 돌아서 달렸다. 뒤를 한번 더 돌아보고 싶었지만, 끝내 그러지 않았다. 아니 그럴 수가 없었다. 나는 병원을 나와 병원 앞 낯선 동네의 골목 안으로 무작정 뛰어들었다. 나는 골목 안 담벼락에 몸을 기대고 앉았다. 그리고 그제야 무릎에 얼굴을 묻고 울기 시작했다. 하늘이 유독 파란, 늦가을의 대낮에.

그렇게 울고 나서 나는 눈의 붓기가 빠질 때까지 길 잃은 개처럼 사방을 돌아다녔다. 나는 알고 있었다. 내가 하릴없이 돌아다니는 게 아니라 환과 함께 걸었던 동네, 그 언덕, 그 골목길들을 돌고 있다는 것을. 그러다가 날이 저물 무렵, 나는 막걸리를 네 병이나 사들고 어느새 다정한 내 집이 된 민들레의 집으로 갔다.

나는 힘차게 대문을 열며 뛰어들어갔다. 마당은 조용했다. 조용한 가운데 평소 쓰지 않는 골방에서 철필로 뭔가를 긁는 소리, 끝없이 종이를 접는 소리와 함께 누군가 소곤거리는 소리가 들렸다.

"새벽마다 한 부씩 돌리는 건 너무 힘들어."

"김진혁 동지처럼 버스 환기통 위에 놓고 내리는 방법도 있어."

진혁은 시인의 이름이다.

"그렇지만 그건 짭새들 난로 불쏘시개 되기 딱 알맞지."

"와아, 한동지 이제 선수가 다 되었네. 그래, 롤러를 그런 식으로 밀면 힘이 훨씬 덜 들겠어. 저렇게 쉬운 방법을 못 깨우치고 김동지는 여태껏 뭐 했던 거야."

한동지, 말하자면 한진옥이 시인의 애인임을 나는 눈치로 알고 있었다.

"그나저나 공장이 털려서 큰일이야."

"쉿, 누가 왔다!"

조심스럽게 문이 열리고 시인이 조심스럽게 문을 열고 나를 발견하더니 얼른 문을 닫고 나왔다.

"해금이 오는구나. 오늘은 명랑하네?"

나는 힘이 쭉 빠졌다. 그가 나랑 놀 수 없다는 것을 알았기 때문이었다. 그러나 내색은 할 수 없었다. 환이 말했던 것처럼 진짜 시인은 아니지만 환에게 시를 가르쳐주고 시를 좋아할 만큼의 예민한 감수성을 지닌 시인이 그걸 모를 리 없었다. 시인이 나를 위로하듯, 그러나 막내여동생을 달래듯 말했다.

"좀 있다 그 막걸리 같이 나눠 마시자아, 응?"

나는 조용히 부엌으로 들어갔다. 그냥 들어가기가 안돼 보였던지, 부엌문 앞까지 따라온 시인이 물었다.

"환이 많이 나아졌든?"

"그럼요."

시인이 승리의 브이자를 그려 보이고는 다시 골방으로 들어갔다.

 부엌 바닥에 빈 라면봉지가 수북했다. 나는 그것을 끌어모아 연탄아궁이 속에 처넣었다. 비닐 타는 매캐한 냄새가 코를 자극했다. 수도관 밑, 고무 개수통에는 씻지 않은 설거짓감이 가득했다. 나는 물을 콸콸 틀어 그릇들을 씻고는 플라스틱 바구니 안에 얌전히 엎어놓았다. 연탄불이 다된 것 같아 불을 갈고 나서 양은솥에 물을 가득 부어 두꺼비집 위에 올려놓았다. 맨 마지막으로 도리밥상에 막걸리와 김치보시기를 얹어 시인의 '동지'들이 일하고 있는 골방 앞에 얌전히 놓아두고 민들레의 집을 조용히 빠져나왔다. 대문을 나서니, 발산 꼭대기 산동네 머리맡에 별이 초롱초롱 빛나고 있었다.

 민들레의 집은 정규학교를 다니지 못한 아이들의 야학교로도 이용되었지만 나처럼 집을 나온 아이들도 수시로 들락거렸다. 내가 머물던 동안에도 소년원에서 이제 막 나온 아이가 둘이나 와서 분명하지 않은 대상에게 온갖 욕설을 퍼부으며 저희끼리 밥을 한 솥 가득 해먹고 어딘가로 떠났다. 그 아이들만이 아니었다. 오늘처럼 정체를 알 수 없는 사람들이 밤을 새워 골방에서 속닥거리다 동이 트기 전에 사라지기도 했다. 시인은 그래서 차분히 나와 대화할 시간이 없었다. 그래도 '나의 환'에 대해서 얘기할 수 있는 사람은 그가 유일했기 때문에 나는 언제나 참을

성 있게 그를 기다리곤 했다. 무엇보다 나는 그가 환에 대해서 말해주는 것이 좋았다.

"환이 어렸을 때 일이었대."

나는 침을 꼴깍 삼켰다.

"동네 골목을 지나는데 어떤 아이가 울고 있더래. 그냥 갈 수가 없어서 이름을 물었더니 애가 머루, 그러더래. 집이 어디야, 그랬더니 칭아, 그러고. 그럼 머루야, 여기서 울지 말고 집에 가라, 그러고는 가던 길을 가려는데 머루가 옷소매를 붙잡더라네. 머루야, 형은 형 집에 갈 테니까 머루도 울지 말고 머루 집에 가라, 아무리 달래도 머루가 놓아주질 않더래.

환이 가려고만 하면 더 큰 소리로 울어서 할 수 없이 애를 파출소로 데리고 갔대. 그러고 돌아나오려는데 머루가 또 울어서 거짓말을 했다네. '머루야, 형이 맛있는 사탕 사갖고 올게.' 그러고는 파출소를 뛰어나왔는데, 그뒤로 파출소 앞만 가면 머루가 생각나서 눈물이 난대. 그래서 일부러 파출소를 피해다니기도 했다네. 환이 그런 애야. 그렇게 마음이 여려."

"머루, 칭아……"

겨우 참았던 눈물이 다시 퐁퐁 샘솟기 시작했다. 시인이 말했다.

"나 말고 다른 사람 때문에 울 수 있는 사람은 아름답지. 자신의 슬픔 때문에 우는 사람보다 다른 사람의 슬픔 때문에 우는 사람이 많을수록 세상은 좀더 아름다워질 거야. 그러니까 너도 아름답구나. 환이 때문에, 해금이 너 때문에 세상이 조금 더 아름다워졌는지도 몰라. 봐, 네가 울기 전보다 지금 별이 훨씬 더 반짝이잖아."

나는 울다가 웃었다. 내 눈물 때문일 수도 있으나 별은 정말, 아까보다 더 반짝이는 것 같았다. 시인이 그렇게 말할 때 그 옆에서 진옥이 시인을 꿈꾸듯 바라보고 있었다. 시인이 그토록 열심히 말을 했던 것은 어쩌면 진옥이 자신을 바라보는 눈길을 의식해서였는지도 모른다. 너무 열심이다보니, 말을 안 했으면 더 좋았을 것 같은 말까지 했으니까.

"초등학교 이학년 때 가출을 한 적이 있어. 옆집에서 날아온 접시가 우리 집 마당에서 깨지고 우리 집에서 날아간 냄비가 옆집 마당에서 뒹구는 동네에서 살았는데, 그날도 학교를 마치고 동네 입구에 들어서자마자, 우당탕탕 뭐 깨지는 소리가 나는 거야. 뭔가 속에서 확 치받는 느낌에 무작정 발길을 돌렸지. 무엇보다 싫었던 건 우리 동네 어른들은 애들한테 무조건 욕부터 해. 다른 부모가 다른 집 애한테 욕을 하면 왜 우리 애한테 욕을 하느냐 싸움을 하고는 바로 또다른 집 애들한테 욕을 하지. 그 동네 애들은 그 동네 어른들한테 집단으로 천대를 받는 천덕꾸러기들이야. 누구나 그러지. 내 이런 쌍놈의 동네를 뜨고 만다. 그렇지만 뜰 수가 없어. 돈이 없기 때문에."

이야기가 옆길로 새는 조짐이 보이는 게 시인은 좀 흥분했던 것 같다. 나는 좀 지루해졌다. 그래서 시인이 원래 하려 했던 말을 환기시키려고, "가출을 했는데요?" 하고 물었다. 그런데 그녀, 진옥은 벌써부터 그렁그렁 눈에 눈물을 달고 있는 게 아닌가. 진옥의 눈에 눈물이 맺히고 있다는 사실을 시인은 분명 알고 있었으리라. 그래서 목소리가 그렇게 착 가라앉았겠지.

"응, 그래. 무작정 발길을 돌려서는 한없이 걸었어. 그렇게 한참 걷다보니, 날이 어두워져 있는 거야. 주위를 둘러보니 내가 처음 와보는 시골동네야. 시골이어서 날만 저물면 깜깜해. 그곳이 논둑길인지 밭둑길인지 분간할 수도 없었어. 내가 왔던 길을 되짚어 걸어가자니 저 앞쪽에서 때릉때릉, 하는 자전거 종소리가 났어. 그러고 웬 아저씨가 묻는 거야. '너는 어디 사는 누구냐?'"

"환이 머루한테 그랬던 것처럼요?"

"맞아, 환이처럼."

진옥 때문이었을 것이다. 그가 그렇게 말하면서 내 손을 잡아주지 않은 것은. 나는 시인을 충분히 이해했다. 그러나, 내게는 충분한 위로가 되지 못했다. 나는 환이 때문에 상처입은 나를 충분히 위로해줄 사람이 필요했고 그래줄 수 있는 사람이 시인이라고 믿었기에 그랬다. 내 주변에 환을 아는 사람이, 환을 이해하는 사람이 오직 시인 한 사람뿐이었기에. 어쨌거나 시인은 자신이 하기 시작한 말을 마무리해야 했다.

"내가 말을 못 하고 울기만 하자 아저씨가 나를 짐바리 자전거 뒤에 태워서 자기 집으로 갔어. 대문 입구에서 아저씨가 소리쳤어. '여보오, 손님 왔어!' 라고. 최초의 손님 대접을 그 집에서 받았어. 느낌이 좋았어. 그래선지 눈물이 저절로 그치더군."

진옥의 입가에도 미소가 피어났다. 나는 하품이 나왔다. 많이 울어서인지 피로가 몰려왔다. 시인의 말이 갑자기 빨라졌다.

"결론을 말하자면, 그 집에서 딱 한 달을 살았어."

"한 달이나요? 왜요? 집에서 걱정했을 텐데. 가족들도 안 보고 싶었어요?"

진옥이 눈을 동그랗게 뜨며 물었다.

"가족들 생각이 다 뭐야. 살라고만 하면 평생을 살고 싶드만. 여러분, 그 집에서 산 이야기는 다음호에 계속하기로 하고 오늘은 이만 마쳐야 할 시간인 것 같네요."

진옥의 표정에 아쉬움이 역력했다.

내 옆에서 자던 진옥이 밤새 몸을 뒤척이다가 밖으로 나가는 소리를 들었다. 그리고 잠결에 얼핏 시인의 목소리가 들려왔다.

"진옥씨, 우리는 동지예요. 사사로운 감정에 얽매이기에는 시대가 너무 엄혹해요."

"진혁씬 사사로운 감정이라고 표현하시네요. 그럼, 마해금씨가 이환씨에게 갖는 감정도 사사로운 감정이겠네요?"

"진옥씨, 내가 진옥씨한테 바라는 건 그런 게 아니란 걸 알잖아요. 나도 몰랐는데, 수배령이 떨어졌더라구요. 이제 여기도 위험해요."

"그게 한두 번인가요? 늘 떨어졌다 해제됐다, 그러잖아요."

"이번에는 달라요. 이번에 걸리면 오래갈 것 같아요. 상황이 그런데…… 진옥씨까지 이러면 정말 힘들어져요. 우근이 어제 체포됐고, 형주는 접견하고 온 변호사가 그러는데 심하게 당했나봐요. 동지는 후유증이 평생 갈지도 모를 고문을 당하는 이 판국에 진옥씨가 이렇게 나약하게 굴면 어떡해요."

"나를 얼마든지 비판해도 좋아요. 진혁씨가 나를 비판하면 나도 진혁씨를 비판할 수 있어요. 진혁씨의 이런 태도도 지식인 운동가의 한계일 테죠."

"나는 작업 더 하고 배달 끝마치고 잘 테니까 눈 좀 붙여요."

그가 말하는 작업이란 유인물을 등사하는 것이고, 배달이란 그것을 신새벽, 동트기 전에 집집의 대문 안으로 밀어넣는 일이라는 것쯤은 나도 알고 있었다.

진옥이 내 옆에 누웠다. 자꾸 침을 삼키는 것 같은 소리가 나는 게, 어쩌면 비어져나오는 울음을 삼키는 것인지도 몰랐다. 몸을 뒤척일 때마다 나는 이불 소리가 꼭 마른 잎 부딪는 소리처럼 들렸다. 스삭스삭…… 그것은 아주 오랫동안 내 마음에서 스산하게 일렁이는 바람 소리였다.

나는 민들레의 집에 더 머물러서는 안 된다는 것을 알았다. 내가 위로받을 때, 누군가는 상처를 받는다는 것을 알았던 것이다.

나는 민들레의 집을 나와 만영이 집으로 갔다. 만영은 만강과 함께 저녁을 먹고 있었다. 마침 잘됐다 싶었다. 밥상엔 청국장이 올라 있었다. 나는 냅다 숟가락부터 챙겨들었다.

"청국장은 누가 끓인 거야.?"

만강이 얼른 가져다준 밥에 청국장 한 숟가락을 듬뿍 떠서 비비며 물었다.

"당연히 내가 끓였지 누가 끓여요. 누나도…… 알면서 묻는 거죠?"

만강이 자꾸만 제 앞에 있는 반찬을 내 쪽으로 밀어주며 밉지 않게 힐난했다.

"짐작이야 했지만…… 실력이 이 정도인 줄은 정말 몰랐다."

"청국장뿐이겠습니까. 이 김치는 어떤가요?"

김치 맛은 말 그대로 환상적이었다. 나는 아주 오래 굶은 사람처럼 밥을 두 그릇이나 비웠다. 그러고도 또 먹고 싶은 걸 만강이 내온 숭늉으로 아쉬움을 달랬다. 그러고 나니 살 것 같았다. 나는 만영의 산동네 좁은 마당에 서서 긴 한숨을 토해냈다. 만영이 산 아래 동네의 깜박이는 불빛을 바라보며 담배연기를 길게 내뿜었다.

"담배가 맛있냐?"

"천상의 별, 지상의 별."

만영이 하늘과 산 아래를 번갈아 가리키며 씨익 웃었다. 만영의 그런 태도는 노동하는 사람이 지닌 '여유' 임이 분명했다.

"담배 피우는 놈이니, 술 사다주까?"

"많이 힘들었다며?"

또 동문서답이다. 나는 일부러 단호하게 입매에 힘을 줘서 말했다. 안 그러면 속에 남아 있는 울음의 끝이 밀려올라올지도 모르는 일이었다.

"오늘로 다 끝났어. 넌?"

"나도 끝났어. 새로 들어간 데가 소파공장인데, 요새 기술 배우고 있잖아."

"손등에 상처 난 것 같은데, 살살 배워."

"살살 배워서는 밥 못 먹어."

"그래, 밥을 먹어야 살지. 너희 집 밥이 나 살렸어."

나는 만강과 만영을 한꺼번에 안아주고는 발산 산동네를 내려왔다. 산동네를 내려오자 곧바로 지상의 별들이 나를 맞았다. 지상에서 바라보니, 만영이 형제가 천상의 별이 되었다.

제3부

내 짧은 단발머리가 바람에 날렸다

내 짧은 머리카락과 함께 내 눈물도 바람에 날리면서…… 나는 힘차게 달렸다

내 머리카락과 내 눈물과 함께 꽃향기 바람에 날리는 봄밤이 이제 막 열리고 있었다

축하의 밤

대학생임을 숨기고 공장에 들어가기 위해 주민등록증을 위조하고 이력서를 허위기재한 죄로 영금은 결국 감옥에 들어갔다. '혁명적 노동운동'의 길은 그리 쉬운 길이 아니었던 것이다. 영금을 면회하고 집에 가는 버스를 기다리는 엄마 모습이 유독 스산해 보였다. 눈가에는 굵은 주름이 접혔고 눈에 띄게 푸석한 머리카락에는 부옇게 서리가 내리고 있는 중이었다.

"야, 설마 사형은 안 시키겠지?"

"민증 위조했다고 사형시켜?"

"그래, 죽지만 않으면 돼. 글고, 넌 감옥 가지 마라."

"난 대학생도 아닌데 뭘."

"맞아. 그치마는 우리 해금이는 대학생 아니어도 멋있어."

아무 이유 없이, 엄마한테 좋은 말을 듣는 게 뜻밖이었다. 오래된 사진첩 속에서 엄마가 흰저고리에 검정치마 입고 코스모스 가득 핀 가을 언덕에서 찍은 사진을 본 적이 있다. 그 사진에서 엄마는 흑백영화 속에서도 미모가 빛나던 최은희 같았다. 아무래도 내가 멋있다는 엄마의 파격적인 발언에 화답을 해야 할 것 같았다.

"엄마는 최은희 같아."

그랬더니 엄마가 내 뒤통수를 아프게 쳤다.

"말을 할라면 똑바로 해라. 내가 어치케 최은희 같냐? 최은희보다 이쁘지."

엄마가 미모에 대해서 특별히 예민하다는 걸 깜빡한 게 잘못이었다. 나는 얼른 화제를 돌렸다.

"나, 서울 갈래."

엄마는 놀라지도 않고, 돌아보지도 않고 남의 일인 양 무심하게,

"서울 갔다 온 년이 왜 또 서울엘 가냐? 서울 민들레의 집이란 곳에서 또 오라든?"

엄마와는 비밀이 없는 고모가 사실대로 다 말했다는 것을 알았다. 엄마가 내숭을 떨면 나는 능청으로 맞서야 한다. 그 수밖에는 없다.

"서울은 진달래의 집이라네."

"민들레의 집이든, 진달래의 집이든 가고 싶으면 가는 거지,

누가 말리겠냐아. 영금이는 감옥 가고 해금이는 서울 가고 순금이는 시집가고……"

"정금이는?"

"야, 이번에 우리 집에 실연당한 사람이 둘이여. 해금이하고 정금이. 해금이는 보다시피 양양하잖아. 근디, 정금이는 결근계 딱 내놓고 죽어뿐다고 이불 뒤집어쓰고 있으니…… 그 못난 마 해금이 멋있단 소리 안 나오겠냐?"

그제야 엄마가 날보고 멋있다고 한 이유를 알았다. 어쨌든 겉보기에 내가 '양양' 해 보였다면 다행이다. 내가 그렇게 '양양' 해 보이기 위해 얼마나 '몸부림' 치는 줄을 모른다면, 더더욱 다행이다. 날은 흐리고, 바람은 드셌다. 희뜩희뜩, 먼지처럼 눈이 날리기 시작했다. 가을 지나, 겨울이 온 것이다. 지난봄과 여름과 가을의 일들을 잊어버리자고 바다기슭을 걸어보지도 못하고 겨울이 오고 만 것이다.

한참 동안 상념에 빠져 있던 엄마가 불쑥 물었다.

"야, 사랑이 그렇게 좋든?"

엄마의 물음이 사뭇 도발적이다. 엄마가 도발적일수록, 나는 차분히 대응하기로 했다.

"내가 가출해서 만난 사람 중에 시인이 있었어."

"그래, 시인."

"시인이 어느 날 집을 나갔대."

"그래, 집을 나가."

"집에 들어오고 싶지가 않더래."

"사랑 때문에?"

"아니, 그냥. 그렇게 집을 나가서 한 달을 살았다네."

"무념무상이여?"

"응."

"인생이란 것이 한 큐에 설명이 안 되는 것인 줄은 안다만, 나는 당최 니년들 속을 모르겠다. 야, 근디 영금이 갠 감옥서 아조 행복하드라이? 빠다 한 통에 그냥 입이 함지박만큼 벌어지는데…… 아이고 속없어라."

엄마와 나는 비장한데 쇠창살 저쪽에서 영금은 명랑했다. 그것이 자칭 전사, 마영금의 힘이라는 걸 나는 알고 있었다. 언젠가 영자네 집에서 영금의 술친구가 되어주고 있을 때, 만날 새우깡만 시키는 게 안돼 보였는지 영자가 자신들이 먹던 국을 한 그릇 가져다준 적이 있었다. 김칫국에는 영자 아이가 빠뜨린 밥알이 동동 떠다녔다. 영금이는 밥알이 떠 있든 말든 입이 함지박만하게 벌어졌다. 그때, 왜 그렇게 속없이 웃느냐는 내 핀잔에 영금이 폼을 잡고 말한 적이 있다.

"정을 주는데 웃지, 그럼 우냐?"

엄마는 집에 와서 끼니 때마다 반찬도 없이, 영금에게 차입시켜준 '빠다', 그러니까 마가린으로 밥을 비벼 먹었다.

"이렇게 비벼 먹으면 감옥 밥도 먹을 만하겠다 야."

천성적으로 밝은 엄마도 그러나, 그렇게 밥을 비벼 먹고 나서는 남몰래 울었다. 반찬 없이는 먹었지만 밥을 먹은 것조차 미안하고 아파서. 그렇다는 것을 알면서도 나는 엄마한테 화를 냈다.

"엄마가 이런다고 영금이가 알아줘, 교도소장이 알아줘. 감옥에 있는 영금이는 빠다 한 통에도 행복해하잖아. 그러니까, 우리도 잘 먹고 잘 살자고오."

엄마가 내 말을 무시하고 여전히 꺽꺽거리자 영미가 물을 가져왔다.

"해금이는 서울 빨리 가고 영미는 노래 한마디 불러라."

나는 서울 갈 짐을 싸고 영미는 노래를 불렀다. 역시 엄마를 위로해줄 사람은 막내 영미밖에는 아무도 없는 것 같았다. 엄마한테 영미가 있다면 아버지에겐 내가 있었다. 나는 미련없이 두 사람 곁을 떠나 아버지에게 갔다. 아버지는 고모가 쓰는 아랫방 아궁이에 불을 넣고 있었다. 언제나 그랬듯이 나는 아버지 옆에 조용히 앉았다.

"진짜 서울 갈 것이여?"

아버지가 고구마를 아궁이 속에 밀어넣었다.

"아부지, 내 친구 정신이 알죠?"

"그 목청 우렁우렁하고 태산같이 생긴 애기 말여?"

고구마 익는 냄새가 자우룩이 퍼졌다.

"예. 정신이가 취직자리 알아냈다고 오래요."

"고모 밑에 있는 것이 어째 취미에 안 맞나?"

아버지가, 무슨 취직자리냐고 묻지 않은 건, 나를 믿어서이거나, 내 자존심을 상하게 하지 않으려는 아버지 나름의 배려라는 것을 나는 안다.

"옷 만드는 일이 싫어서라기보다는 젊을 때 이것저것 경험해 보는 것도 좋을 것 같아서요."

아버지가 다 익은 고구마를 꺼내 나뭇가지에 꽂아서 내게 내밀었다. 고구마는 달았다. 아버지가 심고 거둔 고구마다.

"너 커피 마실 줄 아냐?"

"그럼요. 나이가 몇인데."

"그래, 그러면 내가 커피 좀 타오마."

부엌으로 가는 아버지 어깨가 구부정했다. 커피는 엄마 등쌀에 담배를 끊은 뒤 새로 개발한 아버지의 기호품인 모양이었다. 아버지와 나는 아궁이 앞에 다정히 앉아 커피를 마셨다.

"맛이 어떠냐?"

"좋아요."

"에콰도르나 페루에서 난 커피가 맛이 좋다더라만, 이것이 거기서 났는가는 모르겠다."

"아부지, 나중에 저랑 에콰도르도 가고 페루도 가요."

"조오치."

아궁이 깊숙이 불을 밀어넣던 아버지가 엄지손가락을 치켜세우며 눈을 찡긋해 보인다. 나는 얼른 아버지의 치켜든 엄지손가락에 내 손가락을 걸었다. 나는 커피와 고구마를 들고 방에서 이불 뒤집어쓰고 있는 정금에게 갔다.

"작은언니, 고구마 먹어."

나는 알뜰하게 껍질까지 까서 정금이 손에 고구마를 들려주었다.

정금이 고구마를 먹으며 입을 씰룩거렸다.

"목 말라?"

나는 부리나케 물을 가지고 와서 정금의 입에 대주었다. 정금은 꼭 환자 같았다.

"고구마 맛있어?"

정금이 목에 차오른 울음 때문에 대답은 못하고 고개만 끄덕였다.

식구들은 모르는 정금의 사랑을 나는 본 적 있다. 환과 함께 충장로를 걷고 있는데 정금이 어떤 남자의 팔짱을 끼고 연인들의 아지트로 유명한 경양식집에서 나오고 있었다. 그런데, 먼저 나온 남자를 뒤따라 나온 정금이 핸드백 속에 지갑을 넣고 있는 게 아닌가. 나는 그때 알았다. 그날 돈을 쓴 사람이 남자가 아니라 내 작은언니임을. 나는 심한 배신감을 느꼈다. 정금은 평소에 식구들에게 짠순이로 불릴 정도로 돈에 관한 한 인색했기 때문이다.

정금이 내게 조금만 인심을 썼더라면, 그 경양식집에서 낸 돈의 절반만이라도 내게 썼더라면, 나는 그날 환과 함께 고픈 배를 부여잡고, 아픈 다리를 낯선 동네 구멍가게 평상에서 달래가며 마냥 걷지만은 않았을지도 모른다. 나라고, 아무리 가난한 연인이라고, 빨간 촛불이 켜진 칸막이 안에서 연인과 함께 '함박스텍'을 자르고 '글라스'를 부딪치는 '무드'를 모르겠는가 말이다.

몰라서 안 하는 게 아니라 알아도 안 한다, 고 우리의 가난을 높은 곳으로 밀어올리기는 했지만, 막상 거리에서 정금이 제 애인에게 돈 쓰고 나오는 장면을 내 눈으로 직접 목격하고 나니 우리의 가난이 새삼스레 서러워졌다.

"나, 그 남자 본 적 있어."

고구마를 먹다 말고 정금이 다시 이불을 뒤집어썼다. 그러고는 신경질적으로 반응했다.

"너 서울 안 가나?"

"언니가 그 남자한테 돈 쓰고 나오는 것도 봤어."

"고만 하고 서울 가라."

결코 언니를 약올리려고 했던 게 아닌데, 둘 다 엇박자가 나고 있음을 의식했을 때는 이미 늦었다.

"언니는 남자한테 쓸 돈은 있어도 동생한테 줄 돈은 없었어?"

"그래, 돈 줄 테니까 가려면 빨리 가버려."

"어쨌든, 남자한테 다시는 돈 쓰지 마."

"너나, 잘해라."

나는 찔끔했다. 그건 사실이었다. 내게 돈이 있었다면 정금이보다 더했으면 더했지 덜하지는 않았을 것이다. 아무리 생각해도, 내가 환에게 아무것도 해주지 못한 것이 아직도 가슴이 아팠다. 따뜻한 밥 한끼 한번 사주지 못한 것이, 그럴듯한 선물 하나 사주지 못한 것이 슬펐다. 똑같은 '실연자'의 입장에서 내가 정금에게 무슨 위로를 하겠다고 나선 것이 잘못이라는 것을 나는 알았다.

순금의 약혼식 사진이 나왔다. 흑백인데도 사진 속 순금이 입은 양단 한복에서는 광택이 묻어났고, 예비 형부 이정석은 포마드 발라 빗어넘긴 머리에 말끔한 양복차림이 영 어색했다. 원래는 이번 겨울에 결혼식을 하려고 했는데, 영금이 감옥에 있는 통에 결혼식을 못 하고 예정에도 없던 약혼식을 치른 것이다. 순금의 약혼자인 '가난한 화가' 이정석과 순금은 은으로 된 묵주반지를 예물로 교환했다. 그것이 엄마에게 불만인가보았다.

"내가 다이야를 원했던 것은 아니여. 근디, 금도 아니고 은이여? 이것은 말이 안 되는 약혼식이여."

"약혼식이라는 것이 말이 되는 것이 있고 안 되는 것이 있는 줄은 자네 말 듣고 첨 알겠네."

"영금이 그년이 웬수여. 그년만 감옥에 처백혀 있지 않아도 다이아는 못 해도 금반지 정도는……"

"그려, 영금이년이 웬수구만. 갸 때문에 생각지도 않은 은반
지 값이 들어가서 말이여."

"……"

엄마가 대답을 못 하는 것으로 결국 두 사람의 이번 입씨름에
서는 아버지가 승리한 셈이다.

이정석이 저녁을 사겠다고 해서 정금과 함께 시내에 나갔다.
순금은 우아한 성장 차림이다. 잔뜩 올라간 어깨뽕이 부담스
럽다.

"처제들, 이제부터 잘 들어줘. 우린 이제 한식구야."

"근데요?"

내가 되바라지게 물었다.

"식구가 됐다는 게 무슨 뜻인지 알지?"

"모르겠는데요."

"우린 이제 한솥밥을 먹는 사이가 됐단 말이지."

"본론을 말하셔요."

"한솥밥을 먹는 처지에 옆사람의 애로사항을 모른 척할 순 없
다, 이 말이야."

"처제들의 실연 문제도 해결해주실 수 있나요?"

"바로 그 말이야. 좀 있으면 내 후배가 올 거야. 사람한테 받
은 상처는 사람이 해결해줘야지."

230

"형부 말 잘 들어. 형부 말고 누가 너희들을 생각해주겠니."

평소 수줍음 많던 순금이 의기양양한 표정으로 거들자 이정석 어깨가 쑥 올라갔다.

그때 문 쪽에서 긴 장발을 휘날리며 한 남자가 우리 자리로 다가왔다. 정금의 눈이 반짝하는 것을 나는 보았다. 이제 정금은 새로운 사랑으로 옛사랑이 준 상처를 잊어갈 것이다. 내게는 아무런 느낌도 오지 않는 남자를 보자마자 눈을 반짝이는 정금을 보고 알았다. 다만 나는, 정금이 저 수상쩍게 생긴 장발 때문에 제 돈 쓰는 연애를 한 뒤 울 일이 없기를 바랄 뿐이다. 그런 일은 '홍도'라는 아가씨 하나로도 충분하니까.

그러면서도 또 한편으론 나한테도 다른 누구도 아닌 '환'을 위해 쓸 수 있는 돈이 있었으면 얼마나 좋았겠느냐는 '쓸쓸한' 생각을 남몰래 해보는 것이다. 누구는 돈을 써서 울고 누구는 돈을 못 써서 울다니, 세상은 참 불공평하다는 생각도 함께 하면서. 그러고는 에콰도르 산도 아니고 페루 산도 아닌 것이 분명한 맛 없는 커피만 홀짝였다. 어느새 쌍을 이룬 정금이 커플과 순금이 커플을 소 닭 보듯 구경하면서.

학교식당 옥상에서 '광주학살 책임자 처단' 유인물을 뿌리고 난 승규는 난간을 잡고 풀쩍 몸을 날렸다. 일 저지르고 몸 숨기는 일에는 이제 웬만큼 이력이 났다. 학교에 상주하는 경찰들이 옥상으로 뛰어올라가는 동안 승규는 옥상에서 아래층 테라스로 뛰어내려 유인물이 흩날리는 것을 신호로 스크럼을 짠 시위 인파에 파묻혀 유유히 사라졌다. 오늘은 난곡에 있는 정신이 자취방에서 해금이의 상경을 축하하는 모임을 갖기로 한 날이다. 정신이는 자신이 다니다 해고된 공장에 해금이를 취직시킬 거라고 했다.

"해금이는 순진해."

"영금 언니 동생 마해금을 무시하지 마라."

둘은 만나면 늘 다퉜다. 그러느라 애먼 담배만 축나고 술만 동났다. 둘이 만나고 헤어져 돌아올 때면 늘, 온몸이 만신창이가 되어 있었다. 그래도 또 둘은 열심히 만나 열심히 다투고 열심히 피우고 열심히 마셨다. '꽃병'과 '짱돌'을 던지며 '가투'를 벌이다가 온몸이 최루탄에 절어 밤늦게 정신이 자취방에 들어서면, 정신이 저의 노동자 동료들과 토론을 하거나 공부를 하고 있었다. 거기서 라면 국물에 소주를 얻어마시고 난곡에서 가까운 봉천동 자신의 자취방으로 돌아가는 길은 왠지 모르게 쓸쓸하면서도 정체를 알 수 없는 정신적 충일감이 차오르기도 했다.

어느 비 오는 날, 귀가하는 길에 정신이의 자취방에 들렀는데 정신이 없었다. 이상하게 그냥 돌아가기가 영 허전해서 낙숫물 떨어지는 처마 아래서 정신이를 기다렸다. 아래서 누가 올라오면 정신이인 것만 같아서 가슴이 두근거렸다. 그러다가 정신이가 아닌 것이 확인되면 가슴이 쿵 내려앉기를 몇 차례, 막상 정신이 여느 날과 다름없이 제 노동자 동료들과 함께 올라오는 모습을 보고 승규는 어둠 속으로 숨어버렸다.

어두운 골목의 담벼락에 몸을 숨기고 승규는 보안등 아래 보이는 정신이를 바라보았다. 질끈 묶은 생머리, 허름한 점퍼, 청바지 차림의 정신이는 영락없이 평범한 여공의 모습이었다. 그러나 굳이 눈여겨보지 않더라도, 그 평범함 속에 깃들어 있는 비범함, 혹은 명민함을 누구라도 대번에 알아챌 수 있을 만큼, 정신이의 눈빛은 맑고 그 얼굴에서 풍기는 기운이 남달랐다. 그것은 그러니까 정신이 제 이름처럼, 매우 '정신적인 얼굴'이었다.

언젠가, 가톨릭계 운동단체에 몸담고 있는 사람이 준 가톨릭 노동운동가이자 영성운동가인 도로시 데이 전기를 보다가 승규는 깜짝 놀랐다. 젊은 시절의 도로시 데이의 얼굴에 정신이의 얼굴이 겹쳐 보였던 것이다. 그것은 그러니까, 세상의 어떤 사나움도, 사악함도 그 앞에서는 무력해지는 '건강함'과 '정당함'이 배어 있는 아름다운 얼굴이었다. 그리고 이즈음에는 그 얼굴에서 어떤 온화한 '모성'의 기운이 흐르고 있기도 했다. 아름다운 그녀의 어머니가 가진 아름다움 너머의 아름다움이 정신이에게 있었다.

승규는 정신이를 만나면 가슴이 요동쳤다가 정신이와 '운동 노선'의 견해 차이를 확인하고 나서는 참담해졌다. 정신이는 노동자가 주인 대접 받고 노동하는 사람들이 정당한 대가를 받는

'노동자해방' 세상이 민주주의를 실현하기 위한 전제조건이 된다고 했고 자신은 분단과 외세의 간섭으로부터 벗어나야 진정한 민주주의의 기초를 이룰 수 있다는 입장이었다.

그녀 때문에 가슴이 요동친 만큼, 생각의 차이가 주는 절망감에 승규는 몸을 떨었다. 그래도 정신이 한번 웃어줄 때마다, 그 모든 절망감이 봄눈 녹듯 사라지는 느낌에 행복해졌다. 정신이는 제 동료들과 늦은 저녁을 해먹고 또 모여앉아『노동의 역사』를 읽고 토론할 것이다. 노동자들과의 학습이 끝나고 혼자 남게 되면 정신이는 노동조합 결성을 위한 '노동조합법' 공부에 날밤을 새울 것이다.

정신이의 산동네 단칸방 앞에 다다랐을 때, 귀에 익은 웃음소리가 방문 너머로 새어나왔다. 승규가 문을 활짝 열자 해금이, 승희가 승춘의 사진을 들여다보며 즐거워하고 있었다. 만영이 승춘을 면회 갈 때마다 찍어서 승희에게 건네준 사진들이다. 만영이 오직 승춘을 찍기 위해 돈을 모아 카메라를 샀다는 걸 승규는 태용이에게 들어 알고 있었다.

"야, 승규 너 오늘 복 터졌다! 혼자서 세 미인을 한꺼번에 만나다니!"

사회생활을 하는 탓인지 승희의 태도는 왠지 모르게 노련했다. 시골의 고모나 큰누님들이 어린 남자조카나 동생 어르는 투가 느껴졌다.

"그러게 말이다. 속 좁은 진만이 알면 제 명대로 못 살겠다."

"진만이같이 넓은 속이 어딨다고 좁다 그래? 그러는 승규 니
속이 좁다."

승희의 강력한 항의에 모두 얼떨떨하다. 그리고 승희의 그 항
의가 어떤 성질의 것인지를 다들 곧바로 짐작했다. 수선화회 멤
버들 중 누구보다 진만과 승희 사이에 애정을 뛰어넘은 어떤 우
정이 꽃피었다는 것을.

그날 밤, 네 친구는 라면에 김치를 듬뿍 풀어 끓인 라면김칫
국을 가운데 두고 밤늦도록 소주를 마셨다. 정신이 인권과 인격
이 다반사로 무시되고 생존권을 위협받는 노동자의 현실을 얘기
하며 정치권력과 자본이 결탁된 현실에서 민중이 투쟁해야 한다
고 말하면 승규가 그 뒤를 이어 그 모든 현실의 모순을 타파하
기 위해서라도 기필코 분단상황을 타개해야 한다고 말했다. 그
러기 위해서는 부도덕한 군사독재 정권을 몰아내고 외세의 간섭
으로부터 자유로울 수 있는 도덕적 정권을 국민의 힘으로 탄생
시켜야 한다고.

"짜증나."

승희가 소주를 톡 털어넣으며 내뱉듯이 말했다.

"왜 짜증나는데?"

정신이 건조하게 물었다.

"니들이 대학생이라고 지금 나하고 해금이 앞에서 유세하잖

아.”

“나, 노동자야. 너도 노동자고.”

정신이 사심 없이 침착하다는 걸 승희도 알고 있다. 승희는 정신이 엄마가 부리는 사심 없는 겉멋을 좋아했다. 곧 죽어도 기죽는 것은 싫어서 배는 고파도 화려한 옷으로 치장하기를 마다 않고 발바닥에 종기가 났어도 하이힐은 신어야 하는 것이다.

“참 살다살다 별소리 다 듣는다. 공장 다니는 공돌이, 공순이들이 노동자지, 내가 왜 노동자냐?”

“너를 고용한 사람이 자본가라면 자본가에 고용된 넌 노동자지.”

“노동자 아니라니까. 야, 그리고 노동자 좋아하지 마라. 너희 같이 잘난 대학생들이 노동자 좋아하지 진짜 노동자들은 노동자 소리 듣기 싫어하거든.”

“그게 바로 노동하는 사람들의 한계고 슬픔이야.”

정신이는 그 동안 주량이 늘었는지 취하지도 않는다. 정신이 말짱한 것도 승희를 질리게 했는지 모른다. 승희가 발딱 일어서며,

“잘 처먹고들 살아서인지 똑같이 퍼마셔도 대학생들은 취하지도 않아. 재수 없게.”

승규가 정신이를 손가락으로 찌르듯이 가리키며,

“야, 정신이 너 안 취했지?”

"아닌게 아니라 더럽게 취하지도 않네."

"안 취했으면 승희한테 사과해라."

사뭇 명령조다.

내내 조용하던 해금이 불쑥 끼어들었다.

"야, 승규 니가 뭔데 정신이한테 사과해라 마라 하냐?"

승규 얼굴이 붉어졌다. 여세를 몰아 해금이 야무지게 쐐기를 박았다.

"넌 그냥 우리 친구야. 사과받을 일 있으면 당사자가 말하고 당사자가 해야지, 왜 니가 하라는 건데? 니가 무슨 정신이 친오빠냐? 친오빠래도 그러면 안 돼지이."

승희와 정신이 동시에 고개를 끄덕였다. 밤도 꽤 늦은 것 같아 승규를 일부러 내쫓듯이 보내놓고 셋이 나란히 누웠다. 어둠 속에서 승희가 킥킥 웃었다.

"아까 승규 없었으면 우리 계속 싸울 뻔했다."

"그러게 말야."

정신이 맞장구쳤다.

"야, 근데, 생각해보니 똑똑한 대학생 말이 맞는 것은 같은데, 영 기분이 나쁜단 말야."

"노동자 소리가 그렇게 싫어?"

"노동자 소리 들으면 막 삶이 진짜 노동자로 추락하는 것 같아서 말야."

"그럼 뭐라고 불러주랴?"

"미스 김."

"아, 이럴 때 난 울어야 하냐, 웃어야 하냐."

두 사람이 언제 말다툼을 했더냐, 하고 어둠 속에서 도란도란 킥킥거릴 때, 골목으로 난 창문 아래서 누군가, 토악질하는 소리가 들렸다. 토악질 소리는 이내 멈추고 곧이어 노랫소리가 들려왔다.

"가슴이 빠개지도록 사무치는 강산이여. 머리끝에서 발끝까지 거부한다던 복종을 달게 받지 않겠다던……"

노랫소리는 산동네 골목 위로 멀어져갔다. 이상하게 취객의 그 노랫소리가 해금의 가슴을 쳤다.

"노래가 슬프다."

정신이 나직하게 취객의 노래를 이어서 불렀다.

"굳게 서 있으라 의연한 산하. 쉬지 말고 흘러라 의연한 강물. 아 가슴이 빠개지도록 사무치는 동지의 모습. 머리끝에서 발끝까지 거부한다던 복종을 달게 받지 않겠다던 동지의 약속. 생명의 약속 투쟁의 약속 내 어찌 잊으리……"

그렇게 마해금 상경 축하의 밤은 깊어갔다.

짧은 재회

서울에 오면, 일자리를 찾기만 하면, 무슨 일이건 내가 할 수
있는 일이 기다리고 있을 것 같았다. 그러나, 나는 알았다. 고등
학교를 졸업한 스무 살짜리 여자애가 할 수 있는 일이 그리 많지
않다는 것을. 승희처럼 고속버스 안내원이 되거나, 백화점 점원
이 되거나, 타자를 배워 사무실 타이피스트가 되는 것 정도가 그
나마 상상 가능한 직업들인데, 그 몇 가지를 빼고는 굳이 고등학
교까지 나오지 않아도 되는 공장들이 기다리고 있을 뿐이었다.

아니나 다를까. 내가 미싱을 탄 경험이 이미 있기 때문에 봉
제공장에 가는 것이 좋겠다는 정신의 조언에 따라 이력서를 낸
구로공단 와이셔츠 공장의 노무관리자가 고등학교를 나온 것이
좀 걸린다는 눈빛으로 나를 위아래로 훑어보는 것이었다.

"고등학교까지 나와서 굳이 공장에 취직하려는 이유가 뭐

야?"

초면인데도 반말을 하는 것에 아주 익숙한 말투였다.

"딱히 어디 취직할 데가 마땅치 않아서요."

남자가 내 이력서를 경리 아가씨한테 아무렇게나 넘기며,

"왜 없어. 월수 얼마짜리 영업집들 많잖아."

"영업집이요?"

구체적이지는 않지만, 뭔가 모멸감이 느껴져서 반문했다.

"왜, 기분 나쁜가?"

"기분 나쁘지요. 초면인데 교양 없이 반말을 하시니까."

나는 엄마가 애용하는 '교양 없이'라는 말에 힘을 주었다. 그럴 때면, 남들은 어찌 생각할지 몰라도 내가 나름대로 도도한 우리 엄마 딸임을 상기할 수 있어서 좋았다. 엄마가 상기되는 순간, 약해지려던 마음을 다잡을 수 있는 것이다. 남자가 깜짝 놀라는 시늉을 하며,

"아이고, 미안해요. 공장 밥만 먹다보니 언제 교양 쌓을 시간이 없어서리…… 하하하."

남자의 웃음소리는 혐오스러웠다. 정신은 말했다. 상대보다 힘이 세다고, 더 많이 배웠다고, 더 많이 가졌다고, 더 우월하다고 믿는 자들이 부리는 오만과 횡포와 모욕과 폭력과 무례함에 맞서기 위해서라도 우선은 그 오만과 횡포와 모욕과 폭력과 무례함을 견뎌내야 한다고. 모든 오만한 자들이, 모든 무뢰배들이

스스로 부끄러워할 때까지, 견디고 견뎌서, 그 견디는 힘으로 우리가 아름다워지자고. 왜냐하면 모든 추함은 모든 아름다움 앞에서 결국 무릎을 꿇게 되어 있기 때문에. 동물에서 출발한 인간이 아름다울 수 있는 것은 인간이기에, 동물적 본능의 시간에서 조금이라도 인간의 시간을 살기 위해 몸부림치기 때문이라고, 동물의 시간에서 인간의 시간으로 나아가기 위한 지난한 몸부림의 과정이야말로 진보의 역사라고, 정신은 힘주어 말했었다. 오늘, 저 무뢰배의 오만이 횡행할 수 있는 이 야만의 구조, 이 동물적 상황을 나는 견뎌야 한다. 저항하기 위해 견딜 것. 아름다워지기 위해 지금은 견딜 것.

의상실에서의 전력 덕분에 나는 '시다'를 거치지 않고 곧바로 미싱라인에 배치되었다. 와이셔츠 등판의 셔링을 잡는 공정이었다. 무슨 죄수들처럼 푸른 작업복을 입은 여공들이 거의 신들린 듯 미싱을 밟아댔다. 드르륵거리는 미싱 돌아가는 소리와 라디오 소리가 섞여 귀가 먹먹했다. 등판라인에 딸린 시다 판님이가 내게 유난히 툴툴댄다.

"암만 신참이라두 뭔 '나오시'를 이리 낸듀? 재미없게시리."

판님이는 충청도 광천 출신, 열여섯 살 소녀다. 야간에는 '산업체특별학교'에 다니고 있다. 신참 미싱사가 고참 시다한테 타박을 듣는 게 재밌는지 여기저기서 킥킥거리는 소리가 들린다. 왠지 모르게 눈물이 핑 돌려고 한다.

“미안해요.”

“미안하단 말 안 해도 되니께, 일이나 똑바루 혀란 말유.”

한나절 동안 내가 작업해놓은 등판들이 하나같이 ‘땀조시’가 안 맞아 ‘나오시’, 말하자면 불량이 났단다. 내 공정에서 불량이 나니, 등판과 앞판을 붙이는 공정에서 왜 일감이 안 오느냐고 난리가 났다. 내 이마에서는 식은땀이 솟고 손이 덜덜 떨린다.

점심시간이다. 공장 뒤편 가건물에 소녀, 아가씨, 아줌마들이 오들오들 떨며 줄을 서 있다. 저렇게 줄을 서지 않기 위해 일단의 여공들이 그렇게들 식당으로 내달렸던 것일까. 판님이는 어느새 밥을 다 먹고 매점에서 초코파이를 사고 있다. 금방 밥을 먹고 났는데 왜 초코파이를 사는 것일까. 한창 먹성 좋은 때라서 그런가.

“야, 판님아, 단것 좀 작작 처먹어라.”

내 앞에 있던 아줌마 여공이 소리친다.

“사는 게 하도 외롭고 괴로워서 그러지유. 단거라도 안 먹으믄 서글프니께.”

“하기사 외롭고 괴롭기도 하겄다. ”

사는 게 외롭고 괴롭고도 서글퍼서 밥을 먹고도 단 초코파이를 먹는 판님이와 판님이 또래들이 과자와 음료수봉지를 안고 양지 쪽으로 몰려간다. 공장 안에서 볼 때는 몰랐는데, 그 얼굴들이 수척하다. 왠지 모르게 가슴이 찡해온다. 오후에는 좀더 분발해서 외로운 것은 어떻게 못 해줘도 일 때문에 괴롭히지는 말아야지. 각오를 새기며 찰기라곤 없는 밥과 붉은 기름이 둥둥 떠 있는 육개장 비슷한 국, 고춧가루와 소금으로만 무친 듯한 김치와 딱딱한 닭튀김 조각이 놓인 식판에 고개를 숙인다. 또 눈물이 비어져나오려고 한다. 코를 처박고 기름을 피해가며 국물을 떠먹는데, 누군가 내 등을 툭 친다.

"아까는 미안했어유. 일을 열심히 하잔 뜻으로다가 내가 좀 과하게 굴었든 것이니께 이해하세유."

판님이 불쑥 초코파이를 내민다. 비어져나오려던 눈물이 쑥 들어간다.

화장실에서 3번 미싱으로 불리는 경자가 작은 목소리로 재빨리 묻는다.

"어느 학교야?"

나는 뭘 묻는지 몰라 멍해진다. 내가 머뭇거리는 사이, 다른 여공들이 들어왔다. 경자는 애매한 웃음만 날리며 화장실을 나가버렸다. 경자는 다른 이들과는 좀 다른 면모가 있었다. 몸피가 커 날렵하게 움직이지를 못해 점심시간이면 늘 꼴찌를 하는 나나이찌(단추달이) 아줌마를 위해 두 번 밥을 탔다. 그래야 아줌마가 좋아하는 닭튀김을 확보할 수 있기에 그렇다는 것을 알아채는 사람은 없는 것 같았다. 나는 티나지 않게 선행을 하는 경자가 좋았다. 판님이 내게 그랬듯, 그리고 다른 여공들이 누군가한테 잘해주고 싶은 마음을 표현할 때 그러는 것처럼 매점에서 초코파이를 몇 개 사서 경자에게 건넸다. 말하자면, 나는 시다판님이가 그렇듯, 외로웠던 것이다.

주말 오후, 경자가 나를 제 자취방에 초대했다.

"아무한테도 말하지 말고 혼자만 와."

저녁 초대하는 것이 큰 비밀이나 되는 것처럼 경자가 얼굴을 붉히며 귓속말을 했다. 나는 정말 아무도 몰래, 기숙사를 빠져나왔다. 경자의 자취방은 미로와 같은 골목에 다닥다닥 붙어 있는, 속칭 벌집촌에 있었다. 부엌문이 대문이자 현관문이다. 부엌 하나에 방 하나가 딸린 집들이 끝없이 이어져 있어서 한 집에서 불이 나면 온 동네가 순식간에 타버릴 것 같은 구조다. 출입구 앞에 누군가 연탄재를 수북이 쌓아놨다. 고의적으로 그런 게 분명하다.

"앞집 여잘 거야."

경자가 눈 하나 깜짝 않고 다시 연탄재를 앞집 출입구 앞에다 가져다놓는다. 앞집 여자가 득달같이 달려나와 연탄재를 경자에게 던지며 으르렁거린다.

"내가 한 짓이란 증거 있냐?"

"두 번이나 나한테 걸렸잖아."

"두 번 그랬다고 나한테 뒤집어씌워? 콱 신고해버릴 테다."

"신고해라."

"미친년."

막상 경자가 대차게 나가니 여자가 슬그머니 꽁무니를 뺀다. 초반부터 얼떨떨하다. 이런 일쯤은 다반사라는 듯 경자가 킬킬 웃는다.

"본능만이 살아서 꿈틀대는 동네지. 내가 젊다고 경계를 하는 거야. 제 남편 잡아먹을까봐."

본능만이 살아…… 정신이 했던 말이 생각난다. 동물의 시간에서 인간의 시간으로 조금이라도 나아가기 위한 몸부림이라는 말. 진보라는 말. 그렇다면 본능만이 살아 있는 이 동네는 어떤 동네인가. 동물, 짐승, 야만의 시간이 지배하는 동네란 말인가.

"야만 같애."

나는 불쑥 말했다.

"그래도 이런 야만은 순수하지."

"순수하지 않은 야만은 뭔데?"

경자가 연탄불에 밥을 안치다 말고 나를 지그시 건너다본 뒤,

"너, 대학생 맞지?"

날카롭게 묻는다. 픽, 웃음이 나왔다. 제 기습적인 질문이 주효했다고 여겼는지 경자가 여세를 몰아,

"넌 우스울지 몰라도 나는 진지해."

그제야, 내가 웃을 일이 아님을 알았다. 경자는 내가 해명할

틈을 주지 않았다.

"니가 대학생이 아니라면, 야만이라는 말을 쓸 수가 없어. 아니, 니가 작업장에 딱 들어서는 순간부터 나는 알아봤지. 니가 결코 순수한 애가 아니란 걸 말야."

경자가 도대체 무슨 말을 하려는지 몰라 나는 더럭 겁이 나기 시작했다. 영금을 신고한 여공처럼 경자는 나를 신고할지도 모른다. 영자 집에서 술을 마시던 어느 밤에 영금이 말한 적이 있다.

"사실이 왜곡되는 세상은 진실도 조작할 수 있어. 없는 사실을 만들어낼 수 있는 세상은 거짓을 진실로 둔갑시킬 수도 있지."

엄마가 염려하는바, 나까지 감옥 갈 일이 생길지 누가 알겠는가.

나는 떨리는 목소리로 물었다.

"순수하지 않다니, 그게 무슨 뜻이야?"

"중요한 건, 내가 기다리던 애가 바로 너라는 거지."

나는 화들짝 놀랐다.

"니가 왜 날 기다려?"

경자가 내 손을 덥석 잡았다.

"우리 같이 힘을 합쳐보자."

"왜?"

"전태일이 이루지 못한 꿈을 우리가 이루자."

나는 이제 온몸이 와들와들 떨려왔다. 나는 겨우 한마디 묻지 않을 수 없었다.

"너, 너는 대학생이니?"

"아니. 그래서 대학생을 기다렸지. 전태일이 대학생 친구 한 명 갖기를 소원했던 것처럼."

"나, 난 대학생 아니야. 그치만 내 친구 중에는 대학생 있어. 내 친구가 그랬어. 야만의 시간을 인간의 시간으로 바꾸기 위해 몸부림치는 것이 진보의 역사라고. 넌, 아마 그런 말을 할 줄 아는 대학생 친구를 원하는 것 같아."

"그런 말을 할 줄 아는 친구가 아니라, 그런 세상을 함께 이루기 위해 내게 힘을 줄 대학생 친구야."

"그앤 너한테 힘을 줄 수 있을 거야. 그치만 난 아냐. 난 대학생이 아니니까."

"그게 무슨 상관이야. 너도 나랑 함께 할 수 있어."

찬바람이 창문을 거세게 훑고 지나갔다.

"그치만 난 너를 몰라."

경자가 김치도 없이 간장과 고추장이 달랑 놓인 밥상을 차려 내왔지만 나는 밥 먹기를 사양하고 밖으로 나왔다. 그리고 공장 기숙사를 향해 뛰기 시작했다. 뺨이 꽁꽁 얼어서 감각이 없어질 때쯤 가까스로 기숙사 문 앞에 도착했다.

조용히 들어가려는 나를 사감이 불러세웠다.

"야, 왜 그렇게 얼었어?

"추워서……"

"……나이트에서 경자 봤니?"

"아니요."

"이상하다. 나랑 나이트 가자 해놓고 저 혼자 어딜 내뺐지?"

"집에 갔나봐요."

"집에?"

"아마도."

"나쁜 년."

나는 후다닥 방으로 들어왔다.

토요일 오후의 공장 기숙사는 텅 비었다. 텅 빈 공간에 혼자 앉아 있으려니 이상하게 단것이 먹고 싶어졌다. 매점도 문을 닫아 공장 앞 가게로 가서 사탕 한 봉지를 사서 기숙사 방으로 들어왔다. 일없이 사탕을 까먹고 앉아 있으려니, 또 불시에 환이 생각나 가슴이 저려오기 시작했다. 이불을 뒤집어쓰고 울었다. 이럴 때 그가, 시인이 있다면 얼마나 좋을까, 싶었다. 환 때문에 나오는 눈물을 다른 누구도 아닌 시인이 닦아주길 나는 간절히 바랐다. 그런데 나는 어쩌자고 환도, 시인도 떠나 낯선 공장 기숙사 방에서 혼자 울고 있는가. 환이를 그리며 시인 앞에서 울 때, 나는 가장 큰 위로를 받았다. 나는 그것이 좋았다.

그러나, 모든 좋은 것은 오래 지속되지 않는다. 우리의 사랑이, 우리의 행복이, 우리의 청춘이, 우리의 인생이, 우리 인생의 모든 환한 것들이 영원히 지속된다면, 이 세상에 슬픔이 있을 수 있겠는가. 그 어떤 것도 지속될 수 없으므로, 슬픔은 생겨나는 것이다. 우리 집, 탱자나무 울타릿집이 그립고 그리고 민들레의 집이 그리워 나는 주말이면 놀러 오라는 정신의 말도 잊은 채, 설움의 바다에 푹 빠져 공장에서의 첫 주말을 보냈다. 가고 싶지만 지금은 갈 수 없는 내 그리운 집들을 그리며.

내린 눈이 녹아 질척이던 어느 날, 식당에서 밥을 먹고 있는데 생산주임이 득달같이 달려들어오더니 탁자를 들어엎었다. 밥을 먹던 여공들이 비명을 질렀다. 식판의 음식들이 사방으로 튀어 여공들의 얼굴과 옷에 달라붙었다.

"야 이 쌍년들아."

생산주임이 노골적으로 욕설을 퍼부으며 아직 엎지 않은 탁자 위로 신발을 신은 채 뛰어올라갔다. 밥을 입에 넣었던 사람들은 소리 안 나게 꿀꺽 마른 밥을 삼켰다.

"이 판국에 밥이 목구멍으로 넘어가는 년이 누구야!"

밥을 삼키던 이들이 찔끔했다. 사실은 나도 찔끔했다. 주임이 쾅, 하고 탁자 위에서 발을 굴렀다.

"누가 이런 싸가지 없는 종이짝 돌렸어, 좋은 말 할 때 자수해라."

순간, 식당 밖에서 구호 외치는 소리와 함께 함성이 일었다.

"어용 노조 퇴진하라!"

"작업 환경 개선하라!"

"잔업 철야 수당 지급하라!"

무리는 점점 불어났다. 급속도로 불어난 무리는 식당 앞을 한 바퀴 돌아 공장 운동장으로 나아갔다. 함성은 공장 담을 넘어 이웃 공장으로 전해졌고 이웃 공장들에서도 화답의 함성이 울려왔다. 생산주임과 노무과장과 일단의 남성 노동자들이 손에 각목을 들고 운동장으로 뛰어들어왔다. 순식간에 운동장은 아수라장이 되었다. 각목 조각이 하늘을 날고 여성 노동자들이 퍽퍽 쓰러졌다.

경찰이 출동했고 맨 앞에 서서 구호를 외치던 경자가, 제2생산 라인 3번 미싱사, 김경자가 끌려가는 것을 나는 보았다. 비명을 지르고 싶었으나 이상하게 목이 잠겨 꺽꺽, 소리만 났다. 같은 라인의 2번 시다, 판님이가 경자 머리채를 잡은 경찰을 제지하다 경찰의 발길질에 채어 나가떨어졌다. 판님이가 엉엉 울었다.

"야 이 나쁜 놈들아, 우리 언니 잡아가지 마아, 야 이 나쁜 놈들아, 우리 언니 잡아가지 마아……"

그때, 판님이 울음소리가 문득 수경이 울음소리로 들렸다.

"야 이 나쁜 놈들아, 우리 경애 살려내라아, 야 이 나쁜 놈들아, 우리 경애 살려내라아……"

피 흘리는 경애를 안고 목놓아 외쳤다는 수경이. 그러니까, 사람이 사람을 부르는 소리. 그러니까, 그것은 인간임을 외치는 소리. 그러니까 그것은 너의 슬픔에 내 슬픔이 공명하는 소리. 그리고 수경은 목이 터져라 외치다가, 화답 없는 세상에 절망하여 저세상으로 떠났다. 지금, 2번 시다 판님이가 3번 미싱사 경자를 잡아가지 말라 외치는 것은 수경이 경애를 살려내라고 외치는 것이 아니고 무엇이랴.

나는, 이제라도 화답해야 한다. 내가 인간이고자 한다면. 그리하여 내가 우리의 시간을 조금이라도 인간의 시간 쪽으로 돌려놓고자 한다면. 나는 운동장 한가운데로 달려나갔다. 여공들의 비명이 아스라해졌다.

"만영이 알려줘서 알았다."

유치장에서 나와 정신이 자취방에 누워 있는데, 거짓말처럼 시인이 나타났다. 뚜벅뚜벅, 발소리가 어쩐지 귀에 익다 싶었는데, 시인이었다. 이상하게 아플 때, 그를 보면 나는 한없이 어려진다. 환이 때문에 생긴 증상이 이제 고질이 될 조짐이다. 나는 꼭 어린애가 제 부모한테 바깥에서 당한 설움을 이르듯이 말했다.

"경찰들이이, 무조건 우리만 패는 거예요 글쎄에. 우리같이이 힘없는 사람들이이 뭐가 무섭다고오 그렇게 때리는지이 정말 알 수가 없더라니까요."

부엌에선 정신이 끓이는 된장국 냄새가 구수하다. 또각또각 똑똑똑, 도마 소리도 정답다.

"그걸 질문이라고 하냐? 그거야 힘없으니까 그렇지. 힘센 사람을 때리겠어?"

시인이 화난 듯이 내질렀다. 마음이 움츠러든다. 눈물이 핑 돈다. 바로 그때 시인이 이불깃 밖으로 나와 있는 내 손을 이불 속으로 넣어주려다가 문득 힘을 줘서 잡는다. 나는 눈을 감아버렸다. 고여 있던 눈물이 감은 눈꼬리 밑으로 주르륵 떨어져 귓속으로 스며든다. 귓속이 먹먹해진다.

"바보같이 울긴 왜 우냐."

시인이 손등으로 내 눈물을 닦아준다.

"얼음이 녹으니깐 그렇죠."

"지금이 한창 얼음 얼 땐데, 무슨 소리야?"

"내 마음의 얼음이 녹으니깐."

"이제 보니 해금이 시인이구나."

시인이, 김진혁이 해맑게 웃었다. 그 순간, 내 가슴이 미세하게 요동치는 것을 나는 느꼈다.

"형, 식사하세요."

정신이 밥상을 들여왔다. 정신이의 형이라는 호칭이 너무나 자연스럽다. 그리고 내게는 낯설다. 나는 속으로 형, 이라고 발음해본다. 그러고 나서 시인을 본다. 그러고 보니 나는 지금까지

한 번도 시인을, 아니 김진혁을 정식으로, 혹은 제대로 불러본 적이 없다. 나는 그것이 순간적으로 슬펐다. 어떤 소외감 비슷한 감정이 슬며시 일어났다 사라졌다.

"형, 며칠은 여기서 지낼 수 있지만 여기도 그리 안전하진 않아요. 오빠라고 해놓긴 했지만 집주인 눈치가 이상해요."

김진혁은 말없이 밥을 먹었다.

"해금이도 같이 먹자."

김진혁이 숟가락을 내 손에 쥐여주었다. 밥을 먹는데 또 눈물이 나오려 하는 걸 꾹 참느라 목이 메었다.

"눈물 때문에 귀찮아 죽겠네."

나는 짐짓 짜증을 부리듯, 어리광을 부렸다.

"해금이 마음속 얼음 다 녹기 전에 헤엄치는 법 좀 배워둬야겠다."

"왜요?"

정신이 눈을 동그랗게 뜨고 물었다.

"그래야 안 빠져 죽을 거니까."

"형도 참, 싱겁기는. 하긴 농담도 가끔은 필요하지. 담배보단 나아."

그러면서 정신이는 은하수담배에 불을 붙였다. 똑똑 노크 소리가 났다. 승규였다.

"여어, 마동지, 몸은 좀 어떠시오?"

승규 손에는 신문지에 싼 돼지고기가 들려 있다. 우리는 밥을 먹어서 안 먹는다니까 혼자 부엌 바닥에 웅크리고 앉아 털이 듬성듬성 박힌 고기를 숭덩숭덩 썰더니 연탄불 위에 석쇠를 얹어놓고 혼자서 구워 먹는다.

"마동지, 조국해방전선의 가시밭길에 나서려면 우선 몸부터 추스르고 난 다음이라야 하오."

혼자서 마동지, 어쩌고 구시렁거리며 고기를 구워먹는 폼이 영락없이 제 고향 구례 지리산 촌놈이다. 뭐가 그리 재밌는지 정신이 배꼽을 잡고 깔깔거린다.

"쟨 지금 저기가 피아골 비밀 아지트 같은가봐. 지가 무슨 조국해방전사, 빨치산이라고."

정신이 깔깔거리며 방 한가운데 포장을 쳤다. 언제나 웃을 건 웃으면서도 할 건 하는 정신이 나와는 다름을 확인하는 순간이었다. 수배중인 김진혁을 내보낼 수는 없고 승규까지 와서 남자방, 여자방을 그렇게 인위적으로 만들어야 했던 것이다. 포장 저쪽에서는 두 남자가 코를 골며 뒤척이고, 포장 이쪽에서는 두 여자가 숨을 죽였다. 김진혁이 사라진 것을 안 것은 아침이었다.

승규가 눈을 껌벅였다.

"꿈은 아니었던 것 같은데."

짧은 재회는 정녕 꿈이었을까.

노란 불빛

빨랫줄에 널어놓은 빨래가 미처 마르기도 전에 그대로 얼어붙어 몇 날 며칠째 방치되어 있는 추운 날이 이어졌다. 얼까봐 밤새 틀어놓은 수돗물이 결국 꽁꽁 얼어서 아침마다 뜨거운 물로 수도관을 녹여 밥을 지었다. 만강이 펄펄 끓는 뭇국을 상에 놓으며 물었다.

"형, 아직은 쓸 돈 있으니까 너무 걱정하지 마."

어젯밤에 생활비가 얼마나 남았느냐는 물음에, 만강이 이제야 대답을 하는 것이다. 만강은 우유와 신문 돌리는 일 말고 자신이 할 수 있는 일이 또 없을까를 밤새 생각했다.

"그래, 알았다."

멸칫국물에 무와 파만 썰어 넣었는데도 만강이 끓인 뭇국은 구수하고 시원했다. 거기에 만영은 고춧가루를 듬뿍 풀어서 훌

홀 마셨다. 만강이 그런 형을 흡족한 듯 바라보았다. 만강은 만영이 밥을 잘 먹으면, 저는 먹지 않아도 배가 부르는 느낌이었다. 만강을 안심시키려고 만영은 일부러 여느 날과 다름없이 한 그릇의 밥을 깨끗이 비우고 소파공장으로 출근했다. 사장은 아직 나오지 않았다. 월급날인 그제에 이어 어제도 안 나왔으니 오늘도 그럴지 모른다. 만영이 말고 원래 일하던 두 명의 직공들은 어제 일하던 중간에 공장을 빠져나갔다. 월급도 못 받는데 일은 해서 뭐 하냐는 것이었다. 그만둘 때 그만두더라도 만들다 만 것들은 완성해놓고 그만두자고 만류하는 만영에게 그들이 쏘아붙였다.

"쪼다자식."

총총히 멀어지는 그들을 바라보다 만영도 슬그머니 손에서 연장을 내려놓았다. 한참 넋을 놓고 앉아 있는데 진만이 소주와 쥐치포를 들고 찾아왔다. 지난가을 태용과 여행을 다녀온 뒤부터 맘 잡고 취직공부에 전념하는 중이라 했다.

"공부나 할 일이지, 남 일하는데 웬 술이냐?"

"쉬지 않고 한다고 능률이 오르는 건 아니야. 일도 마찬가지지."

소파공장 한가운데 놓인 난로 위에 쥐치를 구워 소주를 마셨다. 비닐하우스형 공장의 루핑지붕이 들썩거렸다. 눈은 오지 않고 구름만 잔뜩 낀 음습하고 팍팍한 한겨울이다.

“야, 나 니 사장 봤다.”

“어디서?”

“어젯밤, 충장로 스탠드바에서 웬 젊은 여자랑 나와서 차 타고 가더라. 근데, 그 사람 예전에도 그곳에 자주 나타났었어.”

“넌 취직공부 한다며 아직도 충장로 나다니냐?”

직원들 월급도 못 주는 사장이 설마, 유흥가에? 싶어 물었는데,

“우리 학원이 거기 있잖아.”

진만이는 학원에서 부기강사 노릇을 하며 공부를 하고 있는데 그 학원이 충장로에 있다는 것이다. 한때 충장로의 유흥가에서 방황했던 전력이 있으므로 진만이의 말은 사실일 것이다.

사장의 부도덕한 행태를 믿지 않을 수 없게 되었다. 분노보다 어떤 무섬증이 몰려왔다. 인간의 양심이란 것이 사실은 그다지 믿을 게 못 된다는 사실을 확인하는 순간 느껴지는 두려움 같은 것이었다. 자신이 조금 힘이 세다고, 조금 더 가졌다고, 자신보다 약하거나 자신보다 덜 가진 사람을 간단히 무시해버릴 수 있는 그 마음이란 도대체 어떤 것인지 알 수 없는 데서 오는 막막함 같은 것이었다.

만영이 담양의 농장 주인 친구의 소개로 소파 공장에 취직한 것은 기술을 익히기 위해서였다. 기술이 있으면 굶어 죽을 염려는 없을 것 같았다. 기술자가 되면 좀더 많은 돈을 벌 수 있고,

무엇보다 나중에 자립하기도 쉬울 것이다. 그러나, 그 모든 만영의 계획은 월급날 사장이 나타나지 않는 것으로 무너지기 시작했다. 석 달 일해서 겨우 한 달치 급료만을 받았을 뿐이다. 만영은 제 노동의 가치가 무시되고 짓밟히는 현실을 어떻게 이해해야 할지 알 수 없었다.

급료를 받지 못해서 일을 그만두는 사람들은 그래도 기술을 가졌다. 그들은 이곳을 그만두더라도 오라는 곳이 있다. 그러나 자신은 이곳을 그만두고 다른 곳으로 옮겨간다 한들, 그리고 옮겨다니면 다닐수록, '데모도(견습생)'의 세월은 그만큼 길어질 수밖에 없을 터였다. 아무리 그렇다 한들, 월급도 못 받고 일을 하는 것은 맥 빠지는 일이 아닐 수 없었다.

진만이는 점심으로 라면을 끓여먹고 돌아갔다. 기술자들이 없으니 만영이 할 일도 없었다. 만영은 공장을 나왔다. 딱히 갈 곳이 없었다. 길 저쪽에서 먼지바람이 자욱이 불어왔다. 만영은 먼지바람 부는 거리를 망연히 바라보고 서 있다가 성큼 길을 건넜다. 승춘이를 보러 가기 위해서다. 춥고 힘겨운 날, 그래도 봄볕 같은 따스함이 있는 곳은 승춘이가 있는 곳이기에.

보호소에 들어섰을 때, 평소 같으면 만영이 들어서기도 전에 좋아서 웃느라 침을 흘리며 불불불 기어오던 승춘이 보이지 않는다. 보모가 난처한 표정을 지었다.

"실은 애가 아파요."

"병원에 갔나요?"

"아니요. 아직……"

"뭐라구요? 아니, 애가 아프다면서, 왜 병원을 안 가요?"

"원장님이 안 계셔서……"

"애들 아파서 병원 가는 것도 원장 허락을 받아야 하나요? 애 어딨어요?"

승춘은 아이들과 격리된 골방의 침대에 누워 있었다. 만영이 득달같이 달려가 와락 승춘을 안아올렸다. 온몸이 불덩이 같았다. 만영이 안아올리자 겨우 눈을 뜨는 듯하다가 다시 감아버린다. 감은 아이 눈꼬리에 눈물이 잡힌다. 사지 또한 완전히 늘어져 있다. 만영의 심장이 와르르 떨려왔다. 세상에, 이럴 수는 없다. 원장의 허락이 떨어지기만 기다리며 아픈 아이를 골방에 방치해놓는 짓은 아이를 죽이자는 처사가 아니고 무엇이랴. 만영의 얼굴이 새하얗게 질리는 것을 보고 있던 보모가 아이를 건네받으려고 팔을 내밀었다.

"됐어요. 아이는 내가 데리고 갑니다."

만영이 거세게 보모를 밀치고는 승춘을 포대기에 감쌌다. 불화덕처럼 뜨거운 아이를 안고 만영은 택시에 올라탔다. 누가 말릴 새도 없었다.

아이의 체온을 재보던 간호사가 눈을 둥그렇게 떴다.

"아니, 언제부터 이랬어요?"

"그, 그게……"

"세상에, 이렇게 열이 높아지도록 뭐 하시고 이제야 데리고 오세요?"

"아가씨, 우리 승춘이 살려주십쇼. 살아나겠죠? 그렇죠?"

"살아나게 해야죠, 그럼."

간호사의 그 한마디가 구세주의 전언처럼 들렸다. 그래서 울 컥 울음이 터져나올 뻔했다.

"고맙습니다, 고맙습니다."

홍역이라고 했다. 홍역을 앓는 아이를 지척에 두고 잠도 잘 자고 밥도 잘 먹었던 게 너무나 미안해서 만영은 찌르듯이 가슴 이 아팠다. 아이를 입원시켜놓고 승희 회사로 전화를 걸었다. 회 사에서는 승희가 아이엄마임을 모르므로 사실대로 말할 수는 없 되, 다만 '사촌동생 승춘이'가 병원에 입원한 사실만을 알렸다. 몇 단계를 거쳐 승희가 지금 서울에서 광주로 오고 있다는 말을 전해들을 수가 있었다. 승희가 도착할 시간쯤에 터미널에 나가 있으려면, 우선 아이 옆에 있어줄 사람이 필요했다. 태용에게 전 화하자 태용의 어머니가 전화를 받았다. 태용이 지금 도서관에 가 있으니 돌아오면 말해주겠노라 했다.

승희가 도착할 시간 전에 누군가 와주길 기다리며, 만영은 승 춘이의 침대 옆에 꿇어앉았다. 조가비 같은 승춘이의 손을 꼭 쥐고 그렇게 꿇어앉아서 만영은 자신도 모르게 기도를 하고 있었다. 종교를 가져본 적이 없는데도 그랬다. 한참 동안 기도를 하고 고개를 들었는데, 문득 승춘이 방긋 미소를 띠고 있는 게 아닌가. 복숭아처럼 발그레하게 익은 볼 위에 피어난 아이의 미소를 바라보며 만영은 생각했다. 혼자 바라보기엔 너무나 아까운 미소라고. 세상에서 귀한 것이 있다면 바로 아이의 미소가 아니겠는가 하고. 그렇게 귀한 것을 귀한 줄 모르고 함부로 버리는 사람들의 세상이 만영은 아팠다. 자신들을 버린 부모에게 원망의 마음이 들기 전에 먼저 가슴이 아팠다. 승춘이 자신에게 애틋한 것은, 승춘은 자신처럼 아프지 말기를 바라는 마음이 있어서인지도 몰랐다. 그런 만영의 마음을 아는지 모르는지, 혼곤한 잠에 빠져든 승춘은 이따금 꽃같은 미소를 띠는 것으로, 저를 향한 만영의 마음에 화답했다.

"암만 기다려도 이노무 자식이 들오지를 않는다아."

태용의 귀가가 늦어지자 마음이 급했던 태용의 인정 많은 어머니가 태용 대신 달려왔다. 태용 어머니에게 승춘이를 맡겨놓고 만영은 고속버스터미널로 갔다. 승희는 승객이 다 내린 차 안을 정리하고 있다가 만영이 나타나자 놀라며,

"왜? 서울 가려고?"

만영이 고개를 저었다.

"빨리 정리하고 병원 가자."

"왜애?"

“승춘이가 아파.”

승희 다리가 휘청하더니, 몸 전체가 스르르 무너졌다. 만영이 승희를 들쳐업으려 하자,

“창피하게 왜 이러니.”

만영의 얼굴이 붉어졌다. 창피해서 스스로 걷겠다던 승희는 그러나 두 걸음도 못 가 다리에 힘이 풀렸다. 만영이 승희를 번쩍 안아올렸다. 그렇게 안고 인파로 붐비는 대합실을 빠져나왔다. 처음에는 창피하다고 몸을 뻗대던 승희는 이내 만영의 품에 얼굴을 묻었다.

승희가 휴무를 빼서 승춘이를 돌보기로 했으므로 만영은 소파 공장으로 다시 출근했다. 사장이 나와 있었다. 어쩐 일인지 그만두겠다고 나갔던 기술자 두 사람도 일찍 나와서 시다가 왜 늦게 나오느냐고, 요새는 초짜들이 더 기어오른다고, 잘해주니까 홍어 뭣같이 보이느냐고, 아침부터 배알 틀어지는 소리를 침과 함께 내뱉었다. 연장을 몇 번 들었다 놨다 했지만, 달려들지는 않았다. 사실, 직공들이 문제가 아니라 원흉은 사장이 아닌가. 사장은 난롯가에 다리를 꼬고 앉아서 세 직공들의 수작을 느물거리며 지켜보고 있었다. 꾹 참고 일단 기술자들이 시키는 대로 의자 팔걸이를 기계에 갈고 가죽조각을 미싱질했다. 일은 점심 시간에 터졌다.

사장이 오늘은 특별식으로 고기를 사겠다고 했다. 반주로 소

주 한잔씩 돌리고 나서 사장이 만영의 잔에 술을 한잔 더 쳐주며 말했다.

"만영아, 월급 못 받아서 서운하지?"

뭐라고 해야 할지 몰라서라기보다 순간 당황스러워 대답을 망설였다.

"서운한 게 당연하지. 서운하다는 걸 알면서도 내가 월급을 챙겨줄 수 없었던 이유는, 너도 잘 알 거야. 워낙에 불경기잖아."

불경기여서 너는 직원한테 줄 월급을 유흥비로 쓰고 다니냐? 울컥, 치받쳤으나 잠자코 사장이 따라준 술잔만 비웠다. 옆에서 두 직공이 킥킥거렸다. 사장이 짐짓 화를 내는 척했다.

"야, 너희들도 참 의리 없는 놈들이야. 내가 안 주겠다는 것도 아니고 하루 이틀만 좀 참아달라고 그렇게 사정하는데도 그새를 못 참고 기어코 받아가냐, 새끼들아. 너희들은 만영이를 좀 본받아라. 얘라고 급하지 않겠냐. 그래도 가만있잖아. 니들처럼 방방 안 뜨고."

"죄송합니다, 사장님. 저희들 인격이 모자라서리."

이제야 사태가 파악이 됐다. 그러니까, 어제 일하다 말고 두 사람은 사장에게 가서 돈을 받았던 것이다. 두 사람 말이 맞았다. 자기만 '쪼다'가 된 것이 확실하다. 만영은 석쇠 위에서 이글거리는 고깃점을 한 점 집어 천천히 씹어서 꿀꺽 삼켰다.

"고기 맛있지?"

사장이 이죽거렸다.

"좆나게 맛있다."

만영이 대꾸했다. 사장과 두 직공의 얼굴이 일그러졌다.

"맛있는 고기, 실컷 처먹어라, 이 나쁜 놈아."

만영이 석쇠를 들어올려 사장 얼굴 위로 쏟았다. 맞은편에 앉아 있던 두 직공이 만영을 향해 몸을 날리려다가 만영이 상을 엎자 그대로 나둥그러졌다. 만영은 침을 한번 뱉어주고 그대로 밖으로 나와버렸다. 안에서 꼴통자식이라느니, 호로자식이라느니, 하는 욕설이 들려왔다.

만영은 마음을 둘 데 없어 얼어붙은 거리를 내처 걸었다. 온몸의 감각이 없어질 정도로 걷고 또 걷다가 문득, 병원에 전화를 걸었다. 정말이지 그 어떤 상황에서도 쉽게 눈물을 비쳐본 적이 없었다. 그런데 간호사를 통해 전화를 받은 승희의 여보세요, 소리에 그만 왈칵 눈물이 솟구치고 말았다.

"여보세요? 누구……세요? 만영이니?"

더이상 듣고 있을 수가 없어 그만 전화를 끊었다. 저녁 어스름이 내리고 있었다. 생각 같아서는 정말, 자신이야말로 승희 품에 안겨 실컷 울고도 싶었다. 그러나, 만영은 자꾸 마른침만 아프게 삼켰다. 치솟아오른 눈물을 찬바람에 날려버리면서. 이제 막 불을 밝히기 시작한 포장마차 비닐을 들추었다. 홍합국물에

잔술을 몇 잔 마셨다. 몸에는 이내 후끈 열기가 올랐지만 마음
속 한기는 여전했다.

"저기요. 이런, 장사 하려면 돈 많이 드나요?"

"왜? 장사하려고?"

"해먹고 살 게 없어서요. 어떻게 살아가야 할지 알 수 없어
서……"

"없는 사람은 죽으란 세상이지. 이 장사도 단속 땜에 죽을 맛
이여."

포장마차를 나와 몇 군데 구멍가게에서 소주를 사서 나발을
불었다. 취한 채 낯선 동네 골목을 헤맸다. 가난한 동네 좁은 골
목으로 난 창문들에서는 노란 불빛들이 새어나오고 있었다. 그
리고 어느 노란 불빛 안에서는 라디오 소리가 들려오고, 어느
노란 불빛 안에서는 가족들의 밥 먹는 소리가, 어느 노란 불빛
안에서는 아기 울음소리가 새어나오고 있었다. 만영은 숨을 죽
이고 그 불빛들 아래를 천천히 걸어갔다.

오래 전에 잊었던 어떤 절절한 그리움의 감정이 밀려왔다. 그
것은 노란 것들을 향한 그리움이었다. 만영은 두서없이 생각나
는 그 노란 그리움들을 하나씩 호명해보았다. 노란 초가집, 노란
흙마당에 노닐던 노란 병아리, 따뜻하고 노란 장판에 스며드는
노란 햇빛, 노랗게 흩날리던 송홧가루…… 이제 그 노란 것들을
다시는 가질 수 없을 것이다. 그러나, 저 골목의 노란 불빛 하나

만은 자신도 가질 수 있을 것 같았다. 작은 창문 안의 노란 불빛 하나가 갖고 싶어 만영의 몸이 겨울밤의 한기 속에서 후두두 떨려왔다.

승춘이를 안고 승희가 발산 집으로 찾아왔다. 만영은 차마 고개를 들 수가 없었다. 승춘이의 이마에 열꽃이 피었다 맺힌 수포가 아직 가라앉지 않았다. 사실 만영은 취한 상태로나마 병원까지 가긴 갔었다. 병원까지 가는데, 마치 식구들이 북적이는 집으로 가고 있는 것만 같아, 취한 와중에도 실없는 행복감에 젖어들기도 했다. 그러나, 병실 문 앞에 서자, 그때야 자신의 처지가 한없이 초라하다는 것을 깨달았다. 병실 안에서 진만이와 태용이 소리가 들려왔다. 해금이, 승규, 정신이도 문병을 하러 내려올지 몰랐다. 만영은 돌아섰다. 돌아오는 길에 입술을 깨물었다. '노란 꿈' 같은 거 이제 버리기로 하자. 버려버리자. 버리자고 생각하니, 몸에서 힘이 빠져나가면서 아프기 시작했다. 몸이 아프다는 평계를 댈 수 있어 오히려 마음은 편했다.

"야, 우리 승춘이는 나았는데 니가 왜 아프냐?"

이제, 승희의 결코 친절하지 않은 말투도 별로 아프지 않을 것 같았다.

"그러게 말이다."

"진만이한테 듣자 하니, 일한 값을 못 받았다며?"

대답 대신 웃었다. 만영이 웃으니 승춘이도 헤벌쭉, 웃는다.

"너 바보 아냐?"

"바본가봐."

정말 바보처럼 다시 헤벌쭉 웃었더니, 승춘이가 까르륵거린다. 승춘이를 위해 자꾸 웃어야지.

"웃음이 나오냐?"

"그게 아니라, 승춘이가 자꾸 웃으니까……"

"승춘이 핑계 대지 마. 지가 진짜 바보면서."

그러면서 승희가 흰 봉투를 쓱 내밀었다.

"뭐냐?"

"니 월급이다."

승희는 진만에게 만영이 월급을 받지 못했다는 말을 들었다. 승춘이 열이 떨어지고 약만 먹여도 된다기에 퇴원하는 즉시 아직 열꽃 자국이 가득한 아이를 업고 승희는 진만이 일러준 대로 소파공장으로 찾아갔다. 그리고 사장 눈앞에 승춘이를 들이밀었다.

"애가 이렇게 아파요. 아파서 병원비도 없는데, 애아빠 월급을 왜 안 주죠?"

"애아빠인 줄 몰랐는데……"

"이제라도 아셨으면 당장에 월급 주세요. 애 병원에 가야 한다구요."

사장이 한 달치 월급을 내밀었다.

"두 달치 주세요."

"돈이 없어서……"

"돈도 없다면서 스탠드바는 들락거리시나요?"

사장은 꼼짝없이 두 달치 월급봉투를 내줄 수밖에 없는 상황인데도,

"고깃값은 제했소."

승희는 그렇게 돈을 받아쥐고 발산 집으로 찾아온 것이다. 그러나, 승희가 만영을 찾아온 진짜 이유는 따로 있었다.

"야, 니가 못 받은 돈도 받아왔는데, 아프다고 누워만 있냐?"

하기는 누워만 있는다고 나을 몸도 아니었다. 만영은 일어나서 우선 승춘이 먹을 암죽을 끓이고, 밥을 짓고, 겨우내 빨랫줄에 걸려 있던 동태 한 마리를 걷어다 찌개를 끓였다. 승희는 동태살을 야무지게 발라 밥을 먹으며, 승춘에게 죽을 먹이는 만영을 건너다보다 불쑥,

"고깃값은 제했다는 사장 말이 무슨 말이야?"

"고기 맛있냐고 묻길래 맛있다고 한꺼번에 불판째 먹여버렸지."

승희가 어깨를 으쓱하며,

"영 바본 줄 알았더니, 최악은 아닌 것 같네."

조금은 인정해준다는 제스처인가. 그러다가 또,

"야, 너 우리 승춘이 좋아하지?"

고개를 끄덕였다.

"그럼, 승춘이 딱 석 달만 니가 좀 데리고 있어주라."

"어디 가?"

이번엔 승희가 고개를 끄덕였다. 갑자기 만영이 가슴이 덜컥 내려앉았다.

"글을 쓸 거야. 상금이 좀 쎄더라."

그때야 만영은 승희가 예전에 비록 실패로 끝났지만, 연극대본도 쓰고 곧잘 시나 소설 같은 것도 썼다는 사실을 깨달았다.

"어디로 갈 건데?"

"비밀."

"그래. 승춘이는 내가 어떻게 해보마. 넌 신경쓰지 말고……"

"지가 무슨 오빠라고. 하여간, 승춘이한테 무슨 이상만 있단 봐라. 하다못해 얼굴에 상처 하나만 나게 해봐. 내가 가만 안 있을 거야, 알았지?"

이건 숫제 협박이다. 만영이 그래도 좋다고 벙글거리자, 다시 한번 쐐기를 박는다.

"내가 승춘이 맡긴다고, 설마 김칫국 같은 거 마시진 않겠지? 난 다만 그래도 니가 승춘이를 좋아하니깐 맡기는 것뿐이야. 대신 나중에 상금 타면 조금 나눠줄게."

"흐흐, 알았어."

겨우 '진짜 바보'를 면했다가 순식간에 다시 바보가 되고 말
았다.

"야, 너 이제 보니 웃는 게 그런대로 괜찮다. 뭐랄까, 햇빛 같다
기보다, 어스름 내리는 저녁, 길모퉁이에서 노랗게 빛나는……"

"빛나는……"

"군밤장수 칸데라 불빛 같은 게. 킥킥."

군밤장수가 밝힌 칸델라 불빛이면 어떠랴. 누군가가 그 불빛
에서 한줌의 온기라도 채울 수 있다면, 나 기꺼이 호롱불이건,
백열등이건, 칸델라건 불을 밝히리라. 그러고 보니, 노란 불빛에
의 꿈은 영영 버려진 게 아닌 모양이었다.

푸르른 저녁

오랜만에 서클 후배 집에 들러 내년도 학습 커리큘럼을 상의하고 『러시아 혁명사』 한 권을 빌려 자취방이 있는 골목으로 막 꺾어도는 참인데, 검은 가죽점퍼에 검은 구두가 앞을 막아섰다.

"서승규!"

위기상황에서 몸을 날리는 데는 도가 튼 승규였다. 가파른 길에서는 튀는 놈이 힘들면 쫓아오는 놈도 힘들기는 마찬가지니까, 쉬운 내리막길이 아닌 어려운 오르막길로 튀는 게 좋다는 것도 이미 알고 있었다. 그러나 오르막길로 몸을 돌리는 순간, 퇴로는 이미 차단되어 있음을 알았다. 연행될 때, 자신이 연행되고 있음을 알리는 수단은 무조건 소리를 지르는 것이었다.

"군사독재 타도하자!"

"광주학살 원흉 전……"

말이 채 끝나기도 전에 승규는 검은 승용차 바닥에 처박혔다. 그렇게 처박힌 채 눈이 가려지고 입이 틀어막히고 수갑이 채워졌다. 악을 쓸 수도 몸을 움직일 수도 없었다. 그곳이 어디인지도 모르는 건물 안으로 끌려들어가자마자, 어디선가 음산한 비명소리가 들려왔다. 소리는 마치 깊은 우물 속에서 들려오는 듯, 무덤 속에서 들려오는 듯, 저승에서 들려오는 듯, 남자인지, 여자인지, 노인의 것인지, 젊은 사람의 것인지, 분간하기 어려웠다. 눈가리개가 풀리고 재갈이 풀리고 수갑이 풀림과 동시에 매질이 시작되었다.

"옷 벗어, 꺄."

머뭇거리자 군홧발이 날아왔다. 윗도리를 벗었다.

"일 초 안에 다 벗어, 꺄."

왜 자꾸, 꺄꺄, 하는 것처럼 들리는지 몰랐다. 무쇠주먹이 날아오는가 싶었는데 귓불에 불이 붙었다. 눈앞이 번쩍 하면서 몇 번의 꺄꺄 소리가 반복되더니, 이윽고 소리는 아웃되었다. 기절이었다. 심문은 기절에서 깨어나자마자 본격적으로 시작되었다.

"김진혁이 지금 어딨냐?"

승규는 김진혁이 누군지 몰랐다.

"오정신이 집에서 너랑 김진혁이랑 또 한 여자애랑 잤잖아."

한쪽에서, 운동권 새끼들은 '순 잡녀르것' 들이라고, 아무 '년 놈들이나 붙어먹는다' 고, 혁명을 위해서는 도덕이고 나발이고 아무 개념이 없는 것들이라고, 또 한번 까갸를 외치며, 몸을 날려왔다.

"그 사람이 김진혁인 줄은 몰랐습니다."

"이 새끼가 시방 장난하냐? 몰라? 아나, 잘도 모르겠다, 꺄."

"하여간, 김진혁 그 자식 지금 어딨어?"

"모릅니다."

"몰라? 그래, 아직은 모른다 치고. 어이 떡봉이, 공사 들어가지. 공사 끝나고도 모른다고 하는가 보자, 꺄."

'공사'가 진행되는 동안 어디선가 끊임없이 라디오 소리가 들려왔다. ……사랑하는 경희의 스무번째 생일을 축하하며 후암동에서 강현우씨가 신청하신 곡 띄워드립니다. 이종용, 겨울아이. 겨울에 태어난 아름다운 당신은 아아아악 눈처럼 깨끗 으으으으윽 겨울에 태어난 사 끄으으으으윽 눈처럼 맑은 나만의……

마치 통닭을 구울 때처럼 양손과 양발이 묶여서 거꾸로 매달린 채 승규는 〈겨울아이〉의 가사를 제대로 들어보려고 애를 썼다. 옆방인지, 위인지 아래인지 알 수 없는 곳에서 들려오는 비명소리가 가사를 덮었다.

공장에 나갔으나 정문에서 가로막혔다. 출근을 저지당한 여공들이 정문 앞에서 연좌농성을 벌이는 중이었다. 수위실 옥상에서 노무과장이 메가폰을 들고 노동자들을 훈계했다.

"여러분들은 지금 자신이 하는 행동이 옳다고 생각합니까? 그건 결코 아닐 것입니다. 여러분은 모두 여러분 부모님의 사랑스런 딸이요, 장차 이 나라의 자랑스런 어머니가 될 여성들입니다. 한 가정의 사랑스런 딸이요, 이 나라의 자랑스런 어머니가 되려는 여러분의 소중한 꿈을 지금 누가 무슨 권리로 짓밟고 있는 것입니까. 여러분은 그 사람들의 정체를 모를 것입니다. 여러분, 자신들의 정체를 숨기고 순진한 여러분을 선동하는 불순세력에게 더이상 이용당하지 마시고, 이 사회의 건강한 일원으로서 물의를 일으키는 일이 없도록……"

제1생산라인 1번 미싱사 이순복이 외쳤다.

"여러분, 흔들리지 맙시다. 최후의 순간까지 우리의 권리를 위해 투쟁합시다. 우리를 바보로 여기는 자들 앞에, 우리를 모욕하는 자들 앞에 굴복하지 맙시다. 포기하지 맙시다. 와서 모여 함께 하나가 되자, 와서 모여 함께 하나가 되자, 물가 심어진 나무같이 흔들리잖게."

흔들리지 않게 우리 단결해. 차아, 흔들리지 않게 우리 단결해. 물가에 심어진 나무같이 흔들리잖게. 우리들은 정의파다 홀라홀라. 같이 죽고 같이 산다 홀라홀라. 무릎을 꿇고 사느니 서서 죽기를 원한다. 우리들은 정의파다. 오 자유, 오 자유. 나는 자유하리라. 비록 얽매였으나 나는 이제 돌아가리. 자유와 평화의 나라로. 슬픔 없네 슬픔 없네 슬픔 없는 곳에……

"어이, 미스 리, 나이먹고 오란 데 없어서 발광이 났냐? 정 없으면 내가 소개해줄 테니, 당장 미친 짓 그만두고 존 말 할 때 시집이나 가시지, 응?"

한껏 목청을 가다듬어 여러분, 어쩌고 하던 때와 백팔십도 달라진 노무과장의 야비함에 절로 치가 떨린다. 모욕감을 떨치기 위해서라도 노동자들은 목이 터져라 노래를 부르는데, 청바지에 청재킷을 입은 경찰 기동대들이 공단 네거리에서부터 노동자들을 향해 위압적으로 다가들고 있었다. 심장이 팽팽히 조여왔다. 조여들던 심장이 터지기 전에 기동대와 구사대라 불리는 그 정체를 알 수 없는 남자들의 욕설과 매질이 먼저 터졌다. 욕설과 발길질과 주먹질이 한시도 쉬지 않고 순복이, 판님이, 화숙이, 경자, 명애, 영례, 미숙이, 숙자, 옥희, 윤옥이, 명순이…… 그리고 해금이의 몸 위에서 춤을 추었다. 노동자들의 눈과 가슴에 서럽디서러운 눈물이 맺혔다.

"워매에, 피나유우!"

땅바닥에 고개가 처박히면서 판님이 진저리를 쳤다. 나는 내 몸 어디에서 피가 난다고 하는지 알 수 없어 멍하게 판님을 바라보았다. 판님이 엉엉 울면서 내 발을 가리켰다. 구사대 쪽에서 던진 유릿조각을 언제 밟았는지 신발이 벗겨져나간 발에서 피가 솟아나고 있었다. 처음에는 아픈 줄도 몰랐다. 그러나 내가 딛는 곳마다 피가 홍건히 배어나고서야 사고라는 걸 알았다. 판님이

가 비명을 지르면서 나를 감싸안았다. 부상자라는 이유로 유치
장에 수감되는 것에서 제외되었다. 서럽고 분했다. 나보다 어린
판님이, 화숙이, 옥희가 갇히는 것이, 내가 갇히지 못한 것이 서
럽고 분해 나는 유치장 창살을 두드리며, 노래를 하고 구호를
외치는 순복이, 판님이, 화숙이, 경자 들을 바로 볼 수가 없었다.

　정신이 집에서 정신이를 기다린 지 사흘째였다. 다리는 퉁퉁
부어올랐다. 그대로 집으로 내려가야만 하는지, 조금 더 정신이
를 기다려봐야 하는지 알 수 없었다. 승규에게도, 승희에게도 연
락이 되지 않았다. 승규 자취방 집주인은 그저, 문간방 학생 없
는가보다, 아직 들어오지 않았나보다, 며칠째 불이 꺼져 있다,
아마 시골에 갔나보다, 모른다, 누군데 자꾸 전화하느냐, 나중에
는 오히려 역정을 내는 통에 더이상 알아보기가 어려워졌다. 다
만 알아낸 것이라곤 승희가 안내원을 그만뒀다는 것 정도였다.
그 정도를 알아내기까지 공중전화가 있는 구멍가게까지 거의 기
다시피 갔다가 돌아오기를 반복했다. 집에 몇 번 전화를 해볼까
하다가 그만두고 마지막 동전을 털어 민들레의 집 번호를 돌렸
다. 혹시나 하는 기대감으로, 가슴에 미세한 파장이 이는 것을
심호흡으로 겨우 가라앉혔다.
　"여보세요?"
　목소리가 틀림없이 진옥이였다. 이상하게 입이 얼어붙었다.

후다닥 수화기를 내려놓고 말았다. 수배중인 그가 그곳에 있을 리가 없을 거라고 생각하면서도 전화 다이얼을 돌리던 순간에는 분명히 그가 그곳에 있으면 좋겠다는 생각을 했다. 그런데 한진 옥의 목소리를 듣자마자 당연한 듯, 그는 수배중이므로 그곳에 있으면 절대로 안 되지 않나, 싶어지는 마음이라니. 그러나 그런 미묘한 마음의 갈피를 차분히 헤아리기엔, 당장의 나는 위급한 환자였다. 정신이는 왜 들어오지 않는 걸까. 쌀도 떨어져갔다. 연탄도 딱 석 장밖에 남지 않았다. 오늘이 가고 내일이 가면, 쌀 도 떨어지고 연탄도 떨어질 것이다. 그렇다 해도 나는 이제 더 이상 어디로 이동할 수도 없다. 집에 내려갈 돈도 없고, 돈이 있 다 해도 움직일 수가 없었다. 세상에서 완전히 고립된 것만 같 았다. 이렇게 될 바에야 차라리 유치장에 갇히는 게 나을 뻔 했 다. 자꾸만 비참해지는 기분을 막고 최후의 순간에도 존엄성을 유지하기 위한 방편으로 정신이 어디선가 복사해온 고리키의 『어머니』를 펼쳤다.

  ……그는 민중의 행복을 추구하면서 그들 안에 진리의 씨 앗을 뿌리고 다니는 사람들에 대해서뿐만이 아니라 이런 일을 한다는 이유로 삶의 적들이 사나운 짐승처럼 그들을 붙잡아 감옥에 처넣거나 멀리 강제노동을 보내고 있다는 것까지도 어 머니에게 이야기했다.

그러나 거세게 급습해오는 허기로부터 존엄성을 견지하기 위한 방편으로서의 독서는 곧 중단되었다. 좀도둑처럼 찬장을 뒤지다가 라면 한 개를 발견했다. 그러나, 라면이 있으면 뭐 하나. 연탄불이 허옇게 그 수명을 다하고 사위어가는 와중인 것을. 더구나 수도까지 얼어서 물도 먹을 수가 없었다. 여태까지 아무렇지 않다가 물을 먹을 수 없다는 것이 확인되는 순간부터 기이하게도 급격하게 목이 말라오기 시작했다. 허기가 져 생라면을 씹어 먹으려고 해도 목이 막힐 것이 두려워 먹을 수가 없었다. 제대로 치료하지 않은 발은 거의 찐빵처럼 부풀어오르고 통증 또한 그만큼 극심해졌다. 누군가 옆에 있다면 울 수도 있으련만, 보아주는 사람이 없으니 울어도 소용없고 의미 없는 울음이 될까봐 울지도 못한 채, 나는 그렇게 상처받은 한 마리 짐승이 되어 엎디어 있었다. 정신이 돌아온 것은 그로부터 만 하루가 지나서였다. 방문이 열리자마자 사람이라기보다 둔탁한 물체마냥 정신은 방 안으로 쓰러져 들어왔다.

"해금아, 이곳에서 피해야 해."

정신이 얼굴에 피멍이 들어 있었다.

"어디서 다친 거야?"

"승규가, 잡혔어. 형 소재를 불라고 되게 당했나봐. 너 여기 계속 있으면 위험해. 빨리 내려가."

도대체 무슨 소린지 알아들을 수가 없었다.

"같이 내려가지 않으면 나 혼자는 안 갈 거야."

정신이 핏발 선 눈을 부릅떴다.

"그럼, 너도 당해."

"이미 당했어. 봐, 내 발."

정신이 놀라면서도, 화를 냈다.

"왜 다치고 그러냐, 이 바보야."

"저도 바보면서,"

가만히 정신이를 안는데, 가슴이 뜨겁고 눈이 뜨거워 아무 말도 나오지 않았다.

조사실에서 나오는데, 분명히 승규였다고 했다.

"승규를 보는 순간, 피가 거꾸로 솟는 것 같았어. 사람 몰골이 아니었거든."

정신이의 말을 듣는 내 피도 거꾸로 치솟고 있었다.

승규가 절뚝거리며 두 명의 수사관에 의지해 정신이 옆을 지나쳤다. 승규 바지에 핏자국이 선연했다. 스쳐 지나가는 와중에 승규가 눈으로 물었다.

'괜찮은 거지?'

고개를 끄덕여주었다. 그러나 승규는 정신이의 얼굴에 맺힌 피멍을 보았다. 피멍을 본 승규가 온몸이 부서지는 듯한 욕설을 터뜨렸다.

"야 이 개새끼들아, 너희들이 인간이냐아, 지옥불에나 떨어질 인간 말종 정권은 당장 물러나라!"

정신이의 존재를, 정신이 다친 것을 승규에게 노출시키기 위한 수사관들의 작전은 예상과는 전혀 다른 결과로 나타난 듯했다. 정신이 다친 것을 본 승규가 마음이 약해져서 저들이 요구하는 바를 순순히 자백하리라는 계산이 낭패를 봤으니, 이제 저들에게 남은 패는 무엇일까. 승규의 서러운 외침이 울려퍼지던 그 건물에서 나중에 승규의 후배 박종철이 죽었다. 그러나 승규도, 정신이도, 나중에 어떤 일이 벌어질지 아직은 짐작도 못한 채, 혹독한 겨울을 견디어내고 있을 뿐이었다. 그들이 가장 예뻤던 때, 스무 살의 겨울이었다.

낭패를 본 자들의 마지막 패는 비열했다. 주인집 전화벨이 울리고 정신이를 부르는 주인아줌마의 목소리가 들리고 정신이 전화를 받고 왔다.

"승규가, 승규가…… 군대 간단다."

승규는 그렇게, 송별회도 없이, 가족에게도, 친구에게도, 제대로 이별의 인사도 나누지 못하고 누구의 배웅도 받지 못한 채 군대로 끌려갔다. 같이 가지 않으면 나도 내려가지 않겠다는 내 고집을 꺾지 못한 정신이와 함께 남쪽으로 내려오는 버스를 타기 직전, 우리는 보았다. 터미널 기둥에 붙어 있는 낯익은 얼굴을.

그리고 그 얼굴 위에 붉게 그어진 검거표시 가위표를. 그는 분명, 시인, 김진혁이었다. 정신이 터미널 바닥에 털썩 주저앉았다.

"혹시, 승규가 불었을까?"

"설마."

"그렇지? 승규는 정말 몰랐을 거야."

광주로 오는 내내 정신이의 표정이 어두웠다. 승규가 혹시 김진혁의 소재를 알았고 사실대로 자백을 한 대가로 풀려나긴 했는데, 결국 강제입영을 당하는 수모를 당한 것일지도 모른다, 만약 그렇다면 자신은 앞으로 승규를 절대로 알은체도 안 할 것이다, 결연히 선언하는데 그 말소리가 어쩔 수 없이 울음이 섞여서 파르르 떨려나왔다. 나는 그저 김진혁이 내게 그랬던 것처럼, 정신이의 손을 가만히, 그리고 힘있게 잡아주는 것밖에, 할 수 있는 게 없었다.

정신이 내 어깨에 머리를 기대고 잠이 들었다. 나보다 체구가 큰 정신이 기대와서 어깨가 무겁긴 했지만, 정신이 내 어깨를 필요로 한다는 사실이 나는 기분 좋았다. 정신이 자는 동안 나는 차창 밖을 바라보며 김진혁을 생각했다. 그가, '힘있는 사람'들 앞에서는 꼼짝 못 하고 '힘없는 사람'들에게만 그 힘을 발휘하는 자들의 손에 잡혀들어갔다. 정신이 형이라고 부르는, 그러나 내게는 '시인'인 사람, 김진혁.

정신이의 신실한 '형'이자, 내 슬픔의 치유사였던 그는 사실은 나보다 겨우 세 살 더 먹었을 뿐인 아직 '어린' 사람이었다. 나보다 겨우 세 살 많은 그는, 나의 시인은 이제 고문을 받고 재판을 받고 감옥에서 몇 년을 살게 될지 알 수 없는 몸이 되었다. 차가운 감방 안의 그가 필요로 하는 온기가 바로 나이기를 나는 바랐다. 그가 내게 내밀었던 손, 그가 내게 빌려줬던 어깨, 그가 내게 들려줬던 위로의 말들을 이젠 내가 그에게 주고 싶었다. 그래야만 할 차례가 되었다. 그러나, 그럴 기회가 올 수 있을지는 그도, 나도 알 수 없었다.

그와 나 사이에 가로놓인 안타까운 거리만큼, 안타까운 시간이 흘러갈 것이다. 이환과 보낸 세상물정 모르던 시간들은, '내 가슴에 은하수·흐르던 시절'들은 아스라이 멀어졌다. 그 시절은 내게도 오지 않을 것이고, 그리고 환에게도 다시는 오지 않을 것이다. 모든 시절들이 그렇듯, 목련이 지듯, 모란이 지듯, 속절없이 지나가고 전혀 다른 새로운 시절들이 밀려오게 되어 있다.

졸음이 밀려오는 틈새로, 은하수도 흐르지 않는 깜깜한 밤에 건조한 모래바람 부는 사막을 횡단하는 김진혁의 영상이 떠올랐고, 저 깊은 근원으로부터 일어서 표면에 이르러서야 파문을 일으키는 물결처럼, 저 깊은 속에서부터 일어나는 진저리를 느끼며 나는 잠 속으로 빨려들어갔다.

패잔병처럼 우리는 광주로 들어왔다. 나도, 정신이도, 집으로 곧장 들어갈 수는 없었다. 우리는 터미널 다방으로 태용이를 불러냈다. 태용이 우리의 몰골을 보고 꺽꺽 울었다.

"너희를 이렇게 만든 자식들, 다 죽여버릴 거야."

으드득, 이빨까지 갈았다.

"다만, 그게 대학 가고 나서라는 거지."

정신이 놀리고 있는 것도 깨닫지 못한 채 태용은,

"아냐, 꼭 그렇지만은 않아. 나 그렇게 쪼잔한 놈만은 아냐."

진지하게 항의를 하는 통에 웃고 싶지는 않았지만 웃음이 나왔다. 싱거운 웃음이긴 하지만, 웃고 나서 깨달았다. 우리가 너무 오래, 웃지 못했다는 것을. 그야말로 에누리 없이, 근심걱정 하나 없이 웃어본 적이 언제였는가.

누가 웃지 말라고 해서 웃지 않은 것은 아닐진대, 꼭 누군가 웃는 것을 용서치 않을 것만 같은 기분이 드는 것은 왜인가. 어쩌다가 웃음을 참을 수 없을 만치 행복한 순간에도 주위를 둘러보게 되는 습관은 언제부터 생겨난 것인가. 혹시 지금 내가 누리는 이 행복이 누군가에게는 슬픔이 되지 않을까, 따뜻한 내 집 창밖에 지금 누군가 추위와 굶주림에 떨고 있지는 않은가, 노심초사해야만 겨우 안심이 되는 이 못 말릴 습성이, 노인네들처럼 온갖 세상 근심걱정 다 떠안아야만 겨우 내가 사람 노릇하고 있는 것같이 느껴지는 이 딱한 습벽이란 도대체 어디에서 온 것이란 말인가.

"태용아."

태용이 제 이름을 부르자, 이제부터 나는 너희가 무슨 일을 시키든 다 할 준비가 되어 있다는 듯이 맑은 눈을 깜빡이며 나를 바라보았다. 태용이의 무구함이 낯익은 듯 낯설었다.

"너는 이제부터 우리 둘째언니 마정금이를 만나서, 사랑하는 동생 마해금이에게 돈을 쓸 수 있는 처음이자 마지막 기회를 줄 테니, 가진 것 중 절반만 내놓으라는 이 쪽지를 건네고 돈을 받는 즉시 요 앞 식당으로 와라."

정금이 학교 약도가 그려진 쪽지를 받아든 태용이 쏜살같이 달려나가다가 돌아왔다.

"가진 것 다 내놓으라고 하면 안 되겠니?"

나름 만용을 부려보는 것이리라. 태용이 돌아오기를 기다리며, 정신이와 나는 터미널 앞 돼지머리 고깃집으로 가서 국밥 두 그릇과 막걸리 한 사발씩을 시켰다. 한 여자애는 다리를 절지, 또 한 여자애는 얼굴에 피멍이 들어 있지, 분위기가 심상치 않아 보였던지, 옆자리에 앉았던 사람들이 우리를 피하는 기색이 느껴졌지만 개의치 않고 우리는 맛있게 '영양보충'을 하고, 막걸리 한 사발로 고향 입성을 축하했다.

생각보다 태용이는 식당으로 빨리 돌아왔다.

"순순히 내놓든?"

"울면서, 빨리 돌아오기만 바란다고 전해달래. 그리고 이건 수시로 네 소식 전해달라고 나한테 따로 준 돈인데, 너한테 마저 줄게. 물론 소식 전하겠다는 약속은 지킬 거고."

가슴 한쪽이 뻐근해왔으나 이내 침을 삼켜 무시했다. 이제 자금도 넉넉해졌으니 한결 마음이 가벼웠다. 발의 부기는 많이 빠졌으나 만일을 몰라 약국에서 약도 사서 먹고 바른 다음에, 태용이 일러준 대로 승희가 머물고 있다는 암자가 있는 남원 가는 차표를 끊었다. 뜻밖의 소식은, 만영이 만강이 형제가 승춘이를 데리고 정신이의 어머니가 하는 한식당, '수연각'으로 들어갔다는 것이다. 애만 덜컥 맡긴 것이 미안했던 승희가 만영이 몰래 정신이 어머니한테 부탁을 해두었는데, 마침 만강이 요리에 소질이 있어서 어머니가 더 좋아했다는 것이다.

"야, 그런데 정신이 너네 아버지 국회의원 선거에 나가긴 나가는 거냐?"

"난 모르지."

"승희 말로는 너희 오빠하고 화해하기 위해서 국회의원 선거에 나가는 거 포기했다고 하던데? 너희 오빠하고 화해하지 않으면 너희 엄마가 돈도 대주지 않고 이혼하겠다고 했다나 어쨌다나."

태용이 말 옮기는 게 민망했던지, 일부러 초등학생처럼 또박또박 말했다.

"넌 남의 말 옮기는 게 새로 생긴 취미냐?"

정신이 짐짓 냉랭한 태도라 내색은 할 수 없었지만 나는 은근히 반가웠다.

"야, 나가나마나 떨어지게 생겼더라마는."

태용이 혀를 쏙 내밀고 달아나자 정신이 쫓아가며,

"야, 울 아부지가 그렇게 만만한 사람인 줄 아냐, 짜식아."

한순간 둘이 치고받는 시늉을 하는 사이에 차가 왔다. 남원에서 내려 운봉 가는 버스를 갈아타는데 벌써 어두워졌다.

"승희야아!"

정신이와 내가 동시에 승희를 불렀다. 일주문 앞에서 우리를 맞는 승희의 미소가 마침 떠오른 초생달처럼 맑았다. 겨울 저녁, 하늘은 청잣빛으로 푸르렀다.

꽃향기 날리는 봄밤

먼 산에 아지랑이가 뿌옇게 일렁이고, 보리밭 속에서 노고지리가 치솟아오르며 비비비비, 뱃쫑쫑, 호로로, 분주하게 울어댔다. 어머니는 보리밭 고랑에 솟아나 있는 달래를 캐며 아들 생각을 했다. 입맛 없는 초봄에 달래장 하나만 만들어놓으면 승규는 부뚜막에 걸터앉은 채로 달래장에 밥을 비벼 밥 한 그릇을 뚝딱 비우곤 했다. 군대에서도 달래장이 나오려나, 어쩌려나. 맘같아서는 당장에라도 달래장도 만들고 햇쑥으로 빚은 떡을 싸들고 아들한테 가고 싶었다. 그러나 보름만 있으면 아들이 휴가를 나온다고 했다. 보름, 보름이라는 기간이 이렇게나 길게 느껴지기는 처음이다. 춥기도 추웠던 지난겨울, 간다는 기별도 없이 황망하게 군대에 가버린 아들 때문에 어머니는 단 하루도 편한 잠을 잘 수가 없었다. 이제 아들이 휴가 나온다는 소식에 어머니는 또 마음이 설레어 잠을 설치고 있다.

"어이, 거그서 뭣 하고 있는가아."

이장이 언덕 위에서 보리밭을 향해 소리질렀다.

보리밭 옆 감나무밭에서 가지치기를 하고 있던 아버지가,

"자네도 보다시피 가지치기 허고 있잖은가아."

"시방 그러고 있을 때가 아니여, 군대 간 자네 아들이, 자네 아들이 말이여어……"

이장이 침을 한번 꿀꺽 삼켰다.

"승규가아?"

"그려, 승규한테 뭔 사고가 생긴 모냥이여어. 인자 방금 부대서 전화가 왔당게에."

어머니의 손에 들려 있던 호미가 밭고랑으로 툭 떨어졌다.

전라도 구례에서 강원도 화천까지는 꼬박 이틀이 걸렸다. 입은 옷 그대로, 신은 신발 그대로 구례구역에서 기차를 타고 서울역으로, 서울역에서 청량리역으로 달려갔지만 마지막 열차가 출발한 뒤였다. 하는 수 없이 청량리역 근처 여인숙에서 일박을 하고 첫 기차를 타고 춘천으로, 춘천에서 버스를 타고 아들의 부대가 있는 화천으로 가는 내내 아버지는 아무 말이 없었다. 아니, 무슨 말을 할 엄두가 나지 않았다. 이틀 동안 아버지 눈자위는 시커멓게 꺼져들었다. 어머니 눈에서는 쉬지 않고 눈물이

흘렀다. 닦아내도 닦아내도 눈물은 흘러내렸다. 어머니의 뺨은 시뻘겋게 짓물러버렸다. 남쪽과는 달리 강원도는 아직 한겨울처럼 바람이 차고 매웠다. 잔설이 덮인 산야는 아지랑이도, 노고지리도 없이 황량했다. 승규는 내무반 매트리스 위에 하얀 천을 뒤집어쓰고 누워 있었다.

아들이, 자살했다고 했다. 금쪽보다 귀하디귀한 외아들이, 서울대학에 들어갔다고 읍내 거리에 플래카드까지 내걸렸던 자랑스러운 아들이, 어머니의 자랑이자 온 동네의 자랑이었던 아들이, 아이들과 노인들과 약한 사람들에게는 유달리 친절했던 그 인정 많은 아들이, 어인 이유에선지는 몰라도 저 스스로 목숨을 끊었다고 했다. 믿을 수가 없었다. 머리에 난 총구멍이 과연 아들이 낸 총구멍인지, 다른 누가 낸 총구멍인지, 알 수는 없으되, 아들 스스로 한 짓이라고는 믿기지 않았다.

일주일 전에 아들은 마을에 단 하나 있는 이장 집 전화로 휴가를 나온다고, 그때 어머니가 해주시는 밥 먹을 생각에 하루하루가 즐겁다고 하지 않았던가. 그랬던 아들이, 자살을 하다니, 이건 뭔가 잘못된 것이다. 누군가 꾸민 나쁜 흉계가 틀림없었다. 어머니는 매트리스 밖으로 삐져나온 아들 손을 잡고 아들 옆에 쭈그리고 앉았다. 아버지는 천장만 바라보고 망연히 서 있었다. 두 자그마한 촌부 앞에 건장한 부대장이 나타나 사뭇 건조하게 말했다.

"서승규 일병이 현 사회체제에 불만이 많았던 모양입니다."

말하자면 부대장은 아들이 스스로 목숨을 끊은 이유를 대고 있는 것이리라. 이곳까지 오는 내내 어머니 눈에서 한시도 쉬지 않고 흐르던 눈물이 뚝 멈추었다.

"아니어라우, 대장님. 우리 아들으은 자살을 헐 놈이 아니어라우. 참말로 아니어라우. 아니랑게라우……"

"헌병대에서 조사를 다 했습니다. 그러니 장례를 빨리 서두르시는 게……"

그렇게 허망하게, 승규는 갔다. 부대 사람들 그 누구도 더이상 승규의 죽음을 설명해주지 않았다.

'영혼의 한 귀퉁이가 드디어 허물어져내리는 소리가 들린다.'

승규가 보낸 편지 한 구절이 문득 생각났다. 왜 누가 너의 영혼의 한 귀퉁이를 부수는지를 묻는 편지를 보냈으나, 답장이 없었다. 정신이에게 '영혼이 허물어지는 소리가 들린다'는 편지를 보낼 수밖에 없었던 그 시기, 그리고 답장을 보낼 수 없었던 그 사이에 승규에게 도대체 무슨 일이 있었던 것일까. 승규가 군대에서 남긴 유일한 물품은 군번줄 하나뿐이었다. 승규가 꼬박꼬박 썼다는 일기도, 정신이 보낸 편지도 남아 있지 않고 승규의 사물함은 텅 비어 있었다. 왜 비어 있는지, 누가 비웠는지 물음에 대답하는 사람은 없었다. "자살하기 전에 본인 스스로 정리를 한 모양"이라는 말뿐. 그렇게 승규는 이 세상을 떠났다. 그리고 죽은 승규는 말이 없다.

"승규 외할아부지 머리에 난 총구녕허고 똑같더라마다."

'빨갱이'로 몰려 억울한 죽음을 당했던 승규 외할아버지 얘기는 정신이도 들어서 알고 있었다.

"지리산에 기대서 섬진강 물 먹고 사는 그곳 순한 사람들의 가슴에는 사실은 슬픔이 가득하지."

이마의 주름이 더 깊어지고 있다는 것은 승규가 눈물을 참고 있다는 증거였다. 그때 처음으로 정신이는 승규를 안아주었다. 정신이는 눈을 꼭 감아버렸다. 감은 눈에서 눈물이 주르륵 떨어졌다. 어머니가 정신이의 등을 쓸어내린다.

"총구녕을 뭣으로라도, 흙으로라도, 메꿔서 다시 살아날 수만 있다면은 을매나 좋겄냐마는…… 한번 구녕이 나불면 그것으로 끝인디 어쩌란 말이냐아…… 어뜨케 헐 수가 없어…… 우리 아부지도, 우리 아들도 내가 어뜨케 해줄 수가 없는디이…… 승규야아아, 내 새끼 승규야아…… 말 좀 해봐라아아…… 엄마느은 우리이 새끼 목소리가 듣고자퍼 죽겄는디이…… 우리 새끼가 너무나 너무나 보고자퍼 죽겄는디이…… 어째서 너는 말 한마디가 없는 것이냐아아아……"

어머니는 그렇게 눈물도 나오지 않는 마른 울음을, 숨이 차도록 울었다. 울고 또 울어도 승규는 이제 막 떳장을 입힌 봉분 안에서 말이 없었다. 승규는 가고 없는데 올해도 어김없이 봄꽃들은 피어나고 있었다. 승규 무덤 옆 진달래가 서럽게 서럽게 피어나고 있었다. 정신이는 노래를 불렀다. 승규와 함께 난곡 언덕배기를 오르며 숨죽여 부르던 그 노래를. 그때는 가슴 벅차올라서 불렀던 노래를. 지금, 이렇게 혼자 부르게 될 줄을 모르고 불렀던 그 노래를.

"잘 탄다, 진아. 너는 불 가운데 눕고 너를 태운 불길로 진달래 핀다. 죽어서 살아 있는 불타는 함성으로 흙가슴으로 사랑으로 함성으로……"

주먹덩이보다 더 무거운 울음의 덩어리가, 파도처럼 거센 힘으로 노래를 덮어버렸다.

"아따, 방 안이 그득허구나."

식구들 모두 한 사람도 빠짐없이 밥상머리에 둘러앉은 게 아버지는 하염없이 흐뭇한 모양이다. 그런 흐뭇한 기조를 깨고 엄마가 나를 보고 기습적으로 물었다.

"그래서 인자 어떡헐래?"

엄마는 내가 서울에서 내려온 이래로 틈만 나면, 나의 '인생계획'을 물었다. 그러나 나는 아직 엄마에게 말해줄 수 있는 인생계획이란 것이 없으므로 침묵할 수밖에.

"너한테 겁나게 불리헌 질문이었던갑다이, 입을 딱 봉해분 것이."

나는 밥만 먹었다.

"엄마, 그것이 바로 묵비권이라는 거랍니다. 자신에게 불리한 질문에는 대답하지 않을 권리."

삼일절 특사로 풀려나와서 아직 감옥 독이 덜 빠진 영금의 친절한 설명이다.

"패션계가 전망도 좋다던디, 다시 고모 밑으로 들어갈래?"

밥을 국에 말아서 후루룩 마셨다.

"엄마, 너무 다그치지 말아요. 저도 다아 생각이 있겠지이."

역시 큰언니답게 순금이 나서주었다.

"고모 밑에 정 들어가기 싫으면 형부한테 가든지. 가서 화실 청소도 해주고, 붓도 씻어주고, 그러면서 배우는 거지 뭘."

밥은 다 먹었는데 일어설 타이밍은 아직 아닌 것 같았다.

"아따, 엄마. 밥 먹을 때는 개도 안 건드린다네."

막내 영미까지 나를 거들었다.

"야, 정금이 넌 왜 밥을 보고 인상만 쓰고 있냐?"

막내까지 나선 것이 결정적으로 엄마의 심기를 건드린 모양이다. 화살이 애먼 정금에게 날아갔다 싶은 순간, 정금이 갑자기 울음을 토해냈다.

"그것이, 그러니까, 그러니까, 그 모든 것이……"

모두 정금을 주시했다. 정금이 철퍼덕, 무릎을 꿇었다.

"이, 모든 것이 저의 불찰이여요. 그러니 아부지 어무니, 저를 용서치 마시고 저를……"

"너를 어쩌라고!"

엄마가 참지 못하고 팩, 악을 썼다.

"너를 결혼시켜달라고 허는 것이냐?"

아버지가 담담하게 물었다. 정금이 눈물이 어룽거리는 눈을
크게 뜨고 아버지를 바라보다가, 갑자기 입꼬리가 양옆으로 쫘
악 찢어지며,

"아부지이! ……그러시면 저야…… 아부지, 고맙습니다!"

엄마가 비명을 질렀다.

"이, 임신했냐?"

정금이 양옆으로 찢어진 입매를 급히 모아들이면서, 겨우 폈
던 무릎을 다시 꿇었다.

"엄마아, 저를 용서치 못하실 것 같으면, 그냥 내쫓아버리셔
도……"

엄마가 침을 꼴깍 삼키더니,

"아, 그렇게, 내 말은, 합동결혼식을 하면 부조금 계산이 안
맞을 것 같아서…… 아, 나도 모르겠다, 맘대로들 해라!"

그렇게 해서, 영금이만 출소하면 결혼식을 올리기로 했던 순
금이와 속도위반 임신을 한 정금이 꽃피는 4월에 합동결혼식을
치르게 되었다.

나는 식구들이 왁자한 틈을 타 조용히 안방을 빠져나왔다. 밤

공기가 서늘했다. 나는 시인이 내게 보낸 봉함엽서를 들고 집
앞 과수원으로 갔다.

　　……이부도덕한세상에서너는그어떤이득도취하려고해서는
안된다이부도덕한세상에서너는더이상 '착한시민' 이기만해서
는안된다이부도덕한세상에서너는스스로수난자가되어야한다
이부도덕한세상에서너는 '착한시민' 이기를단호히거부해야한
다결국부도덕하고사악한자들의뜻이관철되기까지는그모든부
도덕과사악함앞에서도어떻게든수혜자가되고자했던이들그모
든부도덕과사악함앞에서도굳이착한시민이고자했던이들의욕
망과방관또한작용했기때문이기도하다는것을너는알아야한다
착한해금아너는김수영시인의전언을잊지말아야한다무슨일이
든이문이얼마나남느냐보다얼마나힘드냐를따졌던시인의태도
를너또한본받아야한다……감옥담장밖에서감옥안을들여다보
고서있는미루나무꼭대기에지금연둣빛이파리가반짝이고있다
마른가지에서저토록반짝이는연둣빛이품어져올라오다니참으
로장엄하다해마다반복되는일상속에서의장엄이다일상을충실
히살되일상에갇히지않는그것은날마다가혁명에다름아니
다……낮부터썼던편지를이어서쓴다지금은밤이다별이반짝이
는밤하늘을실컷배가터지도록바라보고싶은강렬한충동을느낀
다별이반짝이는밤하늘을바라보고싶은충동을겨우노래로달래

본다해저무는밤하늘에별이삼형제반짝반짝정답게속삭이더니
웬일인지별하나보이지않고남은별만둘이서눈물흘리네별들은
비록지금은눈물흘리지만더욱빛나게더욱휘황하게반짝일것을
믿는다꼭그럴것을믿으며……

"어둔 데서 뭐 하나?"
영금이였다.
"감옥에서 온 편지를 읽는 중이었지."
"내가 보낸 거를 이제야 읽는 거냐?"
나는 웃고 말았다.
"오랜만에 영자 집으로 밤 산책이나 가자."
짙은 꽃향기에 돌아보니, 탱자꽃이 이제 막 흐드러지게 피어
나고 있었다.

뜻했던 바대로 은행원이 된 진만이 번듯한 양복을 입고 나타
났다. 대학생 태용이는, 제 형에게서 얻은 양복 윗도리까지는 어
떻게 몸에 꿰어입었는데 바지 길이가 껑충 올라가서 검은 양말
목이 훤히 드러났다. 그 몰골이 하도 어쭙잖아서 그럴 상황이
아닌데도 저절로 웃음이 터져나왔다. 설상가상으로 구례버스터
미널에 내릴 즈음, 꼭 끼던 엉덩이 솔기가 터지는 불상사까지
발생하고 말았다. 뒤를 잡고 팔짝팔짝 뛰는 태용에게 진만이 결

국 구례시장에서 추리닝 바지를 사입했다. 그 와중에도 양키들 입는 청바지는 죽어도 안 입겠다고 엉뚱한 고집을 부려서 할 수 없이 추리닝을 살 수밖에 없었는데, 양복 윗도리에 추리닝을 입혀놓으니, 그 또한 가관이었다. 하여간 그래도 직장인이 되었다고 진만이 정종과 몇 가지 제수용품을 사고 제 몰골 때문에 급격히 우울해져버린 태용이를 끌고서 만영을 뺀 원조 수선화회 멤버들이 승규 집에 도착했을 때, 아들 친구들 오기만 기다리고 있던 어머니가 맨발로 뛰어나왔다.

"아이고 내 새끼들아, 아이고 내 강아지들아, 어서 오니라, 어서 와."

우리는 모두 돌아가며 어머니 품에 안겼다. 영정 안에서 승규는 특유의 이마 주름을 짜부러뜨리며 이쪽의 친구들을 향해 눈을 찡긋해 보였다. 우리는 승규를 가운데 두고 밤이 이슥토록 노래도 부르고 이야기했다. 깜빡 잠이 들었는데 사랑방으로 자러 갔던 태용이 마당에서 소리쳤다.

"애들아, 조금 전에 내가 소변을 보고 있는데에⋯⋯"

"추리닝 고무줄이 끊어졌냐?"

승희가 놀렸다.

순진무구하기 이를 데 없는 태용이 그러거나 말거나,

"승규 이 자식이 내 등짝을 때리면서 뭐라 그러냐며언⋯⋯"

"새 추리닝에 오줌 묻히지 말라고 하든?"

이번에는 진만이 약을 올렸다.

"돼지고기에 막걸리 좀 사오라고 하더라. 그것도 털이 숭숭 박힌 걸로다가."

정신이 마른 침을 꿀꺽 삼키는데, 목울대가 꿈틀하는 것이, 있는 힘을 다해 눌러놓고 있던 울음이 용솟음치려는 것을 억지로 참고 있는 기색이 역력했다. 승규가 태용에게 당부한 대로 우리는 털이 숭숭 박힌 돼지고기와 막걸리를 싸들고 승규가 묻혀 있는 산으로 가서 또 햇빛과 바람 속에서 지치도록 울고 웃다가 산을 내려왔다.

소설 현상공모에서 떨어진 승희는 승춘이를 데리고 남원 집으로 들어갔다. 몸이 쇠약해진 아버지와 새어머니가 승춘이를 보고 싶어하는 것을 일단 명분 삼긴 했지만, 승희 자신도 사실 고향집이 싫은 것은 아니었던 것이다. 주말이라 직장도 학교도 쉬기 때문에 더 머물겠다고 해서 태용이와 진만이를 승규 집에 남겨두고 돌아오는 길에 승희가 저희 집에 가자고 했다. "내 상상력의 보고가 사실은 우리 고향이거든. 이제 이곳을 창작의 산실 삼아…… 쭈욱 가보는 거야, 까짓거."

승희 아버지는 오랜 불화 뒤에 돌아와준 딸이 그저 고맙기만 한 모양이었다. 새어머니도 승춘이를 덥석 업고서 딸 친구들이 왔다고 좋아라하며 음식상을 마련하려는 것을 억지로 말리고 남원읍내 광한루 앞에서 막걸리를 한 사발씩 마셨다.

"형 면회도 가봐야 하는데, 넌 가봤니?"

나는 시인이 내게 보낸 봉함엽서를 꺼냈다.

"이 엽서 받고 정말 광주리 가득 별을 따서 머리에 이고 면회를 갔지."

"야아, 무거웠겠다."

"무거웠지. 머리가 빠개질 것 같더라. 그렇게 갔는데, 나보다 먼저 면회를 온 사람이 있더군. 하필 이름이 진옥이야. 별 진자, 구슬 옥자. 구슬처럼 반짝이는 별이 이미 다녀갔다는 말씀이지. 오는 길에 별 광주리를 냅다 버렸지. 별이 와장창 깨져서 굴러갈 줄 알았는데, 그렇진 않더군. 별은 내 가슴에 스며들더군."

막상 말해놓고 나니, 서러운 건지 덤덤한 건지 알 수 없는 기분이 되고 말았다.

"캬아!"

정신이 야유인지 감탄사인지 묘한 소리를 냈고, 승희가 웃는 건지 우는 건지 끅끅거렸다. 얼굴이 좀 화끈거려 얼른 화제를 돌렸다.

"야, 근데 만영이는 어떻게 된 거냐?

"만영이 염전 일이 좀 바쁜가보더라. 짜디짠 소금물이 어쩔 땐 영혼 속까지 배어들어오는 느낌이래나 뭐래나."

만영이 오지 못한 이유를 승희가 덤덤히 전한다. 만영은 우리

중에 다른 누구도 아닌 승희에게 제 근황을 가장 먼저 알리고
싶었던 모양이다. 만강이를 수연각에 데려다놓고 만영은 또 길
을 떠났다. 부안, 곰소의 염전이라고 했다.

"만영이 널 특별하게 생각했다는 거 알고 있니?"

"우리는…… 아직 좀더 흔들려도 좋을 때잖아."

만영은 승희로 인한 가슴앓이를 조금 더 해야 될 모양이었다.
그렇게 가슴앓이도 하면서, 이곳저곳으로 떠돌기도 하면서, 바
람 앞에 선 들꽃처럼 몸을 잔뜩 움츠리기도 하면서, 그 바람에
흔들리기도 하면서, 그러면서 우리의 청춘은 조금씩 단련되어가
리라. 기필코 살아서 경애, 수경이, 승규 몫까지 굳세게 살아서
마침내 아름다워지고 말리라. 그러기 위해서 우리는 눈물을 거
두고 조용히, 그리고 힘차게 건배했다.

정신이는 일단 곰소로 가서 이제 자신이 어디로 갈 것인지,
무엇을 할 것인지, 곰소 선창에서 만영과 짜디짠 소금바람 맞으
며 생각해보겠다며, 광주시외버스터미널에 도착하자마자 부안
행 버스를 탔다. 부안에서부터 시작된 정신이의 여정은 애초 계
획보다 더 길어질 공산이 컸다. 어쩌면 고창 선운사를 거쳐 영
광 법성포로, 법성포에서 함평 무안을 거쳐 목포까지, 혹은 목포
에서 배를 타고 진도까지 가게 될지도 모른다. 그렇게 길을 가
다가 정신이는 어느 후미진 포구에서 갯사람들의 구슬픈 노랫가
락을 만나게 되거나, 일과 놀이와 기쁨과 슬픔으로 버무려진 아

주 오래고 찰진 이야기를 듣게 될지도 모른다. 그러면서 정신이
는 또 고난 속에서도 삶에 대한 사랑을 잃지 않는 사람들의 생
명력을 온몸으로, 온 마음으로 체득해 돌아오리라.

　나는 정신이에게 손을 흔들어주고 돌아섰다. 이제 막 별이 떠
오르고 있었다. 나는 걸었다. 어둠이 내리는 거리에 오늘도 어제
처럼 뺨에 홍조를 띤 청춘들이 몰려들고 있었다. 그 인파 속에
서 얼핏 환이 보였다. 환이, 아름다운 나의 환이 꿈결처럼 떠가
듯이 가고 있는 거리는 여전히 정다웠다. 별이 눈물에 반사되어
유릿조각처럼 반짝였다. 소슬한 저녁바람이 불어왔다. 나는 환
이 갔던 방향과 반대방향으로 성큼 몸을 돌려 달리기 시작했다.
내 짧은 단발머리가 바람에 날렸다. 내 짧은 머리카락과 함께
내 눈물도 바람에 날리면서…… 나는 힘차게 달렸다. 내 머리카
락과, 내 눈물과 함께　꽃향기 바람에 날리는, 봄밤이 이제 막
열리고 있었다.

그대에게 보내는 수줍은 인사

꽃향기 바람에 날리는 봄밤이 이제 막 열리고 있었다, 라는 문장으로 글을 끝마친 이 순간, 정말로 꽃향기 바람에 날리는 봄밤이 막 열리는 순간이기도 하다. 봄꽃 중에서도 라일락 향기는 압권이다. 라일락 향기가 바람에 떠다니는 때란, 그 향기가 바람에 떠다니면서 청춘들의 후각을 자극할 때면, 그 어느 청춘인들, 가슴 설레지 않을 수 없으리라. 꽃향기만으로 가슴 설레는, 그 고운 청춘의 시절에, 그러나, 나는, 그리고 해금이는, 해금이의 친구들은 참으로 슬펐다. 속절없이, 속절없이, 꽃향기는 저 혼자 바람 속에 떠돌다가, 떠돌다가 사라지고 나는, 해금이는, 해금이 친구들인 우리는, 저희들이 얼마나 어여쁜지도 모르고, 꽃향기 때문에 가슴 설레면 그것이 무슨 죄나 되는 줄 알고, 그럼에도 또 꽃향기가 그리워서 몸을 떨어야 했다.

나는 그것이 너무 가슴 아팠다. 쓰는 내내 가슴이 아파서 몇 번씩이나 긴 한숨을 토해내야 했다. 이제 해금이와 해금이 친구들은 내 곁을 떠났다. 나 또한 해금이들로부터, 꽃향기에 가슴 설레며, 가슴 설레는 것을 아파하던 때로부터 멀리 떠나왔다. 잘 가라는 인사도 없이, 잘 있으라는 위로의 말 한마디 없이 우리는 그 시절과 이별했다. 나는 그것이 너무도 아쉽고 서운하고 서러웠다. 아쉽고 서운하고 서러운 그 마음이 사실은 이 글을 쓰게 했는지도 모른다. 그리고 나는 글을 다 쓰고 난 지금에야 말할 수 있을 것 같다. 목이 메어오더라도 꼭 그 말만은 하고 싶다.

"잘가라, 그대여!"

떠오르는 햇살 아래, 밝게 웃는 인사도 아닌, 밝은 대낮에 눈 마주 보는 인사도 아닌, 수줍은 봄밤의 작별인사를 겨우 보낸다. 내가 그대에게, 그대들이 내게 처음이자 마지막으로 보내는, 오래도록 전하지 못했던, 뒤늦은 저녁인사다. 그리고 지금은, 꽃향기 바람에 날리는 봄 저녁이다.

2009년 봄

공선옥

문학동네 장편소설
내가 가장 예뻤을 때
ⓒ 공선옥 2009

1판 1쇄 | 2009년 5월 26일
1판 16쇄 | 2024년 7월 19일

지은이 공선옥
책임편집 조연주 백다흠 이경록
디자인 엄혜리 유현아 | 저작권 박지영 형소진 최은진 오서영
마케팅 정민호 서지화 한민아 이민경 안남영 왕지경 정경주 김수인 김혜원 김하연 김예진
브랜딩 함유지 함근아 박민재 김희숙 박다솔 조다현 정승민 배진성
제작 강신은 김동욱 이순호 | 제작처 영신사

펴낸곳 (주)문학동네 | 펴낸이 김소영
출판등록 1993년 10월 22일 제2003-000045호
주소 10881 경기도 파주시 회동길 210
전자우편 editor@munhak.com | 대표전화 031)955-8888 | 팩스 031)955-8855
문의전화 031) 955-2696(마케팅) 031) 955-8864(편집)
문학동네카페 http://cafe.naver.com/mhdn

ISBN 978-89-546-0811-4 03810
* 이 책의 판권은 지은이와 문학동네에 있습니다.
  이 책 내용의 전부 또는 일부를 재사용하려면 반드시 양측의 서면 동의를 받아야 합니다.

잘못된 책은 구입하신 서점에서 교환해드립니다.
기타 교환 문의: 031) 955-2661, 3580

www.munhak.com